本書受蘭州大學中央高校基本科研業務費專項資金資助
項目名稱：朝鮮三家燕記文獻語言研究
項目編號：2023lzujbkydx039

# 《熱河日記》版本與校勘研究

康燕 著

中國社會科學出版社

## 圖書在版編目(CIP)數據

《熱河日記》版本與校勘研究/康燕著. —北京：中國社會科學出版社，2024.1
ISBN 978-7-5227-2302-0

Ⅰ.①熱… Ⅱ.①康… Ⅲ.①遊記—文學研究—朝鮮—近代 Ⅳ.①I312.007.6

中國國家版本館CIP數據核字(2023)第138227號

| 出 版 人 | 趙劍英 |
|---|---|
| 責任編輯 | 王小溪 |
| 責任校對 | 師敏革 |
| 責任印製 | 戴　寬 |

| 出　　版 | 中國社會科學出版社 |
|---|---|
| 社　　址 | 北京鼓樓西大街甲158號 |
| 郵　　編 | 100720 |
| 網　　址 | http://www.csspw.cn |
| 發 行 部 | 010-84083685 |
| 門 市 部 | 010-84029450 |
| 經　　銷 | 新華書店及其他書店 |
| 印　　刷 | 北京君昇印刷有限公司 |
| 裝　　訂 | 廊坊市廣陽區廣增裝訂廠 |
| 版　　次 | 2024年1月第1版 |
| 印　　次 | 2024年1月第1次印刷 |
| 開　　本 | 710×1000　1/16 |
| 印　　張 | 13.5 |
| 插　　頁 | 2 |
| 字　　數 | 183千字 |
| 定　　價 | 76.00元 |

凡購買中國社會科學出版社圖書，如有質量問題請與本社營銷中心聯繫調換
電話：010-84083683
版權所有　侵權必究

# 序　　言

　　《熱河日記》是朝鮮文人朴趾源的一部鴻文巨著，在燕行録系列文獻中具有舉足輕重的地位，被盛贊爲燕行録中的"集大成之作""清代社會的百科全書"，國内外有關它的學術研究一直是繁榮發展，經久不衰，由此可見這部著作的巨大影響。康燕同志的《〈熱河日記〉版本與校勘研究》是在其博士學位論文基礎上修改而成的，即將付梓，作爲她的導師，也是第一位讀者，很想談談自己的閱讀心得。

　　首先，選擇這樣一部文獻進行研究，具有很强的現實意義。堅定文化自信才能更加有效地傳播中華文化。在《熱河日記》中，作者朴趾源通過"他者"之眼、之口、之手爲朝鮮讀者以及中國讀者客觀地展現了當時先進的中華文明。如朴氏在看到中國的篩麵機如何工作時，不禁感嘆："椅坐板上，微動其足，則板之兩頭，互相低仰……蓋其動足甚微而收功甚鉅，我東婦女一筐數斗之麵，則一朝鬢眉皓白，手腕麻軟。"朴趾源也是朝鮮實學思想家中著名的"北學派"代表。"北學"字面指向北學習，該詞其實來源於《孟子·滕文公上》："陳良，楚産也，悦周公、仲尼之道，北學于中國。"而在當時主要指北學中國或西方的先進文化思想及學風。從這個詞語的使用，我們已能看到朝鮮對中華文化的吸收與發展。

　　康燕同志在其研究中注釋了一些有趣的漢字詞，透過這些詞語，我們更能感受到中國文化在異域的賡續與融合。如"瘧氣"一詞，在表示病症時，漢語多用"瘧疾""瘧症"，而"瘧氣"一詞多見於《黃帝内經》對"瘧疾"病因的解釋或其他醫書的引證，明代張介賓《類經》卷十三曾記："有痎瘧之爲寒栗者，如《瘧論》曰：'瘧之始發也，陽氣并于陰，當是之時，陽虚而陰盛，外無氣，故先寒栗也。夫瘧氣者，并于陽則陽勝，并于陰則陰盛，陰勝則寒，陽盛則熱。'"與漢語不同的是，除了醫書，朝鮮世俗文獻也多見"瘧氣"一詞，如朝鮮李森《白日軒遺集・辭訓將疏》："隔遠之地，驅策病軀。行不俟駕，數日趲程。百病交發，最是瘧氣乘間，寒熱相仍。"此外，"瘧氣"也可指代"瘧疾"這一病症，如朝鮮金集《慎獨齋遺稿・辭大司憲疏》："一日所泄，不知幾度。瘧氣發作，寒熱交攻。食飲失味，不下一匙。脚部軟脆，不成行步。"韓國多部傳世醫書，如《東醫寶鑒》《醫方類聚》《鄉藥集成方》等都是借鑒吸收了中醫的理論思想并主要纂輯自《黃帝内經》《聖濟總録》《直指方》等多部中國醫書。"瘧氣"一詞在朝鮮漢文獻中的頻繁使用也正好說明了"東醫"對中醫，特別對《黃帝内經》的借鑒與傳承。從以上内容可以看出中國優秀的傳統文化對周邊國家，特別是朝鮮地區持續而深遠的影響。通過域外這些可敬的"他者"記述，我們應對中華文化具有更爲基礎、廣泛和深厚的自信。伴隨着文化自信，域外漢籍研究將發掘出更多展現中華文化内涵、文化魅力的内容來，更好地提升中華文化傳播的效度。

談到這兒，再來說說康燕同志進行的這份研究工作的學術價值和意義。

## 一　以文獻整理促中外史料的融合交流，以語言研究揭示人類命運共同體理念在學術研究中的重要性

康燕同志通過扎實基礎的文獻整理工作，不僅可爲學界形成更加

完善的研究文本，從文獻研究出發，還可挖掘尋找出更爲廣闊的中韓文化交流空間。通過對文獻中語言現象的研究，可揭示人類命運共同體理念下彼此尊重、交流融合、互爲一體等思想在學術研究中的重要性，這些思想也是保證中韓文化交流事業穩定發展的重要基石。

## 二　通過文獻研究可積累翔實語料，爲漢字和漢語的域外傳播研究提供恰當例證補充

目前朝鮮域外漢籍及"燕行錄"研究成果頗豐，但未見有詳細的關于漢字方面的研究内容。康燕同志通過對《熱河日記》文獻的研究，陸續發現整理出了許多朝鮮俗字用例。如"吅"（嚴），"嚴"本爲形聲字，朝鮮文人在書寫時直接省去聲符"厰"，僅保留"吅"。類似變異還有很多，它們都具有一定的變異基礎，有特殊的變異方式及變異傳播路徑。通過對文獻中漢字俗字使用情況的詳盡分析，可幫助探析清代時期漢字在域外的流變軌迹及傳播規律。

## 三　從文獻研究到語言研究，這種由點及面的研究範式將助推域外漢籍研究的縱深發展

康燕同志在充分的文獻研究基礎上，又綜合運用語言學、文化學、民俗學的理論及方法，多維化地研究文獻中的變異俗字、疑難詞語及特殊語言現象，這是一種很好的由點及面的研究範式。在合理範式推動下，才能對問題現象有比較深入的認識和理解。如康燕同志通過綜合分析認爲"卜物"（向中國進貢的膳物）、"次知"（替主人受罰的奴僕）等一些漢字詞，是朝鮮文人（語言使用者）在較好習得漢語書面語（目標語）之後的二語加工輸出，是詞彙深度接觸的產物（習得結果），這個説法是可信的，但還需進一步探究其接觸動因、類型、機制等問題，做出全面而深入的解釋説明。

最後再談談語言接觸方向的研究，這也是康燕同志未來的研究設

想。《熱河日記》是朝鮮文人用漢文寫成的域外漢籍，有着不同於國內傳世文獻的特點，它在研究漢語國際傳播史以及中外文化交流史方面，具有十分獨特的意義和價值。近年來，域外漢籍研究愈來愈受到國際中文教育領域的關注，康燕同志對《熱河日記》版本和校勘的研究，只是一個開端，要想真正打開域外漢籍特色研究的大門，我想語言接觸研究不失爲一個很好的切入點，希望康燕同志在此方向能静心沉澱，深耕不輟。

敏春芳

二零二三年五月一日

# 自　　序

　　《熱河日記》是朝鮮文人朴趾源 1780 年隨其堂兄朴明源赴京行使后依其見聞寫成的一部游記，成書于 1783 年。該書雖爲"日記"，但記述內容廣泛，涉及康乾時期清代社會的名物制度、政治經濟、民俗文化等內容，爲讀者展現了一幅十八世紀清代社會生活的全景圖畫，《熱河日記》也因此被譽爲"實學全書"、清代社會的"百科全書"、"燕行錄"中的壓卷之作，是朝鮮域外漢籍中一顆珍貴的翠羽明璫。

　　本書以《熱河日記》的文獻內容爲研究對象，對其四種重要漢文版本進行了細緻的對勘描寫與分析，并對其中部分有趣的俗字及詞語進行了深入剖析。本書共分爲四部分。

　　第一章，緒論。簡要介紹《熱河日記》的作者、成書情況及研究現狀、研究意義等內容。

　　第二章，《熱河日記》版本及特點概説。本書研究所依據的《熱河日記》四種重要漢文版本有：臺北"國立中央"圖書館珍藏手抄本（簡稱臺本）、首爾大學圖書館珍藏奎章閣手抄本（簡稱奎本）、北京圖書館出版社據 1932 年朝鮮大東印刷所整理出版之《燕巖集》中的《熱河日記》影印出版的鉛印本（簡稱大東本）及出中國學者朱瑞平點校、上海書店出版社 1997 年出版的點校本（簡稱校本）。

本書對四種版本進行了細緻的版本比較，并就版本間的源流關係做出了釐定與分析。

第三章，《熱河日記》校勘研究。本書首次以國内外研究都未關注的奎本（影印件）爲底本，用臺本、大東本及校本與之進行對勘，在版本校正的同時也商補了校本中的各種失校問題。通過細緻的對勘，本書整理并指出了四種版本中存在的訛文、異文、倒文、脱文、衍文等一系列校勘問題，爲後續研究打下堅實基礎。

最後，餘論。就本書的研究内容進行總結，并對未來之研究作出展望與計劃。

# 凡　　例

一、文中所引《熱河日記》文獻資料，據臺北"國立中央"圖書館珍藏手抄本（簡稱臺本）、首爾大學圖書館珍藏奎章閣手抄本（簡稱奎本）、北京圖書館出版社據1932年朝鮮大東印刷所整理出版之《燕巖集》中的《熱河日記》影印出版的鉛印本（簡稱大東本）及由中國學者朱瑞平點校、上海書店出版社1997年出版的點校本（簡稱校本）。自建《熱河日記》語料庫（包括俗字語料庫），計八十餘萬字。

二、引用《熱河日記》時，文字若遇脱落空白處仍遵原文，用"□"號表示。《熱河日記》文獻使用例句依次標出版本、頁碼。例如"臺本"P100、"奎本"册一P100等。例句中突出强調的字詞均用"·"提示，若遇圖片，則用"＿"提示。引用其他文獻資料時均以脚注形式標明，以便稽核。

三、本書使用繁體字，字體爲宋體，例句則用楷體予以區别。筆者自述行文使用繁體正字，文中引文與例句均遵循原文用字，如遇特殊字體，在其後的括號内標注本字。

四、文中常用書名使用簡稱：《漢語大詞典》簡稱《大詞典》；《韓國漢文古文獻異形字研究之異形字典》簡稱《異形字典》。

# 目　　録

**第一章　緒論** ……………………………………………………（1）
　第一節　朴趾源與《熱河日記》…………………………………（1）
　　一　朴趾源簡介 ………………………………………………（1）
　　二　《熱河日記》的創作背景、内容及傳世意義 ……………（3）
　第二節　《熱河日記》版本與校勘研究的現狀及研究内容 ……（10）
　　一　《熱河日記》研究綜述 …………………………………（11）
　　二　主要研究内容 ……………………………………………（17）
　　三　研究材料 …………………………………………………（19）
　第三節　《熱河日記》版本與校勘研究的意義及方法 …………（20）
　　一　研究意義 …………………………………………………（20）
　　二　研究方法 …………………………………………………（21）

**第二章　《熱河日記》版本及特點概説** ………………………（23）
　第一節　《熱河日記》版本概述 …………………………………（23）
　　一　四種版本的體例及特點概述 ……………………………（25）
　　二　臺本概述 …………………………………………………（25）
　　三　奎本概述 …………………………………………………（40）
　　四　大東本概述 ………………………………………………（54）

五　校本概述 …………………………………………… (62)
　第二節　《熱河日記》特點概説 ……………………………… (71)
　　一　百科全書式的清代生活實錄 ……………………… (71)
　　二　他人之眼對中國俗語及方言現象的生動記録 …… (72)
　　三　獨特的詞彙網絡中漢、朝漢字詞同質與異相
　　　　和諧共生 ……………………………………………… (76)
　小結 ……………………………………………………………… (82)
　　一　臺北"國立中央"圖書館藏手抄本 ………………… (82)
　　二　首爾大學奎章閣本 ………………………………… (82)
　　三　大東印刷所出版之鉛印本 ………………………… (82)
　　四　上海書店出版社出版之朱瑞平點校本 …………… (83)

**第三章　《熱河日記》校勘研究** ………………………………… (84)
　第一節　訛文舉隅 ……………………………………………… (84)
　　一　形近致誤 …………………………………………… (85)
　　二　音同音近致誤 ……………………………………… (107)
　第二節　異文舉隅 ……………………………………………… (118)
　第三節　倒文、脱文、衍文舉隅 ……………………………… (154)
　　一　倒文 ………………………………………………… (155)
　　二　脱文 ………………………………………………… (159)
　　三　衍文 ………………………………………………… (169)
　小結 ……………………………………………………………… (170)

**餘論** ……………………………………………………………… (172)
　　一　本書已進行的研究工作 …………………………… (172)
　　二　未來之研究展望 …………………………………… (178)

參考文獻 ………………………………………………（182）

附録 《熱河日記》珍貴版本書影 ………………………（198）

後記 ……………………………………………………（202）

# 第一章　緒論

## 第一節　朴趾源與《熱河日記》

### 一　朴趾源簡介

朴趾源，字仲美，號燕巖，1737 年（朝鮮英祖十三年）3 月 5 日出生在漢城的安國坊。朴趾源所處的時代正值李朝後期，朝鮮時代雖經過十五、十六世紀的繁榮發展，但到了李朝後期，特別是十七世紀經過壬辰倭亂和女真入侵的震蕩，已經日薄西山。此時的朝鮮社會已出現封建生產關係趨於瓦解的一系列社會問題，如滯後的農業生產關係對社會生產力的阻礙、社會腐敗問題嚴重、農民起義頻發等。同時，從中國傳來的"西學"及明清實學又從另一方面促進了朝鮮民族意識的覺醒。爲適應這種急劇的社會變化，朝鮮"實學"思潮悄然而生，各種嶄新的思想因素在十八世紀的李朝破土而發。朴趾源就是生活在這樣的衰落時期，他作爲實學思想中"北學派"的代表人物，如"先覺者"一般敏銳地把握了當時的社會深層矛盾，并通過《熱河日記》的創作來表達其改革思想。"北學"字面指向北學習，主要指北學中國或西方的先進文化思想及學風。該詞來源於《孟子·滕文公上》："陳良，楚產也，悅周公、仲尼之道，北學于中國。"① 北學派思想家活躍于十八世紀後期，他們多以"燕行使"的身份活躍于漢城與燕京之間。他們通過燕行接觸了西方自然科學代表的"西學"，因此他們務于時事、貶駁兩班的虛僞、輕視朱子性理學、批判華夷觀念、關注自然科學、提倡工商技術，是朝鮮近代進步思想的代表。

朴趾源幼年時父母雙亡，由其祖父弼均撫養長大。他的少年時代是在貧苦中度過的，雖然潘南朴氏是"冠冕大族"的兩班，但其祖父弼均怕捲入黨爭，早年無志于科考，直到四十一歲才應廷試，考取了丙科。弼均家境貧寒，沒出仕時生活更爲困難。幼年燕巖在祖父的影響下努力誦讀儒家經典，十六歲時，與遺安處士李輔天之女結婚，在岳父的推薦下跟隨李輔天最小的弟弟榮木堂正式受學。燕巖幼年時期貧苦的生活及祖父耿直的性格使他看到了真實存在的朝鮮社會的矛盾，在鄉村生活中他接觸到了社會矛盾尖銳化下的社會變動及由此產生的社會風潮，青年時代的朴趾源就已經開始創作揭露社會問題的諷刺作品。十八歲時，他創作了《廣文傳》②，之後又相繼創作出諷刺佳作《易學大師傳》和《鳳山學者傳》。青年時代的他也很喜歡閱讀批評小說，"平日於文學好看批評小品，探索者惟是妙慧之解"（《燕巖集·孔雀館文稿·與人》）。③ 他創作的這些諷刺作品也宣示着青年時期的朴趾源很早就已站在了先進實學思想家的立場之上了。

一時代有一時代之文學。朴趾源所處時代的文學以散文、小說的創作最爲異彩紛呈，爲順應時代的需要，大體均爲寫實之作。朴趾源

---

① 方勇評注：《孟子》，商務印書館2017年版，第102頁。
② 廣文是朴趾源早期塑造的貧者形象，他雖然是一個乞丐，但善良樸實，不貪慕虛榮，雖屢被冤枉，却忍辱負重，堅守忠義。他雖"貌極丑，言語不能動人"，却不服輸，愛出頭，常常因其獨異於世的言語和行爲成爲衆人取笑的對象。作者通過這一異化的人物形象，深刻揭露了封建社會對人性的迫害。
③ 本書所引用古朝鮮漢文文獻語料均來自韓國文集叢刊語料庫，網址：http://db.mkstudy.com/。後文注釋同此，不再特別說明。

身爲實學家，其作品自然多是關注對現實的諷刺與批判，"通觀韓國古今，當首推朴趾源爲一諷刺大家"，《熱河日記》中輯録的名著《許生》《虎叱》及其《兩班傳》"乃其衆多小説中最爲風流之作"。① 朝鮮南公轍《金陵集·朴山如墓誌銘》曾記："時夜月明，燕巖曼聲讀其所自著《熱河記》。戀官、次修環坐聽之。山如謂燕巖曰：'先生文章雖工好，稗官奇書，恐自此古文不興。'"《熱河日記》被其世侄評價爲"稗官奇書"，概是因其尖鋭深刻的諷刺藝術、北學無畏的紀實精神及典雅曉暢、樸實求真的語言風格所致。朴趾源通過自己的作品，從青年時代起，就作爲一個封建制度矛盾的揭露者而出現，開闢了朝鮮文學新的發展道路。他作品中透露的寫實精神更是博得了先進青年的喜愛，在青年人中受到熱捧，許多仰慕其文學作品的青年人常常會把自己的創作送請他評閲。

## 二　《熱河日記》的創作背景、内容及傳世意義

《漢書》卷二十八曾記："玄菟、樂浪，武帝時置，皆朝鮮、濊貉、句驪蠻夷。殷道衰，箕子去之朝鮮，教其民以禮義，田蠶織作。"② 從"箕子去之朝鮮"開始，中原王朝與朝鮮便有了友好的交流記録。也是從那時開始，優秀先進的漢文化及語言文字源源不斷流入朝鮮，對朝鮮社會產生了深刻的影響。自朝鮮進入封建社會以來，一直努力尋求與中原王朝建立朝貢關係，通過"走出去""引進來"的方式積極學習中華文化。東晉義熙十二年（416），遣使册封百濟腆支王爲"使持節、都督百濟諸軍事、振東將軍、百濟王"，百濟便成爲朝鮮歷史上最早以自己的名義與中原王朝建立往來關係的古朝鮮國家。③ 之後，新羅真興王也得到了北齊武成帝的册封，并與南陳通

---

① ［韓］李家源：《韓國漢文學史》，趙季、劉暢譯，鳳凰出版社2012年版，第455頁。
② （漢）班固撰，趙一生點校：《漢書》，浙江古籍出版社2002年版，第573頁。
③ 劉永智：《中朝關係史研究》，中州古籍出版社1994年版，第191頁。

貢。至唐前期，新羅"改其章服，以從中華制"，全面推動對漢文化的吸收與學習。自此，朝鮮便進入了古代東方"禮義"世界，成爲"東亞文化圈"中十分活躍的有生力量，而中、朝間穩定的朝貢關係也一直持續了一千兩百多年，直至清朝末年才畫上了句號。①

朝鮮自李朝時代開始，便把"事大中國"定爲重要的國策，渴慕學習正統、先進的宗主文化是歷代朝鮮君王執政考慮的頭等大事。在諸多學習方式中，遣使朝貢是十分有效的引借方式。通過遣使朝貢，不僅可以維繫與大國間的良好外交關係，還可通過使臣之眼、之耳、之手將中國好的名物制度、優秀書籍甚至先進發明引借進來。朝鮮挑選使臣十分嚴格，既要有政治身份，又需有足夠的漢文修養。因此，使臣除了是政府官員外，往往還有文人身份。朝鮮李朝時代留下的"燕行錄"便是使臣或使臣隨行用漢文創作的大型漢文文學輯錄，不僅記錄了他們去燕京朝貢的歷史事件，還有燕行路上的所見所聞，趣聞逸事，等等，具有極高的文學、史學價值。②

《熱河日記》就是在此背景下創作產生的一部朝鮮漢文學巨著。朝鮮正祖四年（1780，清乾隆四十五年）六月，時任禁城尉的朴明源受命燕行"以俞彦鎬爲刑曹判書，金熤爲判尹，朴明源爲進賀兼

---

① 劉爲：《朝鮮赴清朝使團的文化交流活動》，《中國邊疆史地研究》2001年第3期。
② 朝鮮朝貢使團的規模一般很大，使團的核心成員是被稱爲"正官"或"三使"的正使、副使、書狀官。其他主要成員還有寫字官、譯官、軍官、醫員等。此外使團還包括人數衆多的隨行人員，如隨行子弟、從役、家丁（如僕從、馬夫、馬頭、軍牢、轎夫、廚子、引路）、商人等。使團總人數少時有兩三百，多則四五百。"三使"是"燕行錄"的主要作者，他們的義務之一就是要將赴燕行使的所見所聞記錄下來上呈朝鮮國王。而創作了"燕行"名篇的一些作者，如《老稼齋燕行日記》的作者金昌業、《湛軒燕記》的作者洪大容、《入燕記》的作者李德懋等朝鮮文人都是以隨行子弟身份入燕的，他們具有極高的漢學修養，加之觀察細緻敏鋭，筆觸細膩傳神，所以他們創作的"燕行"作品具有極高的文學欣賞性，是"燕行錄"中的上乘之作。這些隨行人員各兼其職，他們多數有形式不同的文化交流使命。較簡單的是購買書籍等文化用品、打探消息等。而較高層次的文化交流活動則主要由使團中一些地位特殊的成員完成（詳見劉爲《朝鮮赴清朝使團的文化交流活動》，《中國邊疆史地研究》2001年第3期）。

謝恩正使，鄭元始爲副使，韓光近爲書狀官，尋病遞，以趙鼎鎮代之"（《正祖實錄》卷九）。① 朴明源邀請從未去過中國的堂弟朴趾源趁此同行。此前，朴氏的好友洪大容，學生朴齊家、李德懋、柳德恭等都已去過中國，他們對朴氏傳遞的積極影響及作者本人對中國的嚮往之情使其欣然應允，踏上了兩千數百餘里的燕行之路。朴氏作爲一代之大文豪，眼目既高，筆觸甚敏，隨見隨錄，最終積成巨編《熱河日記》。

從李朝時代開始，朝鮮每年都定期遣使去中國朝貢，使團人數一般在數百人，而朝鮮對中國朝貢的頻繁程度更是在中國周邊國家中堪稱之最。明清兩代，朝鮮對這種專門赴中國的使行有特定的稱呼：明代時朝鮮視明朝爲"天朝"，所以以"朝天"來指稱這種特殊的赴華朝貢；到了清代，朝鮮"力屈而服"，不再以"天朝"視清，故改使行之名爲"燕行"，僅指燕京之行。② 在歷代的"朝天"及"燕行"中，朝鮮文人爲世人留下了豐富的"燕行錄"文學，而《熱河日記》可謂其中的壓卷之作。這部著作被稱爲朝鮮"實學全書"，作者朴趾源用日記體紀行文學的形式透過他實學思想家的眼光對清朝的政治經濟、名物制度、風俗文化等進行了細緻的審視和描寫，將十八世紀清朝的盛世風貌一一展現出來，并以高屋建瓴的批判意識對朝鮮的社會現狀進行了深刻反思，本着"實學"之精神爲朝鮮社會提出了實際的具體改革措施。③

《熱河日記》的藝術創作達到了朝鮮游記文學的巔峰，作品不僅塑造了從清代帝王貴胄到一般漢人文士的鮮活人物群像，作者朴氏還

---

① ［日］末松保和：《正祖實錄第一》，《李朝實錄》第47冊，東京學習院東洋文化研究所1966年版，第309頁。
② 楊雨蕾：《明清時期朝鮮朝天、燕行路綫及其變遷》，《歷史地理》第21輯，上海人民出版社2006年版。
③ 張麗娜：《〈熱河日記〉研究》，博士學位論文，中央民族大學，2013年，第209頁。

用豐贍的筆墨刻畫了十八世紀清朝全盛的宏大社會生活圖景,內容涉及哲學、政治、經濟、天文、地理、風俗、制度、歷史、古迹、文化等各個方面,正如"百科全書"一般爲我們記錄了清代社會生活的方方面面,因此具有極高的歷史文獻價值。《熱河日記》中包含着深刻的思想性和批判性,閃現着"北學派"實事求是、務于時事的實學精神。作者筆下記錄的那些他所見到的清代先進的名物制度,或隨行中的可驚可喜之事,甚至一些市井陋習都引起了朝鮮民衆的極大關注,其獨特的文風與內容甚至震撼了李氏王朝的統治階層,一度被列爲禁書①。

《熱河日記》體制龐大,全書二十六卷,共計二十六萬餘字。因筆者的校勘工作以奎章閣本爲底本,故此處按奎本順序將各卷內容簡要介紹如下(見表 1-1)。

表 1-1　　　　《熱河日記》體例及內容介紹

| | 奎本目録 |
|---|---|
| 册一·卷一 | 渡江録序/渡江録(六月二十四日至七月初九) |
| 册二·卷二 | 盛京雜識(七月初十至十四日)<br>盛京伽藍記,粟齋筆談,商樓筆談,古董録,遼東白塔記,廣佑寺記,舊遼東記,山川記略,關廟記 |
| 册三·卷三 | 馹汛隨筆序/馹汛隨筆(七月十五日至二十三日)<br>北鎮廟記,車制,戲臺,市肆,店舍,橋梁,姜女廟記,將臺記,山海關記 |
| 册三·卷四 | 關內程史(七月二十四日至八月初四)<br>洌上畫譜,夷齊廟記,灤河泛舟記,射虎石記,虎叱,東岳廟記 |
| 册四·卷五 | 漠北行程録(八月初五至初八) |

---

①　在内容方面,《熱河日記》不僅爲朝鮮讀者展現了清朝社會的繁榮,也深刻批判了李朝根深蒂固的"華夷觀",傳達了實學"先覺者"對朝鮮社會改革的真切理想。此外在作品形式方面,《熱河日記》雖爲游記體散文,但其中多有"稗説"之體的運用。這種趨俗文體因其靈活性和生動性受到朝鮮民衆的廣泛歡迎,民間甚至出現了很多跟風的仿作,以至朝廷認爲《熱河日記》導致了整個時代"文體卑下",故下令禁止。甚至在朴趾源死後的百年間,他的著作一直被列爲禁書,只能以抄本形式在民間流傳(詳見張麗娜《〈熱河日記〉研究》,博士學位論文,中央民族大學,2013 年,第 209—212 頁)。

续表

| 奎本目録 ||
| --- | --- |
| 册四・卷六 | 太學留館録（八月初九至十四日） |
| 册五・卷七 | 傾蓋録 |
| 册五・卷八 | 忘羊録 |
| 册五・卷九 | 審勢編 |
| 册六・卷十 | 鵠汀筆談 |
| 册六・卷十一 | 黄教問答 |
| 册六・卷十二 | 班禪始末 |
| 册六・卷十三 | 札什倫布 |
| 册七・卷十四 | 山莊雜記<br>夜出古北口記，一夜九渡河記，乘龜仙人行雨記，萬年春燈記，梅花炮記，蠟嘴鳥記，萬國進貢記，戲本名目記，象記 |
| 册七・卷十五 | 幻戲記 |
| 册七・卷十六 | 避暑録 |
| 册八・卷十七 | 行在雜録 |
| 册八・卷十八 | 戲本名目 |
| 册八・卷十九 | 口外異聞<br>盤羊，彩鷄・蝴蝶，高麗珠，崇禎相臣，伊桑阿・舒赫德，王振墓，曹操水葬，魏忠賢，楊貴妃祠，《樵使》，麈角解，荷蘭鹿，柞答，入定僧，別單，藤汁膠石，照羅赤，《元史》天子名，蠻語，麗音離・東頭登切，内午乙卯元朝日食，六廳，二學士成仁之日，當今名士，明璉子封王，古兒馬紅，《東醫寶鑑》，深衣，羅約國書，佛書，皇明馬牌，哈密王，徐花潭集，長興鏤板，周翰・朱昂，武列河，雍奴侯，恧，順濟廟，海印寺，四月八日放燈，五弦琵琶，獅子，降仙樓，李榮賢，王越試券，天順七年會試貢院火，新羅户，證《高麗史》，朝鮮牡丹，艾虎，十可笑，子規，慶壽寺大藏經碑略，謊糧臺，胡元理學之盛，拜荆，還鄉河，《桂苑筆耕》，千佛寺 |
| 册八・卷二十 | 還燕道中録（八月十五日至二十日） |
| 册九・卷二十一 | 玉匣夜話 |
| 册九・卷二十二 | 黄圖紀略<br>皇城九門，西館，金鰲橋，瓊華島，兔園山，萬壽山，太和殿，體仁閣，文華殿，文淵閣，武英殿，擎天柱，御厩，午門，廟社，前星門，五鳳樓，天壇，虎圈，風琴，洋畫，象房，黄金臺（同校本黄金臺記），雍和宫，大光明殿，狗房，孔雀圃，五龍亭，九龍壁，太液池，紫光閣，萬佛樓，極樂世界，瀛臺，南海子，回子館，琉璃廠，彩烏舖，花草舖 |

续表

| 奎本目錄 ||
|---|---|
| 册九·卷二十三 | 謁聖退述<br>順天府學，太學，學舍，歷代碑，明朝進士題名碑，石鼓，文丞相祠（同校本文丞相祠堂記），觀象臺，試院，朝鮮館 |
| 册九·卷二十四 | 盎葉記<br>弘仁寺，報國寺，天寧寺，白雲觀，法藏寺，太陽宮，安國寺，藥王廟，天慶寺，斗姥宮，隆福寺，夕照寺，關帝廟，明因寺，大隆善護國寺，火神廟，北藥王廟，崇福寺，真覺寺，利瑪竇冢 |
| 册十·卷二十五 | 銅蘭涉筆 |
| 册十·卷二十六 | 金蓼小鈔 |

卷一《渡江錄》、卷二《盛京雜識》、卷三《馹汛隨筆》、卷四《關内程史》記述的是朴趾源一行自1780年6月24日從朝鮮義州出發，一路渡過鴨綠江，途經遼陽、盛京（瀋陽）、山海關，於8月4日抵達北京期間的旅行見聞。上四卷主要以日記體形式記錄了作者一路上的所見所聞，包括沿途的風光名勝，與中國文人、商人們的對話及相關地志叙述、歷史考據等内容。《盛京雜識》是自十里河至小黑山五日旅程的記錄，其中收有作者與中國文人、商人的筆談——《粟齋筆談》《商樓筆談》等記事散文，以及《遼東白塔記》《廣佑寺記》《舊遼東記》等山水游記散文。《馹汛隨筆》是從廣寧至山海關九日旅程的記錄，包括了對中國先進名物，如車制、戲臺、市肆、店舍、橋梁等内容的介紹，這一部分重點體現了朴趾源"利用厚生"的思想。《關内程史》是自山海關至北京的十一日旅程記錄，作者著名的短篇諷刺小説《虎叱》就收録其中。

卷五《漠北行程録》、卷六《太學留館録》、卷二十《還燕道中録》也以日記體爲主，主要記録了抵達北京的作者一行人在京接受聖旨趕赴熱河朝見的行程。他們自八月初五從北京東直門出發，一路經過順義、懷柔、密雲，在古北口出長城，渡河川到達熱河，又在太學館寓居六日，後於八月十五日離開熱河折返北京。《漠北行程録》是自燕京至熱河四日間旅程記録。《太學留館録》是寓居熱河太學六日間的旅程記錄，其間有作者與中國文人尹嘉銓、王民皓、奇豐額、郝成等人的精彩筆談記錄。《還燕道中錄》主要是自熱河折返北京的六日旅程記錄。

除了日記體，《熱河日記》還有雜錄體，主要的雜錄體有卷七《傾蓋錄》、卷八《忘羊錄》、卷十一《黃教問答》、卷十二《班禪始末》、卷十三《札什倫布》、卷十七《行在雜錄》。《傾蓋錄》記述了作者在逗留熱河期間與漢人王民皓、郝成、尹嘉銓、胡三多及滿人奇豐額、蒙古人敬旬彌、破老回回圖的相交。《忘羊錄》是作者與中國文人尹嘉銓、王民皓之間有關音樂等內容的討論記述。主人尹嘉銓因沉浸于暢談之中，全然忘了為客人蒸羊之事，故此卷取名"忘羊錄"。《黃教問答》記錄了作者與破老回回圖、奇豐額等關於西藏黃教與班禪相關內容的討論。《班禪始末》則是關于班禪喇嘛的小傳，其中記述了清朝皇帝對班禪的政策。《札什倫布》是作者在熱河停留期間謁見班禪喇嘛的記錄。《行在雜錄》主要是對清朝禮部與朝鮮使臣之間往復文書的一些輯錄。

此外，剩餘的各卷均為各種內容的雜錄，如卷九《審勢編》，其文體為議論體，主要闡發了朝鮮義人對中國的"五妄""三難"及對乾隆皇帝思想統制術的認識。卷十《鵠汀筆談》則記錄了作者與中國文人對天文、曆法及天主教等內容的討論與見解。卷十四《山莊雜記》是對熱河山莊見聞的補充記述。卷十五《幻戲記》是作者觀賞中國魔術表演的全程記錄，其中有對現已失傳幻戲的生動描寫和介紹。卷十六《避暑錄》是有關熱河避暑山莊的記錄，其中關於漢朝詩人、詩文的介紹。卷十九《口外異聞》是對古北口外異聞的一些記錄，收有《盤羊》《彩鵲·蝴蝶》《高麗珠》《崇禎相臣》等，共六十篇。卷二十一《玉匣夜話》主要記述了洪純彥、鄭世泰的故事，其中收錄了作者的另一諷刺短篇小說《許生傳》。卷二十二《黃圖紀略》記錄了皇城的設置及一些主要建築，如皇城九門、橋梁、殿宇、御厩、文淵閣、天壇、虎圈等。卷二十三《謁聖退述》和卷二十四《盎葉記》是作者游覽順天府學、太學、文丞相祠、報國寺、天寧寺、利瑪竇冢等地的記錄。卷二十五《銅蘭涉筆》是作者停留銅蘭齋的隨筆，其中雜錄了有關考據、鄉試、書籍等內容。卷二十六《金蓼小鈔》則是作者對各種藥方的抄錄。

《熱河日記》的書名雖爲日記，但根據內容簡介我們可知，全書是日記與雜錄的緊密交織，日記體爲游記的主綫，而雜錄則是對主綫的精彩補充，共同構建起《熱河日記》豐富磅礴的內容。《熱河日記》承載著朴趾源對十八世紀後期中、朝關係的冷靜審視，作者以靈活多樣的藝術手段描繪了特定歷史時期的社會狀況。全書以開闊的視野、深刻的內容、靈活的形式、深遠的影響展現出一位朝鮮實學改革家的思想高度和民族情懷。因此，它不僅是域外漢文學創作的杰出代表，也是"燕行錄"文學的集大成之作，堪稱朝鮮游記文學史的里程碑。它所記錄的豐富內容也爲我們研究清末中朝關係，清代的名物制度，甚至歷史文獻考據等提供了豐富的參考材料，因而具有極高的傳世意義。

## 第二節 《熱河日記》版本與校勘研究的現狀及研究內容

高麗朝高宗時期至朝鮮朝高宗時期的七百餘年間，共有 740 多位燕行使留下了"燕行記錄"，後世統稱爲"燕行錄"①。1780 年，朝鮮著名"北學派"實學家、文學家朴趾源隨其堂兄朴明源赴華祝賀

---

① "燕行錄"并不是專指某一個朝鮮使團人員來華時的著述，而是包括了明清兩朝來華使團人員所著的全部"燕行記錄"。2001 年，韓國東國大學教授林基中編《燕行錄全集》100 册，收錄了從 1200 年到 1800 年的燕行記錄 500 餘種。2008 年林基中又編入了 50 册《燕行錄續集》作爲補充。

乾隆皇帝七十壽誕，回國後依其見聞寫成了《熱河日記》。朴趾源是朝鮮"北學派"實學家的杰出代表，他帶着"利用、厚生、正德"之實學思想考察了中國社會，對當時清朝社會的政治、經濟、文化、民俗等進行了細緻的觀察與描寫，爲讀者展現了一幅十八世紀清代社會生活的全景圖畫，《熱河日記》也因此被稱爲一部"實學全書"。此外，因其記述廣泛、體式多樣、語言優美，還被盛贊爲"燕行錄"中的"壓卷之作""集大成之作"以及朝鮮游記文學史上的"里程碑"之作。

國外最早關于《熱河日記》的學術研究始於1907年，《大韓自强會月報》發表了《虎叱》一文，標志着朴趾源小説研究開端。1978年鄭判龍發表的《朝鮮實學派文學和朴趾源的小説》一文，是國内關于朴趾源研究的第一篇論文。就國内研究而言，從1978年至今，有關《熱河日記》和朴趾源研究的學術成果主要有十多篇學位論文及六十多篇期刊論文。

## 一　《熱河日記》研究綜述

關于域外漢籍的研究現狀，張伯偉評述爲三個階段："第一階段是作爲'新材料'的域外漢籍，主要是文獻的收集、整理和介紹。第二階段是作爲'新問題'的域外漢籍，主要是就其内容所藴含的問題作分析、闡釋。第三階段是作爲'新方法'的域外漢籍，針對文獻特色探索獨特的研究方法。"[1] 經過對相關文獻的梳理，筆者發現，近四十年來，學界對《熱河日記》的研究還主要停留于前兩個階段，突出表現爲以下兩個特點。

（一）所涉領域廣泛，涵蓋了文史研究的各個方面

國内學界對《熱河日記》的研究以文學、史學的視角居多，同

---

[1] 張伯偉：《新材料·新問題·新方法——域外漢籍研究三階段》，《史學理論研究》2016年第2期。

時兼有民俗學、宗教學、民族學等跨學科研究。這些研究視角新穎、方法多樣，充分顯示了《熱河日記》研究的文化意義和學術價值，具體涉及以下幾點。

1. 《熱河日記》的思想及史學價值研究

這方面的研究包括對《熱河日記》所反映的政治、宗教、哲學思想及其歷史價值的論述與分析，成果主要包括如下內容。廉松心（2007）探討了當時清朝對中原、蒙古和西藏等地統治政策的不同。文章特別指出《熱河日記》中談到了熱河對控制蒙古地區的重要性等問題。張雙志（2007）深入分析了"黃教問答""班禪始末""札什倫布""太學留館錄""行在雜錄"等節記述的六世班禪、藏傳佛教、乾隆治藏政策等方面的情況。柳森（2012）就《熱河日記》中乾隆時期士大夫與朴趾源對六世班禪形象的不同認知，及他們對藏傳佛教及喇嘛的"妖魔化"認識傾向等問題展開論述。張亞輝（2015）通過對《熱河日記》所記錄的儒佛與皇帝互動的種種細節的分析，發現了美國學者對乾隆年間承德的禮儀空間與秩序的誤讀，作者認爲真正的禮儀衝突源于藏傳佛教與儒家之間的諸多差異，衝突的真正根源則在于清代夷夏觀念的變革與知識分子心態的複雜性。

朴趾源是朝鮮時代偉大的思想家、實學家，他懷抱着強國理想和實學思想訪華，有意識地關注清朝先進的政治經濟及文物制度，因此《熱河日記》中多處可見作者"利用、厚生"的實學思想，而這一偉大思想，也成爲後世積極研究探討的對象。如王政堯（1999）認爲，朴趾源經過考察，較爲全面地看到了清末中國百姓安居樂業、社會穩定繁榮的景象，宣導學習清代有關"利用、厚生"的先進科學技術，并將此宗旨貫穿在《熱河日記》之中。湯飛絮（2016）認爲朴趾源顛倒先秦"正德、利用、厚生"的順序，變成了"利用、厚生、正德"是因爲他要通過"利用、厚生"來"正德"，朴趾源的"正德"就是學習清代的衣冠制度，包括整個社會和文化中的規範、秩序、和諧、便利、效率、豐饒等。

《熱河日記》還是研究朝鮮民族史、明清中朝關係史的重要文獻。朴蓮順、楊昕（2009）通過對《熱河日記》中記載的中國社會現實生活的分析，説明了其所揭示的康乾盛世景象，并認爲其補正了清史的部分研究，是研究清史的重要史料。寧博爾（2008）認爲朝鮮人尊明反清的"遺民"情懷直接導致了十七世紀以後東亞文化共同體的瓦解。董明（2015）則認爲朴趾源的《熱河日記》中所具有的濃厚皇明情結，其本質是持續了二百年的中華情結。它既是自明太祖以來中朝交好的必然結果，也是朝鮮屢受其他異族侵奪後强烈民族仇恨心理的深刻反映。

2. 《熱河日記》文學與戲曲文藝價值研究

朴趾源及其著作研究一直是國内外韓國古典文學研究的熱點方向。在此方面，國内幾篇博士學位論文如馬靖妮（2007）《〈熱河日記〉中的中國形象研究》、許明哲（2009）《朴趾源〈熱河日記〉的文化闡釋》、張麗娜（2013）《〈熱河日記〉研究》等都不同程度地闡釋了《熱河日記》的文學研究價值。如馬靖妮從比較文學形象學的角度分析了《熱河日記》中的中國形象，包括地理形象、中國人形象、矛盾的大清形象以及自我鏡像中的朝鮮形象等，同時探討了朴趾源對中國某些方面的誤讀及其文化價值。張麗娜《〈熱河日記〉研究》一文對《熱河日記》做了深入的文獻學考察，并對該書包含的北學思想、文獻特徵、藝術特色及地位影響等内容作了細緻論述。

此外，關于《熱河日記》的文藝批評、美學解讀、文學關聯、叙事手法、文本比較、意象解析、學術立場等方面的單篇論文也是層出不窮，從多個角度展現了《熱河日記》的文學價值。如涉及文藝批評及美學分析的研究有：陳冰冰（2015）分析了《熱河日記》中所記載的中國文學的相關内容，解析了十八世紀清代文學的發展現狀及朴趾源對清代文學批評與接受的態度；同年，其文《朴趾源文學觀的生態美學解讀》還探討了朴趾源文學創作的生態美學意蘊，并指出生態美學是儒家文化的精髓，深受儒家文化影響的朴趾源在汲取傳統生態美學精華的同時，又通過自己獨到的見解對生態美學做出了新的詮釋。

有關文學關聯及文本比較的研究有以下幾種。張麗娜（2013）指出，《熱河日記》中出現了大量的中國文獻，朴趾源對中國文獻的關注和甄選突出了其反理學立場。朴趾源憑借其深厚的漢學修養和對中國當時學術成就的全面瞭解，辨偽勘誤，同時朴氏還有意識地關注了與朝鮮有關的文獻，彰顯了其民族情懷。韓東（2016）通過比較《熱河日記》定本與手抄本的表述差異，發現在定本中朴趾源出于"趣味性"的需要運用了小説化的虛構手法，進行了文學加工創作，將嚴肅的問題與詼諧的表達結合起來。陳冰冰（2011）通過比較吳敬梓與朴趾源兩位大師作品間的異同，認爲因文學傳統、創作個性等諸多因素的不同，使兩位文人的作品在深度與廣度上存在着一定的差異。王玉姝（2021）也通過對二位諷刺大師的比較，發現他們都深受實學思想影響，對當時不同國情下的社會弊端進行了深刻揭露，并提倡有益于人民生活的實學思想。李雪景、徐永彬（2022）還將《熱河日記》與同一時期英國人馬戛爾尼的訪華游記《馬戛爾尼私人日志》中的中國形象進行比較，重新審視了作爲"異國"形象的中國，以及作爲鏡像中"自我"形象的朝鮮朝與英國，而東西方他者眼中不同的中國形象所折射出的正是十八世紀末期東西方歷史文化與意識形態的差異。關于文本意象分析的則有：金柄珉（2002）分析了《熱河日記》中的短篇小説《虎叱》中老虎形象包含的多元象徵意蘊，指出老虎的原型本質是一種強烈嚮往人類社會的自然性的象徵物。

此外，《熱河日記》中還有關于戲曲音樂的記錄與描寫，這方面的價值近年也被陸續挖掘出來。如王政堯（1997）的《略論〈燕行錄〉與清代戲劇文化》、陳大康和漆瑗（1999）的《〈熱河日記〉與中國明清小說戲曲》、程芸（2013）的《"燕行錄"戲曲史料的學術價值初探》、趙永恒（2016）的《論"燕行錄"所記載的清代北京民間戲曲活動》、崔玉花和羅旋（2017）的《論朴趾源〈忘羊錄〉中的音樂美學思想》、張曉蘭（2019）的《論朴趾源〈熱河日記〉中的樂學思想》、吳明微（2022）的《朝鮮"實學派"北學中國的音樂活動探究》等文都借助《熱河日記》來研究當時中國的戲曲音樂等文藝活動，并或多或少探討論及了當時的文化政策。

3.《熱河日記》民俗風尚、文化商貿交流研究

《熱河日記》作爲一部"百科"實錄，爲我們記錄了許多清代社會的民俗影像，同時也爲我們提供了一個"他者"的視角來審視中國社會，因而，《熱河日記》也是研究當時社會民俗風尚、文化交流的一個寶庫。《熱河日記》中的有關記錄不僅彌補了中國文獻的缺失，也爲研究清代社會和中朝文化、貿易交流提供了重要的史料。涉及民俗風尚的研究有：吳紹釚（1984）指出《熱河日記》記錄了我國遼寧、燕京、熱河等地的民俗，特別是對滿族崇尚騎射的民族習性及他們的起居生活、髮飾服裝、迎親送葬等民俗的記錄詳細而真實；錢蓉、赫曉琳（2010）分析認爲《熱河日記》及其他"燕行錄"文獻充分記錄了清代社會"從政治權力的運行、經濟的榮衰到文化的倚重，民風、民情、習尚"等內容，真實地將他們眼中的中國社會狀況介紹給本國政府及人民；起鳳（2011）還關注到了文獻中記述的"幻術"內容，詳細介紹了文中描寫的各種幻術并對其做了專業性的分析與原型推敲，認爲有的帶有記述者的誇張，有的則描寫準確，還有的後世已沒有了傳承。

關於文化及商貿交流的研究有：楊雨蕾（2004）以包括《熱河日記》在內的十六種"燕行錄"爲研究參考，對北京琉璃廠的廠街建制、書肆及中朝文人的文化交往進行了介紹；赫曉琳（2013）以商業文化爲着眼點，以《熱河日記》爲主，同時參考其他的"燕行

錄"資料考察了燕行使對清代康乾時期中國東北商業的認識與瞭解，并談及了兩國當時的商業交流情況。此外，陳冰冰（2020）認爲朝鮮文人朴趾源在《熱河日記》中從運河漕運、運河城建、運河生態藝術等方面記述了十八世紀清代繁盛的運河文化，爲我們研究京畿運河文化補充了很好的材料。

（二）語言研究匱乏，特別是沒有相關的專書研究

相較于文學、歷史、民俗等研究的繁榮景象，《熱河日記》的語言研究顯得十分匱乏，現能找到的《熱河日記》及"燕行錄"的語言研究文章僅有寥寥十數篇，內容主要分爲兩類。

1. 涉及個別詞語考釋

［韓］黄普基（2012）、劉永連（2015）、謝士華（2019）等通過梳理相關文獻，考證了"幫子"一詞的來源及其藴含的文化意義。黄普基認爲"幫子"指明清時期朝鮮使行團中地位低微的服役者。該詞從一個特定的稱謂演變爲"高麗棒子"這一含有貶義的泛稱，折射出明清時期的使團接待政策所引發的朝鮮使團與沿途的中國百姓之間的矛盾。劉永連認爲"幫子"的來歷應屬"棒子"一詞的發展和衍生。"高麗棒子"後來摻雜了民族歧視成分，這與中國和朝鮮之間外交關係的發展直接相關。謝士華則認爲"高麗棒子"原爲"高麗房子（幫子）"，起初并非貶稱，只用以稱呼高麗或朝鮮的僕役。後因朝鮮下人的不良行爲，遂發展成爲貶稱。而"棒"字較之"房""幫""榜"等字，其不良成分更濃，故而詞形最終寫作"高麗棒子"。

劉晶等（2013）發現了燕行文獻中"鋪""堡"的混同情況，認爲"堡"與"鋪"的混稱存在歷史學和語音學兩方面的依據："鋪"在形制上與堡城相近，在功能上具有同等的軍事防禦性，加之語音上又存在相近之處，故而出現了混稱的現象。

謝士華（2016、2021）訓釋了"燕行錄"中的個別朝鮮語詞，如派遣義的"送"、房屋義的"家"、發現義的"認"以及利用漢語

的造詞規律創造或改造的一些特色詞語，如"鼎話""酌話""點午""攤飯"等，作者認爲"燕行"文學中出現的這些"非常規"漢語是朝鮮文人在漢字書寫過程中受母語影響而出現的一種"負遷移"現象。

2. 涉及官話、方言研究

于冬梅（2013）發掘整理了《熱河日記》中存在一些值得注意的零散地表現當時漢語官話語音的材料，幷將其分爲異義、諧音及譯音資料。作者已發現《熱河日記》的語言學價值，但未做出深層揭示，僅就文獻中所載的幾個官話詞語和語法現象做了簡略論述。汪銀峰（2013、2014）認爲"燕行錄"中有若干作品涉及明清東北地區的語言狀況，如《熱河日記》《赴瀋日記》《瀋陽日乘》《瀋陽日記》《瀋槎日記》等。但文章也僅是對涉及東北方言的"燕行錄"文獻進行了簡要的考述，幷未展開討論其與東北方言間的具體關聯。

值得肯定的是，幾位學者都已發現幷關注到了《熱河日記》或"燕行錄"所蘊含的巨大的語言學研究價值，但已有研究僅是一個開端，有關《熱河日記》及"燕行錄"的語言研究還有很大的空間靜待開墾。

## 二　主要研究內容

某于對《熱河日記》的文獻特點及其語言研究現狀的認識，筆者確定了以下兩個主要研究內容。

（一）《熱河日記》版本比較研究

目前國內的各類相關研究多以1997年上海書店出版社朱瑞平的點校本（簡稱校本）作爲參考。本研究首次對首爾大學圖書館珍藏的奎章閣手抄本（影印件，簡稱奎本）、臺北"國立中央"圖書館珍藏手抄本（影印件，簡稱臺本）、北京圖書館出版社據1932年朝鮮大東印刷所出版的鉛印本《燕巖集》之《熱河日記》影印出版的鉛印本（簡稱大東本）以及點校本進行了對勘①。經過細緻的比勘，筆者發現奎章閣本屬文字書寫工整、記述完善、異文豐富的善本，并確定其爲後續研究所依據的底本。

在版本研究中，筆者還對《熱河日記》各版本間的關係進行了討論分析。點校本與大東本存在較多一致性，故推測此二本應來源于同一版本系統。臺本和奎本也存在較多相似之處，故也應出自同一版本系統。但臺本書寫潦草、錯訛較多，而奎本則書寫規範，筆迹雋秀，記述較爲詳備。

（二）《熱河日記》校勘研究

《熱河日記》的四個版本各有不同且各具特色，但要確定并形成一個完善的文本，則需要在四個版本間展開詳盡系統的校勘研究工作。文獻校勘是後續研究的基礎工作，校勘中發現的問題通常具有重要意義。通過對四個版本的認真對勘，筆者不僅發現了大量訛文、脱文、異文等校勘問題，還一一指出并商補了點校本中的一些失校問題，在此之基礎上形成的《熱河日記》完善文本將爲今後的相關研究提供更多參考便利。

校勘研究的同時，筆者還發現了《熱河日記》等朝鮮漢文文籍中一些特殊的語言文字使用現象，它們是朝鮮文人習得漢語後的創造性實踐與應用，包括有對漢字俗字的朝鮮化俗寫、對漢語詞的朝鮮化俗用等。對這些俗寫俗用語言現象的分析將爲深入探索漢、朝語言間的文字接觸、詞彙接觸提供豐富的研究材料。

---

① 大東本的印刷説明中介紹"一九三二年，朝鮮大東印刷所將當時所能見到的朴趾源遺著編輯整理合爲六册，名爲《燕巖集》鉛印出版……今據一九三二年大東印刷所鉛印本《燕巖集》影印出版"。而校本的點校説明中介紹"1931 年，當時所能搜羅到的燕巖傳世的全部著作被編成六册《燕巖集》在朝鮮出版"。根據韓國部分文獻證實，1932 年的 6 册鉛印本（韓國相關文獻中稱活字本）由朴榮喆編輯出版。根據朴榮喆考證，在他之前，1900—1901 年，金澤榮的初刊本（原集 6 卷 2 册，續集 3 卷 1 册）已經出現。而校本所説的 1931 年，可能存疑。

## 三 研究材料

筆者搜集整理了四種現能找到的《熱河日記》主要漢文版本，并選擇其中從未被關注過的、記述相對完備、字迹工整雋秀的奎章閣本作爲校勘之底本，與其他三個版本進行細緻對勘。版本情況如下：

（一）臺北"國立中央"圖書館藏手抄本（簡稱臺本）

全書共二十六卷，册數二。該本書寫潦草，筆迹有個別處漫漶不清。但其中蘊含大量異體字，特別是俗字，是研究朝鮮俗字發展及使用情況的較好材料。此外，是書還有大量脱文與異文，與另一版本"奎章閣本"具有較高一致性。

（二）首爾大學奎章閣本（簡稱奎本）

全書共二十六卷，圖書番號7175，册數十。該本較之臺本，書寫工整，字體雋秀美觀。但其中的異體字、異文非常多，屬四本之最，故此推測，奎本較之臺本應係晚出版本。但該本較臺本記述更爲完備，其中的俗字也異常豐富，因而具有較高研究價值。

（三）大東印刷所出版之鉛印本（簡稱大東本）

全書共二十六卷，含外一種，册數二。該本雖爲繁體，但多使用正字，也可見一些異體字及異文。校本與此本有較高的一致性。

（四）上海書店出版社出版之朱瑞平點校本（簡稱校本）

是書以1931年出版的《燕巖集·別集》之《熱河日記》爲底本，以臺灣"國立中央"圖書館所藏二十六卷手抄本（影印件）及1968年韓國民族文化推進會出版發行的李家源先生句讀本爲參校本。全書對龐雜的日記與雜錄内容進行了分類整合，共分五卷。雖爲比較經典的點校之作，但也存在一些失校問題。另外校本的字體爲繁體字，但多使用正字，故很少保留具有朝鮮特色的俗字以及一些特殊的書寫格式，如行間夾注及行文中的空格等。

## 第三節 《熱河日記》版本與校勘研究的意義及方法

　　漢語在文化上的強勢性，使得漢字文化圈中的各語言（如日語、韓語、越南語等）都受到了漢語這一"強勢語言"（super strata）的諸多影響。東亞文化圈的形成就是中國與周邊國家文化、語言接觸的特殊現象，而域外漢籍的形成則是語言接觸的直接產物。當前的"語言接觸"研究，學者們多關注的是語言使用者的不完全習得或習得不好的語言現象，如"漢兒言語""西寧話""臨夏話"的相關研究等。而《熱河日記》等朝鮮域外漢籍中對漢字俗字及漢語詞彙的朝鮮化俗寫俗用現象則是朝鮮文人較好習得漢語後的創造性語言輸出行爲，也屬兩種語言間深度的文字接觸及詞彙接觸的結果，却未得到學界的應有重視。本書希望通過對《熱河日記》版本及校勘的相關研究，揭示其重要的語言學學術研究價值，通過對其中包含的文字、詞彙及特殊語言現象的分析，推動《熱河日記》研究朝着域外漢籍研究的第三階段快速行進。

### 一　研究意義

（一）通過細緻校勘，形成首個《熱河日記》完善文本

　　通過對《熱河日記》四種重要漢文版本細緻的校勘研究，最終將形成首個完善的《熱河日記》文本，同時將建設與之匹配的文字、詞語及文本語料庫，爲相關研究提供檢索便利。

（二）從"語言接觸"等視角深入解析文獻特有詞語及其形成機制

　　對《熱河日記》的研究亟待進入域外漢籍研究的第三階段，即"針對文獻特色探索獨特的研究方法"，故而本書嘗試采用"語言接觸"視角，并結合"二語習得""語言類型學"的相關理論及方法，

對《熱河日記》中一些特有文字及詞語進行深入解析，以期從文字及詞語的研究層面深入推進漢、朝語言接觸的相關研究及發展。

（三）爲近代漢語詞彙史、漢語傳播史、漢語俗字的域外傳播與研究提供恰當旁證

《熱河日記》作爲朝鮮域外漢籍中的杰出代表，其中包含了大量歷史文獻資料，猶如一雙"異域之眼"，可以更好地從"他者"的視角佐證歷史，補文獻之闕。作者朴趾源較好地習得了漢語書面語，他能穩熟地進行漢文創作。《熱河日記》的語法雖多爲文言形式，但其詞語網絡却構成複雜、内容豐富，獨具特色。

從版本和校勘研究出發，不僅可以加深我們對這部域外漢籍作品的深入理解，還可從"他者"的視角爲漢語詞彙史研究提供新的材料與恰當補充；通過對《熱河日記》中詞語及其特殊使用現象的研究，可以揭示清代時期漢語在域外的傳播情况，并可洞見當時朝鮮文人的漢語習得面貌及特點；通過對《熱河日記》中俗字的整理，還可揭示明清之際朝鮮漢文文獻中俗字的實際應用情况，并以此爲據進一步探討近代漢字俗字的域外傳播規律。

## 二　研究方法

（一）基于文獻學的資料搜集法

以文獻爲基礎，對《熱河日記》進行全面的資料搜集、審讀及研究工作。搜集内容包括《熱河日記》不同版本文獻及有關的研究論文著作。搜集過程包括：應用傳統文獻搜集方法，即查詢并采用數碼照相、複印、電子掃描技術收集圖像、書本等；對不同版本進行比較後確定研究底本并完整録入，爲後續研究提供完善文本；對所搜集到的資料進行審讀、分類，并在此基礎之上展開細緻的研究工作。

（二）基于語料庫的材料分析法

本書所涉及的各項語言研究都是建立在系統的分析研究之上

的。本研究自建了《熱河日記》語料庫，包括文本、文字及詞彙語料庫，共計八十餘萬字。例如對《熱河日記》文字的研究，筆者統計了四個版本中的不同用字情況，并一一作了圖片剪輯整理；對於校勘研究，也是將各個版本中的不同之處進行了逐一錄入，以方便檢索查。

（三）共時研究與歷時溯源相結合

研究中筆者力求將專書研究與漢語史研究統一起來，將《熱河日記》中的文字、詞彙與漢語文獻作以比較，將韓（朝）語漢字詞的共時發展與歷時溯源聯繫起來，借助共時的比較分析與歷時的比較溯源相結合的方法，發掘更多有價值的語言現象及語言規律。

（四）共性研究與個案解析相結合

本研究既要考察《熱河日記》作爲一部域外漢籍文獻所具有的某些個性特點，也要通過與相近時期其他朝鮮漢文文獻的關聯比較，找出這些文獻間存在的某些共性特點。作文獻關聯比較時，筆者主要利用國學寶典及 CCL 語料庫搜索歷時及共時的漢語文獻用例，同時核對紙本書籍；利用韓國 DB 文獻語料庫檢索朝鮮古代漢文文獻，做好朝鮮漢文文籍間的共性與個性的比對研究。

# 第二章 《熱河日記》版本及特點概説

朴趾源是朝鮮"北學派"實學家的杰出代表,他帶着"利用、厚生、正德"之實學思想考察了中國社會,對當時清朝社會的政治、經濟、文化、民俗等進行了細緻的觀察與描寫,爲讀者展現了一幅十八世紀清代社會生活的全景圖畫,《熱河日記》也因此被稱爲朝鮮歷史上重要的"實學全書"。該書問世以來,因其著述内容的批判性,文體的趨俗性而一度被劃爲"禁書",只能通過民間的私下抄寫流傳保存下來。本章主要對現能找到的《熱河日記》四種重要漢文版本進行論述,通過比較,總結各種版本存在的問題與特點,爲後續的校勘及語言研究打下基礎。同時還就《熱河日記》的整體特點作一概述介紹。

## 第一節 《熱河日記》版本概述

朴趾源自幼學習漢文,青年時便開始了成熟的漢文創作,其漢文能力屬朝鮮文人中的翹楚之流。他不僅是文學家,還是著名實學思想家,他的作品充分展現了他務于時事、關心民生及迫切希望改革的社會理想。因此,以朴趾源《熱河日記》爲代表的現實作品在封建李朝社會長期得不到認可,只能以抄本形式在民間流傳。據推斷,《熱河日記》應成書于1783年①，其漢文版本有以下幾種。1900年出現過兩卷本的《燕巖集》，但現在未見流傳。1916年，朝鮮詩人金澤榮將能搜集到的朴趾源作品編輯爲三册本的《燕巖集》出版，清華大學圖書館館藏顯示曾有該書，但筆者在清華大學未能找到該書。1932年，朝鮮大東印刷所搜集了當時所能見到的朴趾源全部作品，將其合編爲六册本《燕巖集》，筆者所采用的"大東本"即摘自其中。1956年，臺灣"國立"編譯館根據臺灣"中央"圖書館珍藏的《熱河日記》手抄本影印出版了二十六卷本的《熱河日記》，于1982年再版。筆者所用的"臺本"即1982年再版之書。1996年，北京圖書出版社依據1932年大東印刷所搜集的《熱河日記》影印本出版了《熱河日記》，這是《熱河日記》單行本在中國的首次發行。1997年上海書店出版社出版了由北京師範大學學者朱瑞平校注的《熱河日記》點校本。以上是漢文版本的情況。《熱河日記》還有韓文、日文及英文版本。1946年，大成出版社出版了由李允宰翻譯的《渡江録》。1948年，正音出版社出版了由金聖七翻譯的《熱河日記》。1956年，通文館出版了由李民樹翻譯的《燕巖選集》。1982—1984年，博英社出版了由尹在瑛翻譯的《熱河日記》。1978年，日本東京平凡社出版了《熱河日記》的日文譯本，并加有注釋、標點和朴趾源的燕行行程圖。2010年，英國環球東方出版社（Global Oriental Press）出版了第一部英文版《熱河日記》。本節筆者將對校勘選用的四種漢文版本進行詳細介紹。

---

① 由於内容涉"禁"，《熱河日記》只能長期在民間流傳，故關于它的確切成書時間，後人難以確知。但在《熱河日記》第一章序文中有"崇禎百五十六年癸卯洌上外史題"，崇禎一百五十六年是1783年，這是朴趾源燕行之後的第三年。1783年究竟是《熱河日記》的脱稿日期，還是《渡江録》的脱稿日期，書中未見明確標註。雖然《熱河日記》有洋洋二十多萬言，但依照朴趾源深厚的漢學修養要在第三年内將其完成并非難事，而且書中大部分内容應該是他在行程中隨程完成的，如與中國文人的大量筆談内容、每日的日記記述等。所以將崇禎一百五十六年（1783年）看成全書的完成日期更爲合宜（另，金河明在《燕巖朴趾源》第59頁也有類似推斷論述）。

## 一　四種版本的體例及特點概述

《熱河日記》體制龐大，全書共計二十六卷，二十六萬余字，雖名爲日記，但文學體式多樣，全書有日記體、散文體、論説體、小説體甚至筆記體等。作者根據記述内容的需要，對其著述進行了分門類編。對於燕行的旅程基本以日記體的形式按編年形式記述。而對於一些需要論述、批評的内容則多以專題的形式獨立記述，因此《熱河日記》整部作品結構合理，脉絡明晰。四種版本對上述内容的體例排列有所不同，具體如表 2-1 所示。

由表 2-1 可見，校本將衆多内容整合起來，共分五卷，其中加入了《避暑録補》《楊梅詩話》兩節内容，其他版本未見。大東本則加入了《外一種》，其他版本未見。較之前兩本的增益，臺本與奎本在内容上則有缺省。臺本缺《遼東白塔記》（名爲《遼東白塔記》，但實際記述内容爲《廣佑寺記》）、《黄金臺》（名爲《黄金臺》，但實際記述内容爲《黄金臺記》）、《文丞相祠》（名爲《文丞相祠》，但實際記述内容爲《文丞相祠堂記》）。奎本同臺本，缺《黄金臺》《文丞相祠》。另，臺本將《渡江録序》和《馹汛隨筆序》都放在正文之後，而其他版本均在之前。

## 二　臺本概述

臺本是手抄本，原卷由臺北"國立中央"圖書館珍藏。因原卷不易見到，爲研究方便，筆者選擇了由臺灣"國立"編譯館中華叢書編審委員會于 1982 年 12 月再版的原本影印版本，複印于臺灣"國立清華大學"人社分館，索書號爲 675.4873521982v.1。是書分上、下兩册，平裝，書衣正中間題簽"熱河日記"四字，上册書前有序，扉頁爲作者朴趾源簡介，下册書後有跋。全書上下册共 875 頁，長 21 厘米，寬 15 厘米，半頁 12 列，每列 24 字，頁碼標在每頁左下方，封面書影如圖 2-1 所示。

表 2-1 《熱河日記》版本體例說明

| 校本目錄 | 大東本目錄 | 臺本目錄 | 奎本目錄 |
|---|---|---|---|
| 卷一 渡江錄(六月二十四日至七月初九)、關帝廟記、舊遼東記、遼東白塔記、廣佑寺記、盛京雜識(七月初十至十四日)、粟齋筆談、商樓筆談、古董錄、山川記略 | 卷一 渡江錄(六月二十四日至七月初九)、舊遼東記、遼東白塔記、廣佑寺記 卷二 盛京雜識(七月初十至十四日)、粟齋筆談、商樓筆談、古董錄、山川記略 | 卷一 渡江錄(六月二十四日至七月初九)、渡江錄序 卷二 盛京雜識(七月初十至十四日)、盛京伽藍記、粟齋筆談、商樓筆談、古董白塔記(同校白塔記)、遼東廣佑寺記、舊遼東記、山川記略、關廟記 | 冊一‧卷一 渡江錄序/渡江錄(六月二十四日至七月初九) 冊二‧卷二 盛京雜識(七月初十至十四日)、盛京伽藍記、粟齋筆談、古董錄、遼東白塔記略、廣佑寺記、舊遼東記、山川記略、關廟記 |
| 卷二 馹汛隨筆(七月十五日至二十三日)、車制、北鎮廟記、店舍、戲臺、市肆、將臺記、橋梁、姜女廟記、山海關記、關內程史(七月二十四日至八月初四)、列上畫譜、夷齊廟記、灤河泛舟記、射虎石記、虎叱、東岳廟記、漠北行程錄(八月初五初八)、太學留館錄(八月初九至十四日) | 卷三 馹汛隨筆(七月十五日至二十三日)、車制、北鎮廟記、戲臺、市肆、將臺記、店舍、橋梁、姜女廟記、山海關記 卷四 關內程史(七月二十四日至八月初四)、列上畫譜、夷齊廟記、灤河泛舟記、射虎石記、虎叱、東岳廟記 卷五 漠北行程錄(八月初五至初八) 卷六 太學留館錄(八月初九至十四日) | 卷三 馹汛隨筆(七月十五日至二十三日)、北鎮廟記、車制、戲臺、市肆、將臺記、店舍、橋梁、姜女廟記、山海關記、馹汛隨筆序 卷四 關內程史(七月二十四日至八月初四)、列上畫譜、夷齊廟記、灤河泛舟記、射虎石記、虎叱、東岳廟記 卷五 漠北行程錄(八月初五至初八) 卷六 太學留館錄(八月初九至十四日) | 冊三‧卷三 馹汛隨筆(七月十五日至二十三日)、車制、北鎮廟記、戲臺、市肆、店舍、橋梁、將臺記、山海關記 冊三‧卷四 關內程史(七月二十四日至八月初四)、列上畫譜、夷齊廟記、灤河泛舟記、射虎石記、虎叱、東岳廟記 冊四‧卷五 漠北行程錄(八月初五至初八) 冊四‧卷六 太學留館錄(八月初九至十四日) |

第二章 《熱河日記》版本及特點概說 | 27

续表

| 校本目錄 | 大東本目錄 | 臺本目錄 | 奎本目錄 |
| --- | --- | --- | --- |
| 卷三<br>還燕道中錄（八月十五日至二十日），傾蓋錄，黃教問答，班禪始末，札什倫布，行在雜錄，忘羊錄 | 卷七<br>還燕道中錄（八月十五日至二十日） | 卷七<br>還燕道中錄（八月十五日至二十日） | 册八·卷二十<br>還燕道中錄（八月十五日至二十日） |
|  | 卷八<br>傾蓋錄 | 卷八<br>傾蓋錄 | 册五·卷十一<br>傾蓋錄 |
|  | 卷九<br>黃教問答 | 卷九<br>黃教問答 | 册六·卷十一<br>黃教問答 |
|  | 卷十<br>班禪始末 | 卷十<br>班禪始末 | 册六·卷十二<br>班禪始末 |
|  | 卷十一<br>札什倫布 | 卷十一<br>札什倫布 | 册六·卷十三<br>札什倫布 |
|  | 卷十二<br>行在雜錄 | 卷十二<br>行在雜錄 | 册八·卷十七<br>行在雜錄 |
|  | 卷十三<br>忘羊錄 | 卷十三<br>忘羊錄 | 册八·卷八<br>忘羊錄 |
| 卷四<br>審勢編，鵠汀筆談，山莊雜記，夜出古北口記，一夜九渡河記，乘龜仙人行雨記，萬年春燈記，梅花炮記，蠟嘴 | 卷十四<br>審勢編 | 卷十九<br>審勢編 | 册五·卷九<br>審勢編 |
|  | 卷十五<br>鵠汀筆談 | 卷十四<br>鵠汀筆談 | 册六·卷十<br>鵠汀筆談 |

续表

| 校本目録 | 大東本目録 | 臺本目録 | 奎本目録 |
|---|---|---|---|
| 鳥記，萬國進貢記，戯本名目記，象記，幻戯記，避暑錄避暑錄補（其他版本未見）楊梅詩話（其他版本未見）口外異聞盤羊，彩鵲，蝴蝶，高麗珠，崇禎相臣，伊桑阿，舒赫德，王振墓，曹樂水莘，楊忠賢，魏貴妃祠，《樵使》，麋角解，荷蘭鹿，雜奴侯，周嚮，寒，順濟廟，海印寺，四月八日放燈，五絃琵琶，降仙樓，李蓉賢，王感改卷，天順七年會試貢院火，新羅戶，朝鮮牡丹，艾虎，十 | 卷十六山莊雜記夜出古北口記，一夜九渡河記，乘龜仙人行雨記，萬年春燈記，梅花炮記，蠟嘴鳥記，象記，萬國進貢記，戯本名目記卷十七幻戯記卷十八避暑錄卷十九口外異聞盤羊，彩鵲·蝴蝶，高麗珠，崇禎相臣，伊桑阿，舒赫德，王振墓，曹樂水莘，楊忠賢，魏貴妃祠，《樵使》，麋角解，荷蘭鹿，雜角解，人定僧，別單，藤汁膠石，照羅赤，鹽語，天子名，麋音薩·東頭登切，丙午乙卯元朝日食，三學士封王，古兒馬紅，當今名土，明蓮子封王，六廳，《東醫寶鑒》，深衣，羅約國書，佛書， | 卷十五山莊雜記夜出古北口記，一夜九渡河記，乘龜仙人行雨記，萬年春燈記，梅花炮記，蠟嘴鳥記，象記，萬國進貢記卷十八戯本名目卷十六幻戯記卷十七避暑錄卷二十口外異聞盤羊，彩鵲·蝴蝶，高麗珠，崇禎相臣，伊桑阿，舒赫德，王振墓，曹樂水莘，楊忠賢，魏貴妃祠，《樵使》，麋角解，荷蘭鹿，雜角解，人定僧，別單，藤汁膠石，照羅赤，《元史》天子名，丙午乙卯元朝日食，六廳，東頭登切，三學士成仁之日，當今名土，明蓮子封王，古兒馬紅，羅約國書，深衣，《東醫寶鑒》，佛書， | 册七·卷十四山莊雜記夜出古北口記，一夜九渡河記，乘龜仙人行雨記，萬年春燈記，梅花炮記，蠟嘴鳥記，萬國進貢記，象記，戯本名目記册八·卷十八戯本名目册七·卷十五幻戯記册七·卷十六避暑錄册八·卷十九口外異聞盤羊，彩鵲，蝴蝶，高麗珠，崇禎相臣，伊桑阿，舒赫德，王振墓，曹樂水莘，楊忠賢，魏貴妃祠，《樵使》，麋角解，荷蘭鹿，雜角解，人定僧，別單，藤汁膠石，照羅赤，《元史》天子名，丙午乙卯元朝日食，六廳，東頭登切，三學士成仁之日，古兒馬紅，羅約國書，佛 |

28 | 《熱河日記》版本與校勘研究

第二章 《熱河日記》版本及特點概說 | 29

续表

| 校本目錄 | 大東本目錄 | 臺本目錄 | 奎本目錄 |
|---|---|---|---|
| 可笑，子規，慶壽寺大藏經碑略，胡元理學之盛，還鄉河，拜荊，千佛寺，《桂苑筆耕》，玉匣夜話 | 皇明馬牌，哈密王，徐花潭集，長興鐵板，周翰，未昂，武列河，雍奴侯，恣，順濟廟，海印寺，五絃琵琶，獅子，天順八日放燈，李榮賢，王越試卷，新羅户，證《高麗史》，朝鮮牡丹，艾虎，十可笑，子規，慶壽寺大藏經碑略，還鄉河，拜荊，胡元理學之盛，《桂苑筆耕》，千佛寺 | 皇明馬牌，哈密王，徐花潭集，長興鐵板，周翰，未昂，武列河，雍奴侯，恣，順濟廟，海印寺，五絃琵琶，獅子，天順八日放燈，李榮賢，王越試卷，宿羅户，證《高麗史》，朝鮮牡丹，艾虎，十可笑，子規，慶壽寺大藏經碑略，拜荊，胡元理學之盛，還鄉河，《桂苑筆耕》，千佛寺 | 書，皇明馬牌，哈密王，徐花潭集，長興鐵板，周翰·未昂，順濟廟，海印寺，武列河，雍奴侯，恣，五絃琵琶，獅子，天順四月八日放燈，李榮賢，王越試卷，《高麗史》，降仙樓，七年會試貢院火，新羅户，證，十可笑，朝鮮牡丹，艾虎，讀糧臺，子規，慶壽寺大藏經碑略，還鄉河，《桂胡元理學之盛，拜荊，苑筆耕》，千佛寺 |
| 卷二十玉匣夜話 | 卷二十玉匣傳話 | 卷二十一玉匣夜話 | 册九·卷二十一玉匣夜話 |
| 卷二十一黄圖紀略皇城九門，西館，金鰲橋，瓊華島，兔園山，太和殿，萬壽山，文華殿，武英殿，體仁閣，文淵閣，御厩，午門，廟社，擎天柱，五鳳樓，天壇，前星門，虎圈，風琴，洋畫，象房，黃金臺，大光明殿，狗房，雍和宫，黃金臺記，孔雀圃，五龍亭，九龍壁，紫光閣，萬佛樓，極樂世界，太液池，回子館，南海子，琉璃廠，彩鳥鋪，花草鋪 | 卷二十一黄圖紀略皇城九門，西館，金鰲橋，瓊華島，兔園山，太和殿，萬壽山，文華殿，武英殿，體仁閣，文淵閣，御厩，午門，廟社，擎天柱，五鳳樓，天壇，前星門，虎圈，風琴，洋畫，象房，黃金臺（同校本黃金臺記），雍和宫，大光明殿，狗房，大液池，孔雀圃，五龍亭，九龍壁，紫光閣，萬佛樓，極樂世界，瀛臺，彩鳥鋪，南海子，回子館，花草鋪 | 卷二十二黄圖紀略皇城九門，西館，金鰲山，大和殿，瓊華島，兔園山，萬壽山，文淵閣，體仁閣，文華殿，武英殿，擎天柱，御厩，午門，廟社，五鳳樓，前星門，天壇，風琴記，虎圈，黃金臺（同校本黃金臺記），雍和宫，大光明殿，狗房，孔雀圃，五龍亭，九龍壁，紫光閣，萬佛樓，極樂世界，太液池，瀛臺，南海子，回子館，琉璃廠，彩鳥鋪，花草鋪 | 册九·卷二十二黄圖紀略皇城九門，西館，金鰲山，大和殿，瓊華島，兔園山，萬壽山，文淵閣，體仁閣，文華殿，武英殿，擎天柱，御厩，午門，廟社，五鳳樓，前星門，天壇，風琴，象房，黃金臺（同校本黃金臺記），雍和宫，大光明殿，狗房，孔雀圃，五龍亭，九龍壁，紫光閣，萬佛樓，極樂世界，太液池，瀛臺，南海子，回子館，琉璃廠，彩鳥鋪，花草鋪 |

续表

| 校本目錄 | 大東本目錄 | 臺本目錄 | 奎本目錄 |
| --- | --- | --- | --- |
| 瀛臺，琉璃廠，南海子，回子館，花草鋪，彩鳥鋪，大學，學舍，明朝進士題名碑，歷代碑，石鼓，文丞相祠堂記，觀象臺，文丞相祠，試院，朝鮮館，盎葉記弘仁寺，報國寺，法藏寺，天寧寺，白雲觀，太陽宮，安國寺，斗姥宮，天慶寺，隆福寺，關帝廟，明因寺，大隆善護國寺，夕照寺，火神廟，藥王廟，北藥王廟，崇福寺，真覺寺，利馬竇冢，銅蘭涉筆，金蓼小鈔 | 卷二十二<br>謁聖退述順天府學，大學，學舍，明朝進士題名碑，歷代碑，石鼓，文丞相祠堂記，觀象臺，文丞相祠，試院，朝鮮館<br>卷二十三<br>盎葉記弘仁寺，報國寺，天寧寺，白雲觀，法藏寺，安國寺，太陽宮，斗姥宮，天慶寺，隆福寺，關帝廟，明因寺，大隆善護國寺，夕照寺，火神廟，藥王廟，北藥王廟，崇福寺，真覺寺，利馬竇冢<br>卷二十四<br>銅蘭涉筆<br>卷二十五<br>金蓼小鈔<br>外一種<br>書李邦翼事（是朴趾源通過當事人口述而撰寫的一篇有關中國見聞的見錄，其他版本未見） | 卷二十三<br>謁聖退述順天府學，大學，學舍，明朝進士題名碑，歷代碑，石鼓，文丞相祠堂記（同校本文丞相祠堂記），觀象臺，文丞相祠，試院，朝鮮館<br>卷二十四<br>盎葉記弘仁寺，報國寺，天寧寺，白雲觀，法藏寺，安國寺，太陽宮，斗姥宮，天慶寺，隆福寺，關帝廟，明因寺，大隆善護國寺，夕照寺，火神廟，藥王廟，北藥王廟，崇福寺，真覺寺，利馬竇冢<br>卷二十六<br>銅蘭涉筆<br>卷二十三<br>金蓼小鈔 | 册九·卷二十三<br>謁聖退述順天府學，大學，學舍，明朝進士題名碑，歷代碑，石鼓，文丞相祠堂記（同校本文丞相祠堂記），觀象臺，文丞相祠，試院，朝鮮館<br>册九·卷二十四<br>盎葉記弘仁寺，報國寺，天寧寺，白雲觀，法藏寺，安國寺，太陽宮，斗姥宮，天慶寺，隆福寺，關帝廟，明因寺，大隆善護國寺，夕照寺，火神廟，藥王廟，北藥王廟，崇福寺，真覺寺，利馬竇冢<br>册十·卷二十五<br>銅蘭涉筆<br>册十·卷二十六<br>金蓼小鈔 |

圖 2-1 《熱河日記》臺本書影

是書共二十六卷，正文無句讀斷句。該版本書寫潦草，筆迹有個別處漫漶不清。但其中蘊含大量異體字，特別是俗字，是研究朝鮮漢字俗字使用情况的較好材料。關于朝鮮俗字，後文有詳細論述，此處略舉幾例作一說明。

（一）異體字、俗字極爲豐富

（1）巧手以鵬砂、寒水石、碙砂、膽礬爲末，盐水調和。蘸筆均金砂礬刷，候乾更洗，洗又蘸刷，若是者日三四度。（臺本 P92）

按：此處校本（P43）、大東本（P88）作"鹽"，臺本作"盐"，奎本（册二 P36）作"塩"。"盐"爲唐以來流行的漢語俗字，《敦煌俗字典》引 S.512《歸三十字母例》①，《宋元俗字譜》引《列女傳》《太平樂府》《白袍記》《金瓶梅》等均作"盐"②。該字在朝鮮亦流

---

① 黄征：《敦煌俗字典》，上海教育出版社 2005 年版，第 476 頁。
② 劉復、李家瑞：《宋元以來俗字譜》，文字改革出版社 1957 年版，第 164 頁。

傳廣泛，《異形字典》引《字類注釋·飲食類》（1856）、《封書4—2》（乙卯）等均作此字形①。

（2）譬如廣州生負初入京，左右顧眄，應接不暇，輒為京人所唕。（臺本 P93）

按：此處校本（P44）、大東本（P89）作"唾"，臺本作"唕"，奎本（册二 P37）作"噡"。"唕"爲"噡"的異化字形，是將"噡"字右上部的"屮"異化爲"厶"之結果。該字爲朝鮮文人借用的漢字異體字形，後出于書寫簡化方便之需，而成爲朝鮮通用流行的俗字，朝鮮漢文獻可見《韓國俗字譜》引《9—139》《7—24》均作"唕"。②

（3）乾隆八年癸亥（亥）三月……闢（關）外暮春天氣忽變六月炎暑，龍傍百里內都作烘爐（爐）世界。（臺本 P100）

按：此處校本（P46—47）、大東本（P95）作"隆"，臺本作"隆"，奎本（册二 P46）作"隆"。《字鑑·平聲》："隸省作隆，俗作隆。"③"隆"又爲"隆"的進一步簡化俗字。"隆""隆"都是"隆"的異體字形，兩種字形在朝鮮漢文獻中都有流傳。《韓國俗字譜》引《唊4》作"隆"④。《異形字典》引《謚號望20》（1739）、《諭祭文1》（1789）、《物名考》卷四（1802）等作"隆"。⑤

（4）又一人見余以翹足而立，提一兀子，令我登其上望（望）之，余一手托其肩，一手拄楣而立。（臺本 P319）

---

① 呂浩：《韓國漢文古文獻異形字研究之異形字典》，上海大學出版社 2011 年版，第 423 頁。
② 金榮華：《韓國俗字譜》，漢城亞細亞文化社 1986 年版，第 35 頁。
③ （元）李文仲：《字鑑》，中華書局 1985 年版，第 3 頁。
④ 金榮華：《韓國俗字譜》，漢城亞細亞文化社 1986 年版，第 229 頁。
⑤ 呂浩：《韓國漢文古文獻異形字研究之異形字典》，上海大學出版社 2011 年版，第 228 頁。

第二章 《熱河日記》版本及特點概説 | 33

按：此處校本（P139）、大東本（P289）作"凳子"，臺本作"兀"，奎本（册四P98）作"几"。"兀"即"兀"，《敦煌俗字典》引P.3833《王梵志詩》作"兀"，并【按】："此字與'瓦'俗字相似。"① 《龍龕手鏡·兀部》作"此部与凡部相涉"②，"兀"則爲"兀"的進一步異化。《熱河日記》還可見該字形的其他用例："獨尭（堯）、舜衣日、月、星、辰、山、龍、華虫、粉米、藻、火、宗彝、黼黹絺繡服，揚八彩而瞬（舜）重瞳（瞳），兀然孤（孤）立，惡能成巍巍蕩蕩之治化哉。"此句臺本（P748—749）和奎本（册九P37）均作此形。

"兀子"即"杌子"，指小矮凳。宋·陸游《老學庵筆記》卷四："徐敦立言：往時士大夫家，婦女坐椅子兀子，則人皆譏笑其無法度。"③ 朝鮮李世龜《養窩集·答李太素近思問目》："譬如不識此兀子云云，何以解釋。兀子之子，以字通看耶。兀子，退溪以爲杌子，守夢以爲疑是倚卓之類。現釋疑，蓋兀子猶言卓子倚子也。"④ 校本和大東本用"凳子"可通。奎本作"几子"，應爲"兀"字的形近誤寫。

（5）昔人以天下比之金甌（甌），今日金甌即如善熟之西瓜。（臺本P549）

按：校本（P240）、大東本（P495）作"瓜"，臺本作"瓜"，奎本（册六P68）作"瓜"。《敦煌俗字典》引S.76《食療本草》、S.5448《敦煌録》作"瓜"，引S.610《啟顔録》作"苽"⑤。故兩字都是唐以來的漢字俗字。朝鮮漢文獻方面，《韓國俗字譜》引

---

① 黄征：《敦煌俗字典》，上海教育出版社2005年版，第433頁。
② （遼）釋行均：《龍龕手鏡》，中華書局1985年版，第522頁。
③ （宋）陸游撰，楊立英校注：《老學庵筆記》，三秦出版社2003年版，第132頁。
④ 本書所引用古朝鮮漢文文獻語料均來自韓國文集叢刊語料庫，網址：http://db.mkstudy.com/。後文注釋同此，不再特別説明。
⑤ 黄征：《敦煌俗字典》，上海教育出版社2005年版，第135頁。

《8—584》《1—46》作"<u>爪</u>",引《3—441》作"<u>𤓰</u>"。①

(6) 宗人府距此多<u>火</u>路?(臺本 P609)

按:此處校本(P265)和大東本(P545)作"多小",臺本與奎本(册七 P77)作"多<u>火</u>"。"小"可通"少",故校本和大東本無誤。"<u>火</u>"爲"少"的加點異化俗字,朝鮮漢文獻多見之。《韓國俗字譜》引《2—433》亦作"<u>火</u>"。②

(二)脱文較多

因臺本爲手抄本,在抄錄過程中難免有所脱漏,但比較四個版本而言,臺本中的脱文最多,因後文校勘研究將作詳述,此處酌舉幾例作以説明。

(1) 余方<u>舍</u>(含)烟矇矓,枕邊忽有聲音,余驚問:"余是誰也?"答曰:"都<u>甪</u>(爾)老音伊吾。"語音殊為不類。余<u>冄</u>(再)喝:"汝是誰也?"答曰:"小人都<u>甪</u>老音伊吾。"……甲軍之自<u>稱</u>(稱)"都<u>甪</u>老音",殊為絶倒。我國方言<u>秞</u>(稱)胡<u>虜</u>(虜)戎狄曰"都<u>甪</u>老音"。(臺本 P57)

按:此處校本(P26—27)、大東本(P53—54)作"搗伊鹵音爾幺"。并最後一句有解釋:"我國方言稱胡虜戎狄曰'搗伊',蓋'島夷'之訛也;'鹵音'者,卑賤之稱。'爾幺'者,告於尊長之語訓也。"臺本和奎本(册一 P91)作"都爾老音伊吾",但未見"都爾""老音""伊吾"的相關解釋。"搗伊鹵音""都爾老音"發音接近,均是"島夷"的音譯發音。"伊吾"與"爾幺"亦音近,爲尊長之語訓。此處臺本和奎本叙述不全,應有脱文。

(2) 象三給館主銀二兩、扇一柄云。(臺本 P212)

按:此處校本(P95)作"再鳳言,象三給館主銀二兩、大口魚

---

① 金榮華:《韓國俗字譜》,漢城亞細亞文化社 1986 年版,第 139 頁。
② 金榮華:《韓國俗字譜》,漢城亞細亞文化社 1986 年版,第 57 頁。

一尾、扇一柄云"。大東本（P196）與奎本（冊三 P124）作"再鳳言，象三給館主銀二兩、大口魚一尾、扇一柄云"。臺本省去了説話的對象"再鳳言"和"大口魚一尾"，故有脱文。另校本作"銀二雨"有誤，"雨"應爲"兩"的形近誤寫。

（3）有一個虜女，以鐺罐（罐）之屬，方執炊爨，似是秦家女奴，爲具朝饍。（臺本 P236）

按：此處校本（P105）、大東本（P218）和奎本（冊三 P159）作"有一個處女，年可二八，佳麗無雙，見客小無羞澀之態，窈窕幽閑，執事天然，而縐縠如霧，皓腕若藕，似是秦家叉鬟爲具朝饌也"。朴趾源是一位觀察細緻的作家，特别對人物的描寫十分傳神，此處各本均有對秦家"叉鬟"（丫鬟）的外貌形態描寫，而臺本無，抄寫時應有脱文。

（4）仲存氏曰：大抵皆傳疑之筆，然異時修一代之史，不得不爲班禪立傳，而時移事往，未易如此篇之詳備。但恐外國私記，無緣爲汗青人所據，是則可惜也。

（5）仲存氏曰：自《穆天子傳》以下，如漢東方朔《飛燕外傳》《西京雜記》、○○○等書，類非外廷所預、彤筆所書，故一切歸之稗官。然皆足以見一代帝王之志尚舉止。若此篇所記，何以稱焉？又曰：中原士大夫未有得見班禪者，還向我人問其何狀。此其意不欲塗人耳目，而我乃爲其所私褻無所憚，是則可耻之甚也。

按：例4中校本（P183—P184）和大東本（P378）有此段叙述，而臺本和奎本均無。例5中校本（P186—P187）和大東本（P384）有此段叙述，而臺本和奎本均無。"仲存氏"爲作者假托的人物，如《聊齋志異》中的"異史氏"一樣，是以他人的口吻來作評論的一種書寫形式。對于這種評論叙述手法，在朴趾源的其他作品中未有發現，這也可能是後世傳抄者根據自己的理解續加而成的。

(三）異文多，且與奎本一致性高

在校勘中筆者發現，四個版本均存在大量異文。而異文比較的結果顯示，校本和大東本具有較高的一致性，臺本與奎本具有較高的一致性。故此筆者推斷，這四種版本背後應是兩個版本系統。後文的校勘研究有詳細敘述，此處略舉幾例作以說明。

（1）來觀使臣坐處，**含**(含) 竹 **睥睨**（睥睨），指點相謂曰："王子麼？"宗室正使**稱**（稱）王子故也。（臺本P21）

按：此處校本（P10）、大東本（P19）作"含烟睥睨"，臺本和奎本（冊一P36）作"含竹"。"竹"即"烟槍"，因烟槍多爲竹竿製成，故朝鮮漢文獻常寫作"烟竹"（연죽）。此處的"含竹"即指"抽烟槍"。

（2）急往觀之，得龍方與群胡爭禮**單**（單）多寡也。禮單分紛時，考例分給。（臺本P21）

按：此處校本（P10）、大東本（P20）作"禮物多寡"，臺本和奎本（冊一P37）作"禮單"。因有後文提示，此處用"禮單"更爲貼切，禮單上有禮物配給的多少，故作"禮物"也可通。

（3）老人問余官居**幾**（幾）品，余對以"秀才觀光上國。從**族**（族）兄大大人來"。（臺本P287）

按：此處校本（P126）、大東本（P261）作"從三從兄"，臺本和奎本（冊四P52）作"族兄"。"從兄"指同祖伯叔之子年長於己者，即堂兄。朴明源是朴趾源的"三從兄"，指排行第三的堂兄。"族兄"亦指同族同輩中年紀較長者。此處兩詞均可，但通過該例可以看出，校本和大東本用詞一致，臺本和奎本用詞一致。

（4）余問："七**勻**（勻）、十二**勻**何謂也？"（臺本P477）

按：此處臺本、校本（P205）、大東本（P424）均作"勻"，奎本（冊五P59）作"**均**"（均）。此處的"均""勻"均指"韻"，該句後文有解釋："亨山曰：'勻者，齊也、調也，如言韵也，如作詩者之言四韵、八韵。七勻者，七聲之一韵；十二勻者，十二律之一韵也。古無韵字。故稱勻。'""勻"，《説文解字·勹部》作"少也。"①《玉篇·勹部》作"少也、齊也"。②《六書正譌·平聲》："別作均。古又用爲韻字後人所製。"③由此可知，"均"與"勻"通，均可作"韻"。另外，值得注意的是，儘管用字不同，但臺本和奎本在字形上保持了高度一致。

（5）則鳥即就茏（器）中以嘴含其鈝（牌）ち（飛）上义木，取視之，果所識某鈝也。（臺本 P574）

按：此處校本（P248）作"叉木"，大東本（P511）作"叉"，臺本和奎本（册七 P20）作"义"。"义""叉"均爲"叉"的異體字。《字鑑·平聲》以"义"爲"叉"之俗字。④《熱河日記》中也多見"义鬟"一詞，即"叉鬟"（차환，指丫鬟，該詞爲朝鮮仿造漢字詞）。"叉"，《説文解字注》作"手足甲也。叉爪古今字。古作叉，今用爪"。⑤

（6）或有謂彖（象）五脚者，或謂彖目如犂（鼠），盖情窮於鼻牙之間，拈其通體之最小者，有此比橃（擬）之不倫。（臺本 P566）

按：此處校本（P252）、大東本（P519）作"就其通體之最少者"，奎本（册七 P29）作"拈其通體之最小者"。"拈"，《説文解字·手部》作"搣也"。⑥《玉篇·手部》作"指取也"。⑦《廣韻·

---

① （漢）許慎：《説文解字》，浙江古籍出版社 2016 年版，第 302 頁。
② 王平、劉元春、李建廷：《宋本玉篇標點整理本》，上海書店出版社 2017 年版，第 442 頁。
③ （元）周伯琦撰，（明）胡正言訂篆：《六書正譌》第一册，明刻本古香閣藏本，第 27 頁。
④ （元）李文仲：《字鑑》，中華書局 1985 年版，第 45 頁。
⑤ （漢）許慎撰，（清）段玉裁注：《説文解字注》，上海古籍出版社 2004 年版，第 115 頁。
⑥ （漢）許慎：《説文解字》，浙江古籍出版社 2016 年版，第 402 頁。
⑦ 王平、劉元春、李建廷：《宋本玉篇標點整理本》，上海書店出版社 2017 年版，第 96 頁。

平聲》作"指取物也"。① 唐·杜甫《絕句·漫興九首》:"舍西柔桑葉可拈,江畔細麥復纖纖。"② 句中的"拈其通體之最小者",可解爲取其通體最少者。"就"有就近之義,《孟子·梁惠王上》:"望之不似人君,就之而不見所畏焉。"③ 據文意,此處用"拈"較爲合宜。

(7) 于時衆人莫不美**脱**(脫),耽嗜争玩,愈此為鏡,直欲鑽入。(臺本 P592—593)

按:此處校本(P258)作"争觀"、大東本(P531)作"争觀",臺本和奎本(册七 P51)作"争玩"。據文意,此處是説幻者在大玻璃鏡里變幻出形形色色的景象,"重樓複殿,窈窕丹青。有大官人手執蠅拂,循欄徐行。佳人美女,四四三三,或擎寶刀,或奉金壺,或吹鳳笙,或踢繡球,明璫雲鬢,妙麗無雙。室中百物,種種寶玩,真定世間極富貴者"。(校本 P258)幻戲中虛構的景象實在引人入勝,以至于大家忘了這是鏡中幻象,都想鑽進去一看究竟。根據文意,此處"争觀""争玩"均可。

(8) **凝**(凝)神如見抱朴子,圖冕慚非陳所翁。(臺本 P600)

按:此處校本(P261)、大東本(P538)作"陳少翁",臺本和奎本(册七 P65)作"陳所翁"。根據文意,此處應爲"陳所翁"。"陳所翁",南宋著名畫家,祖籍福建,本名陳容,字公儲,號所翁。他是畫龍高手,代表作品有《墨龍圖》和《雲龍圖》。他畫龍時潑墨成雲,噀水作霧。偶爾大醉,則更脱巾濡墨,信手塗抹,再用渴筆勾勒成龍,筆意蒼老,或全身,或鱗爪,或龍首,皆能妙似。

(9) 開帙**羣**言守其雅,撫琴六氣為之清。(臺本 P677)

按:此處校本(P292)作"開帙守其雅撫琴,群言六氣爲之

---

① 《宋本廣韻·永禄本韻鏡》,鳳凰出版傳媒集團 2005 年版,第 66 頁。
② 中華書局編輯部點校:《全唐詩》第四册,中華書局 2013 年版,第 2453 頁。
③ 方勇評注:《孟子》,商務印書館 2017 年版,第 8—9 頁。

第二章 《熱河日記》版本及特點概説 | 39

清", 大東本（P595）作"開帙守其雅撫琴, 群言六氣爲之清", 臺本和奎本（册八 P51）作"開帙羣言守其雅, 撫琴六氣爲之清"。據查, 此處引用了清人梁詩正詩句："開卷群言守其雅, 撫琴六氣爲之清", 意爲看書讀卷, 要在衆多的觀點裏選擇雅致、經典的; 彈琴則要在六氣裏選擇清亮的聲音。校本和大東本有抄誤, 詩句中的字詞前後顛倒。臺本和奎本只改動一字。"帙",《説文解字·巾部》指書衣,[①] 亦可引申指書卷, 故可通。

（10）余初以萬歲山爲萬壽山, 蓋華音萬是宛, 歲音秀灑翻, 萬壽、萬歲音義俱似, 則意謂一山而兩呼也。（臺本 P746）

按: 此處校本（P319）、大東本（P644）作"一山而兩號", 奎本（册九 P34）作"一山而兩呼"。"呼", 唤也; "號", 呼也。"謼",《廣韻·去聲》："號謼亦作呼。"[②]《詩·大雅》："式號式呼。"[③] 故"呼""號"可通。"號"可指稱號,《左傳·昭公四年》："號之曰: 牛, 助余。"[④] 呼也可指"稱呼""稱號", 故此處兩詞均可。

（11）王者德至鳥（鳥）獸（獸）, 則猉獜至。（臺本 P847）

按: 此處校本（P363）、大東本（P735）作"麒麟", 臺本和奎本（册十 P48）作"猉獜"。"猉獜"爲"麒麟"的朝鮮俗寫。朝鮮李德懋《青莊館全書·盎葉記》有記："東國人多以麒字麟字命名者有之, 往往從俗麒作猉, 麟作獜。"朝鮮金南重《野塘遺稿·豐寧君挽》："奕世魁名重, 清朝屬望新。賢才當拔擢, 勳業冠猉獜。"又, 朝鮮俞泓《松塘集·送書狀官》："日下高名士, 當朝第一人。論材先杞梓, 擇駿得猉獜。"

---

[①]（漢）許慎:《説文解字》, 浙江古籍出版社 2016 年版, 第 253 頁。
[②]《宋本廣韻·永禄本韻鏡》, 鳳凰出版傳媒集團 2005 年版, 第 106 頁。
[③] 向熹譯注:《詩經》, 高等教育出版社 2009 年版, 第 312 頁。
[④]（晋）杜預注,（唐）孔穎達等正義:《十三經注疏下·春秋左傳正義》, 上海古籍出版社 2007 年版, 第 2036 頁。

（12）我俗以錢一文稱一分，錢十分爲一錢。李烱菴德懋(懋)，謂其義出衡與度也。（臺本 P859）

按：此處校本（P368）作"李烱庵德懋"、大東本（P745）作"李烱菴德懋"，臺本和奎本（册十 P65）作"李烱蓭德懋"。手寫本中多見這種將人物的名號寫在夾注中的書寫形式，而校本和大東本均未有體現。

### 三　奎本概述

奎本也是手抄本，原本由首爾大學圖書館珍藏，圖書番號7175，一函十册，十册共含二十六卷。每册爲綫裝，書衣左上方題簽"熱河日記"四字。全書十册均用天干順序編序，封面右上側標有每册記述内容的卷名，右下爲圖書番號信息。如第一册題簽爲"熱河日記甲"，記述内容爲"渡江録"；第十册爲"熱河日記癸"，記述内容爲"銅蘭涉筆""金蓼小鈔"。其每册首頁都蓋有"朝鮮總督府圖書之印""首爾大學校圖書""京城帝國大學圖書章"等印章（另有兩章模糊不清）及奎字編號：37681—37690。十册書由藍色板框包裹，板框長20厘米，寬14厘米，高6.5厘米。單册書長20厘米，寬13厘米，半頁10列，每列20字，正文無句讀斷句。因原本屬館藏珍本，無法外借，筆者對其進行了拍照影印，書影如圖2-2所示。

較之臺本，奎本書寫工整，字形美觀。但其中的異體字、異文非常多，屬四本之最，因此筆者推測，奎本較之臺本應屬於晚出本。其具體特點如下。

（一）異體字豐富，特別是古字、俗字數量極多

1. 古字例釋

（1）高四五丈，離立夻家門前十步之間。（奎本册二 P83）

按：此處校本（P54）、大東本（P110）作"喪"，臺本（P124）

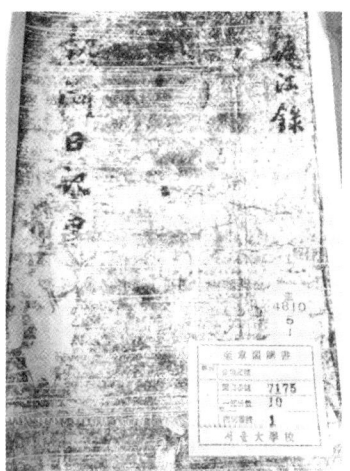

第二章 《熱河日記》版本及特點概説 | 41

圖2-2 《熱河日記》奎本書影

作"丧",奎本作"㐀"。《説文解字·哭部》:"㐀,亡也。从哭从亡,會意,亡亦聲。息郎切。"①《自學三正·體制上》記㐀、丧古今異體。②"㐀"爲朝鮮文人對"㐀"字的異化變形,用"人"替换了右部的"口"。該字形在朝鮮漢文獻中多有見之,《異形字典》引《字類注釋·農業類/忄情類/草木類/衣冠類》(1856),《韓國俗字譜》引《6—370》均作此字形。③ 另,唐以來丧的俗字中也有類似變形,如《敦煌俗字典》引 S.78《失名類書》作"㐀"。④

(2)老人出一片紅紙刺示之曰:"鄁(鄙)人是也。"右旁細書通奉大夫大理寺卿致仕尹嘉銓。(奎本册四 P53)

按:此處校本(P126)、大東本(P261)、臺本(P287)作"旁",

---

① (漢)許慎:《説文解字》,浙江古籍出版社2016年版,第46頁。
② (明)郭一經:《字學三正》第一册,明萬曆二十九年山東曹縣公署刻本,第65頁。
③ 詳見吕浩《韓國漢文古文獻異形字研究之異形字典》,上海大學出版社2011年版,第314頁;金榮華《韓國俗字譜》,漢城亞細亞文化社1986年版,第34頁。
④ 黄征:《敦煌俗字典》,上海教育出版社2005年版,第349頁。

奎本作"芴"。"芴",《字彙‧首卷》記作古"旁"字。① 該字在朝鮮漢文獻中亦多見之,《異形字典》引《全韻玉篇‧手部》(1796)、《物名考》卷二(1802)、《字類注釋‧總論》(1856)等均見該字②。

(3) 自晋宋以来,號(號)洛陽為荒中,此謂長江以北盡是夷狄。(奎本冊五 P99)

按:此處校本(P218)、大東本(P449)作"荒",奎本和臺本(P657)作"荒"。《説文解字‧艸部》:"荒,蕪也。从艸巟聲。一曰艸淹地也。呼光切。"③ "荒"爲古字,而"荒"爲其俗字。《正字通‧首卷》作"荒古荒今"。④《字學三正‧體制上》記"荒,俗作荒"。⑤ 朝鮮漢文獻中亦見該字形,《異形字典》引《全韻玉篇‧山部/月部》(1796)、《字類注釋‧造化類》(1856)均記有"荒"。⑥

(4) 兩個先生當不兌月中一走,訟明于姮娥娘娘,是時無追,郝成作證。(奎本冊六 P9)

按:此處校本(P222)、大東本(P458)、臺本(P508)作"走",奎本作"走"。《説文解字‧走部》:"走,趨也。从夭、止。夭止者,屈也。凡走之屬皆从走。"⑦ "走"經隸變作"走"。"走",亦爲"走"的隸變變異字形。《字彙‧首卷》以之爲古字。⑧《干禄字書‧上聲》《經典文字辨證書‧走部》以之爲正字。⑨

---

① (明)梅膺祚,(清)吳任臣:《字彙 字彙補》,上海辭書出版社1991年版,第7頁。
② 吕浩:《韓國漢文古文獻異形字研究之異形字典》,上海大學出版社2011年版,第272頁。
③ (漢)許慎:《説文解字》,浙江古籍出版社2016年版,第26頁。
④ (明)張自烈,(清)廖文英:《正字通》,中國工人出版社1996年版,第39頁。
⑤ (明)郭一經:《字學三正》第一冊,明萬曆二十九年山東曹縣公署刻本,第55頁。
⑥ 吕浩:《韓國漢文古文獻異形字研究之異形字典》,上海大學出版社2011年版,第141頁。
⑦ (漢)許慎:《説文解字》,浙江古籍出版社2016年版,第46頁。
⑧ (明)梅膺祚,(清)吳任臣:《字彙 字彙補》,上海辭書出版社1991年版,第7頁。
⑨ 詳見(唐)顔元孫《干禄字書》,中華書局1985年版,第21頁;(清)畢沅《經典文字辨證書》,中華書局1985年版,第6頁。

第二章 《熱河日記》版本及特點概說 | 43

（5）明明揚側，立賢無方，則版（版）箕（築）入夢，漁釣協卜，乃能同德。（奎本册六 P31）

按：此處校本（P229）、大東本（P471）作"賢"，臺本（P523）作"贒"，奎本作"賢"。《說文解字·貝部》："賢，多才也，从貝臤聲。"①《說文解字注》："賢本多財之偁。引伸之凡多皆曰賢。人偁賢能，因習其引伸之義而廢其本義矣。"②"贒"，《龍龕手鏡·貝部》："古文音賢，良也，能也。"③

（6）梁楚之劒（劍）客，先剚袁盎之腹；河朔之夵士，當碎喪度之首，文帝固已慮（慮）及於此耳。（奎本册六 P33）

按：此處校本（P229）、大東本（P473）、臺本（P524）作"死"，奎本作"夵"。《說文解字·死部》："夵，澌也，人所離也，从歺从人。凡死之屬皆从死，息姊切。"④《六書正譌·上聲》："夵，从歺从人，會意，隸作死。"⑤《字彙·人部》："夵，古文死字。"⑥由上可知，夵爲古字，死爲其隸變後字形。

（7）䴡川，奇豐額字，滿洲人。（奎本册六 P117）

按：此處校本（P175）、大東本（P361）作"麗川"，臺本（P401）和奎本作"䴡川"。《說文解字·鹿部》："麗，旅行也。鹿之性，見食急則必旅行。从鹿丽聲。"⑦《敦煌俗字典》引S.2832《願文等範本·公》作"䴡"，其上部爲"丙丙"。⑧"麗"，《字鑑·去聲》：

---

① （漢）許慎：《說文解字》，浙江古籍出版社2016年版，第204頁。
② （漢）許慎撰，（清）段玉裁注：《說文解字注》，上海古籍出版社2004年版，第279頁。
③ （遼）釋行均：《龍龕手鏡》，中華書局1985年版，第349頁。
④ （漢）許慎：《說文解字》，浙江古籍出版社2016年版，第127頁。
⑤ （元）周伯琦撰，（明）胡正言訂篆：《六書正譌》第三册，明刻本古香閣藏本，第7頁。
⑥ （明）梅膺祚，（清）吳任臣：《字彙 字彙補》，上海辭書出版社1991年版，第33頁。
⑦ （漢）許慎：《說文解字》，浙江古籍出版社2016年版，第327頁。
⑧ 黄征：《敦煌俗字典》，上海教育出版社2005年版，第240頁。

"丽，古麗字。从篆省，俗作麗。"①《正字通·古今通用》作"丽古麗今"。② 由此可知，"丽""兩"均爲"麗"的古字，从篆省。

（8）此諸人者，有先余交遊者，故名芬牙頰，若數鬚眉。（奎本册七 P75）

按：此處校本（P264）、臺本（P607）作"眉"，大東本（P544）和奎本作"䀠"。《説文解字·眉部》："眉，目上毛也。从目，象眉之形，上象額理也。凡眉之屬皆从眉。"③ "䀠"古同眉，《字學三正·體制上》以之爲古文。④《經典文字辨證書·眉部》作正字。⑤ 由上可知"䀠"當爲"眉"之古字，以古爲正。《熱河日記》還可見由"䀠"構成的"媚"（媚）字："三合能生子，一升老人能媚少姬。"（奎本册十 P103）

（9）你們所請轉奏（奏）呈文，辭旨糊塗，全沒叩謝（謝）之實。（奎本册八 P99）

按：此處校本（P149）、大東本（P307）、臺本（P339）作"謝"，奎本作"謝"。《説文解字·言部》："謝，辭去也，从言射聲。"⑥ 奎本用字是抄寫者的一次筆誤，抄寫者由于没有很强的文字規範意識，有時會因個人喜好，隨意改變漢字的結構甚至删减部件而引起類似筆誤。

（10）今清省闈之制悉遵明舊（舊），而題名之碑密若蓁畦，不可殫記。（奎本册九 P92）

按：此處校本（P338）、大東本（P682）、臺本（P788）作"明"，

---

① （元）李文仲：《字鑑》，中華書局 1985 年版，第 121 頁。
② （明）張自烈，（清）廖文英：《正字通》，中國工人出版社 1996 年版，第 38 頁。
③ （漢）許慎：《説文解字》，浙江古籍出版社 2016 年版，第 108 頁。
④ （明）郭一經：《字學三正》第一册，明萬曆二十九年山東曹縣公署刻本，第 63 頁。
⑤ （清）畢沅：《經典文字辨證書》，中華書局 1985 年版，第 12 頁。
⑥ （漢）許慎：《説文解字》，浙江古籍出版社 2016 年版，第 71 頁。

奎本作"眀"。《説文解字・朙部》："㬎，照也，从月从囧。凡明之屬皆从明。䜱，古文明从日。"①《干禄字書・平聲》："明眀，上通下正。"②《玉篇・明部》《正字通・首卷》均以"眀"爲"明"之古文。③

2. 俗字例釋

奎本除了較多使用古字外，還可見大量俗字，此處略舉幾例以作説明。

（1）或云仙人丁令威乘鶴（鶴）而歸，見遼（遼）東城郭人民已改，悲鳴作歌，此其令威所止華表柱，非也。（奎本册二 P57）

按：此處校本（P33）、大東本（P65）作"歸"，臺本未見該句記述，奎本作"帰"。《字鑑・平聲》記"帰"爲"歸"之俗字。④ 該字在朝鮮漢文獻中多見，《韓國俗字譜》引《5—248》《古263》⑤，《異形字典》引《陳情・請願14—3》（1922）均作此字形。⑥

（2）朝起，徐行至闕下，襲黄袱者七架子，置門下休息，皆玉器玩。（奎本册四 P100）

按：校本（P140）作"置"，大東本（P291）、臺本（P320）作"置"，奎本作"置"。《説文解字・网部》："置，赦也，从网、直。"⑦《正字通・网部》："設也、安也、措也、棄也、又貫而立也。"⑧

---

① （漢）許慎：《説文解字》，浙江古籍出版社2016年版，第222頁。
② （唐）顔元孫：《干禄字書》，中華書局1985年版，第14頁。
③ 詳見王平、劉元春、李建廷《宋本玉篇標點整理本》，上海書店出版社2017年版，第327頁；（明）張自烈，（清）廖文英《正字通》，中國工人出版社1996年版，第38頁。
④ （元）李文仲：《字鑑》，中華書局1985年版，第14頁。
⑤ 金榮華：《韓國俗字譜》，漢城亞細亞文化社1986年版，第115頁。
⑥ 吕浩：《韓國漢文古文獻異形字研究之異形字典》，上海大學出版社2011年版，第117頁。
⑦ （漢）許慎：《説文解字》，浙江古籍出版社2016年版，第251頁。
⑧ （明）張自烈，（清）廖文英：《正字通》，中國工人出版社1996年版，第846頁。

"卂"字上部的"乁"概由"罒"之草書字形演變而來。① 因較"罝"更簡便易寫，所以"卂"在朝鮮漢文獻中廣泛流行，《韓國俗字譜》引《1—17》《野錄》等均作此字形。②

（3）又賜朝紳等綵緞、繡㫃諸物，而正使緞五疋、㫃六對（對）、臭炉㫃一個，副使、書狀各減有差。（奎本册四 P100）

按：此處校本（P140）、大東本（P290）、臺本（P320）作"囊"，奎本作"㫃"。"囊"的象形古字爲🀆，朝鮮文人也是出于書寫方便的目的，經過對🀆字的輪廓簡化，最終創造出"㫃"這一朝鮮簡寫俗字，該字形在其他朝鮮漢文獻中亦有見之，如《韓國俗字譜》引《古213》作"㫃"。③

（4）禽鈇（獸）之無手也，必令嘴啄俛而至地，以求食也。故雀脛既高，則不得不頸長。（奎本册七 P30）

按：此處校本（P252）、大東本（P520）、臺本（P568）作"鶴"。奎本作"雀"。《字學三正·體制上》記"雀"爲"鶴"之古文。④ 因"雀"書寫簡便，後亦成爲宋元以來流行的俗字，《宋元以來俗字譜》引《目連記》《嶺南逸事》作"雀"。⑤

（5）成化庚子，京師有薰娘善女紅，少而艾，履襪不盈四寸，諸富貴家相薦，引以教刺繡，見男女輒羞避，夜與從教者寢处（處），謹鎖鑰，人益信其嚴於自防，庠生某慕之，乃以厥妻給爲妹。（奎本册七 P92）

按：此處校本（P269）、大東本（P555）、臺本（P619）作"寡"。

---

① 詳見周志鋒《大字典論稿》，浙江教育出版社1998年版，第297頁。
② 金榮華：《韓國俗字譜》，漢城亞細亞文化社1986年版，第166頁。
③ 金榮華：《韓國俗字譜》，漢城亞細亞文化社1986年版，第38頁。
④ （明）郭一經：《字學三正》第一册，明萬曆二十九年山東曹縣公署刻本，第75頁。
⑤ 劉復、李家瑞：《宋元以來俗字譜》，文字改革出版社1957年版，第140頁。

奎本作"寳",字形與"寔"接近,本字疑爲"實"。"實"爲有唐以來流行的漢字俗字,可見《敦煌俗字典》引 P.3561《蔣善進臨摹〈千字文〉》作此形。①

(6) 草長光風裡,鶯嚦静默間。(奎本册七 P91)

按:此處校本(P269)、大東本(P554)、臺本(P618)作"啼",奎本作"嚦"。《説文解字·口部》:"嚦,號也,從口虒聲。"②《説文解字注》記"嚦俗作啼"。③《經典文字辨證書·口部》記"嚦正啼俗"。④《龍龕手鏡·口部》則記"啼嚦二通",⑤故"嚦"亦爲當時通用俗字。

(二) 四種版本中異文最多

1. 用字、用詞不同的異文

(1) 周隨影步匝,誦傳副使遼(遼)陽所製七律。(奎本册二 P39)

按:此處校本(P44)、大東本(P90)、臺本(P95)均作"所題七律",奎本作"所製七律"。"製",義與"著"同,指著述、創作。二國·曹植《與楊德祖書》:"昔尼父之文辭,與人通流。至於制(製)《春秋》,游夏之徒,乃不能措一辭。過此而言不病者,吾未之見也。"⑥唐·杜甫《八哀詩·贈秘書監江夏李公邕》:"聲華當健筆,灑落富清製。"⑦據文意,此處用"題""製"皆可。

(2) 龍卧卄日,忽大雷以風,瀿雨如斗,大陵(陵)河廬舍雨中自火,獨不傷害了人畜。(奎本册二 P47)

按:此處校本(P47)、大東本(P95)、臺本(P100)作"瀿雨

---

① 黄征:《敦煌俗字典》,上海教育出版社 2005 年版,第 136 頁。
② (漢) 許慎:《説文解字》,浙江古籍出版社 2016 年版,第 44 頁。
③ (漢) 許慎撰,(清) 段玉裁注:《説文解字注》,上海古籍出版社 2004 年版,第 61 頁。
④ (清) 畢沅:《經典文字辨證書》,中華書局 1985 年版,第 5 頁。
⑤ (遼) 釋行均:《龍龕手鏡》,中華書局 1985 年版,第 266 頁。
⑥ (南朝梁) 蕭統編,(唐) 李善注:《文選》,中華書局 2005 年版,第 593 頁。
⑦ (宋) 計有功輯撰:《唐詩紀事》上,上海古籍出版社 2013 年版,第 249 頁。

如豆",奎本作"潑雨如斗"。據文意,此處是對雨勢的描寫。"豆"與"斗"均可描寫雨量,因文中有"潑"字,且漢語有"瓢潑大雨","瓢"同"斗"一樣,都是較大的盛物容器,故"斗"應該更合文意。

(3)回看東天,火雲瀚瀚,盪出一輪紅日,半湧半沉於葛黍田中,遲遲冉冉,圓滿遼(遼)東,而野地上,去馬来車,静樹止屋,森如秋毫,皆入火輪中矣(矣)。(奎本册二 P73)

按:此處校本(P51)、大東本(P104)、臺本(P118)作"瀚潏",奎本作"滃滃"。遍查漢、朝漢文文獻未見"瀚潏",但有"滃滃",指雲氣騰涌貌。宋·陸游《題十八學士圖》詩:"晉陽龍飛雲滃滃,關洛萬里即日平。"① 據文意,此處當作"滃滃","瀚潏"有誤。"滃",《説文解字·水部》:"雲气起也。"② "潏",《説文解字·水部》:"涌出也。"③ 兩字意義確不相似,但字形接近,故其他版本應為形近而致誤。

(4)既而大雨暴霪,傍無他喧,政合穩談,而兩人者既不識一字,余又官話極踈,無可奈何。(奎本册三 P72)

按:此處校本(P80)、大東本(P165)、臺本(P178)作"政合穩譚",奎本作"政合穩談"。《字彙·言部》作"與談同"。④ 《莊子·則陽》篇:"夫子何不譚我于王。"⑤ 故此處用"譚""談"均可。

(5)嘉山人得龍者,以馬頭為燕行四十餘年,諳漢語。(奎本册四 P67)

按:此處校本(P130)、大東本(P270)、臺本(P297)作"善

---

① (宋)陸游:《宋本新刊劍南詩稿》一,國家圖書館出版社2017年版,第67頁。
② (漢)許慎:《説文解字》,浙江古籍出版社2016年版,第371頁。
③ (漢)許慎:《説文解字》,浙江古籍出版社2016年版,第366頁。
④ (明)梅膺祚,(清)吴任臣:《字彙 字彙補》,上海辭書出版社1991年版,第457頁。
⑤ 方勇評注:《莊子》,商務印書館2018年版,第468頁。

第二章 《熱河日記》版本及特點概說 | 49

漢語"，奎本作"譱漢語"。"譱"《字彙·言部》作"古善字"。① 奎本作"譱"，上部的"羊"少了一橫，屬抄寫時筆誤。

（6）鷄已三唱，乃罷還寓。（奎本册四P107）

按：此處校本（P142）、大東本（P295）、臺本（P325）作"鷄已二唱"，奎本作"鷄已三唱"。此處記述的是作者與中國文人奇公、麗川等人徹夜暢談，直到很晚纔返回寓所。該句的後文說回去後"轉輾不能寐，而下隸已請起寢矣。"可見其返回時很晚了，已接近天亮。"鷄三唱"一般指接近黎明時候，明·馮夢龍《警世通言》第二十八卷："正好歡娛，不覺金鷄三唱，東方漸白。"② 因此，根據文意，此處作"鷄三唱"更爲合宜。

（7）鐘磬皆懸架，而亦覆以厚縟。（奎本册四P107—P108）

按：此處校本（P142）、大東本（P295）、臺本（P326）作"覆以厚錦"，奎本作"覆以厚縟"。"縟"，《説文解字·糸部》作"繁采色也"。③《玉篇·糸部》作"飾也"。④ "縟"古同"褥"，可指坐卧的墊具。"錦"，指有彩色花紋的絲織品。《詩經·鄭風·豐》："衣錦褧衣，裳錦褧裳。"⑤ 據文意，此處是説用厚的絲織物將鐘磬蓋起來，以免落灰，故"錦"更爲合宜。但"縟"字亦通，不煩改。

（8）余首肯曰："謹當如約，老相公係是何地方人，貴姓尊諱（諱）？"（奎本册四P118）

按：校本（P145—146）、大東本（P302）作"貴姓尊名"，臺

---

① （明）梅膺祚，（清）吳任臣：《字彙 字彙補》，上海辭書出版社1991年版，第457頁。
② （明）馮夢龍編撰，俞駕征，鄭小軍校點：《警世通言》，浙江古籍出版社1997年版，第260頁。
③ （漢）許慎：《説文解字》，浙江古籍出版社2016年版，第435頁。
④ 王平、劉元春、李建廷：《宋本玉篇標點整理本》，上海書店出版社2017年版，第426頁。
⑤ 向熹譯注：《詩經》，高等教育出版社2009年版，第83頁。

本（P333）、奎本作"貴姓尊諱"。"諱"，《說文解字·言部》作"誋也"。①《玉篇·言部》作"隱也，避也，忌也"。②《春秋公羊傳注疏》卷九："春秋爲尊者諱，爲閔公諱受賊人也。爲親者諱，爲季子親親而受之，故諱也。"③後經發展，"尊諱"可指"尊名"。明·清溪道人《禪真逸史》第十三回："媚春道：'陳員外尊諱是哪一個阿字？'杜子虛接口道：'表侄賤名爲約。因他久在江南生理，習成鄉語，約字讀爲阿字，此乃是鄉音閉口字眼。別號保之。'"④句中媚春問道"尊諱是哪一個阿字？"杜子虛回答"賤名爲約"，故可知"尊諱"同"尊名"。故此處各本所用均可。

（9）文帝本不好學，性又不喜音律。（奎本册五P47）

按：此處校本（P202）、大東本（P417）作"不善音樂"，臺本（P469）作"不喜音樂"，奎本作"不喜音律"。"音律"可泛指樂曲、音樂。《孟子注疏》卷十四上："及爲天子，被畫衣黼黻絺繡也；鼓琴以協音律也；以堯二女自侍，亦不佚豫，如固自當有之也。"⑤根據文意，諸本用詞皆可。

（10）言月中有世界，當似此地；言地在太虛，當一小星；言地當有光，遍滿（滿）月中，皆奇論，可謂綸緯天地。（奎本册六P4）

按：此處校本（P221）、大東本（P454—455）、臺本（P504）作"言地在太空"，奎本作"言地在太虛"。"太空"可指天地之間、宇宙。唐·韋應物《詠聲》詩："萬籟自生聽，太空常寂寥。"⑥"太

---

① （漢）許慎：《說文解字》，浙江古籍出版社2016年版，第70頁。
② 王平、劉元春、李建廷：《宋本玉篇標點整理本》，上海書店出版社2017年版，第144頁。
③ （漢）何休注，（唐）徐彥疏：《十三經注疏下·春秋公羊傳注疏》，上海古籍出版社2007年版，第2244頁。
④ （明）清溪道人：《禪真逸史》，吉林文史出版社2000年版，第146頁。
⑤ （漢）趙岐注，（宋）孫奭疏：《十三經注疏下·孟子注疏》，上海古籍出版社2007年版，第2773頁。
⑥ （宋）計有功輯撰：《唐詩紀事》上，上海古籍出版社2013年版，第400頁。

虚"亦可指宇宙。南朝梁·沈約《均聖論》:"我之所久,莫過軒犧;而天地之在彼太虛,猶軒犧之在彼天地。"①句中的"地"指地球,"月"指月球。"地在太虛,當一小星"說的是地球爲太空中一顆行星。據文意,此處用"太空""太虛"皆通。

（11）六國之士積惡嬴（嬴）秦（秦）,必欲先六國而亡之,巧撰吕不韋一段（段）奇貨,又況擯毒於坑之餘乎?（奎本册六 P26）

按：校本（P227）、大東本（P468）、臺本（P519）作"積怒嬴秦",奎本作"積惡嬴秦"。據文意,此處是説六國人民對强秦的怨恨和憤怒之情積埋已久,故此處用"怒"和"怨（惡）"皆可。

（12）及開户,乃同舍王氏皞也。（奎本册六 P91）

按：此處校本（P167）、大東本（P345）、臺本（P383）作"王民皞",奎本作"王氏皞"。此句出自《熱河日記·黄教問答》,句中人物應爲中國文人"王民皞",朴趾源在《熱河日記·傾蓋録》中記有對他的描述："江蘇人也,時年五十四,爲人淳質少文。"（奎本册五 P2）奎本作"土氏皞",應爲形近致誤。

（13）吾東楊州檜巖寺,昔有木像（像）大佛,極著堂異,遠近僧俗,奔走崇奉,香火甚盛。（奎本册七 P112）

按：此處校本（P275）、大東本（P568—569）、臺本（P634）作"極著靈異",奎本作"極著堂異"。"靈異"可指靈驗,《敦煌曲子詞·蘇莫遮》："花木芬芳,菩薩多靈異。"②據文意,此處是説揚州檜巖寺中的木佛十分靈驗,故奎本用"堂異"有誤,應爲形近而致誤。

（14）栢葉從來常自古,梅花終古不爲妍。（奎本册七 P116）

按：此處校本（P277）、大東本（P570）、臺本（P637）作"栢

---

① （南朝梁）沈約著,陳慶元校箋：《沈約集校箋》,浙江古籍出版社 1995 年版,第 147 頁。
② 曾昭岷等編撰：《全唐五代詞》下,中華書局 1999 年版,第 825 頁。

葉從來常自苦"，而奎本作"栢葉従來常自古"。根據文意，此處用"自苦"更佳，奎本應爲形近致誤。

（15）妃嬪具龍袍補服，於皇上前行六肅三跪三拜禮。（奎本册八 P16）

按：校本（P190）、大東本（P392）作"袞服"，臺本（P439）作"袞服"，奎本作"補服"。"袞服"即"袞衣"，指古代帝王及上公穿的繪有卷龍的禮服。《詩·豳風·九罭》："我覯之子，袞衣綉裳。"① 宋·曾鞏《曾鞏集》卷八："堂堂風骨氣如春，袞服貂冠社稷臣。"② "補服"則指明、清時的官服。因其前胸及後背綴有用金綫和彩絲綉成的補子，故稱補服。補服上的飾紋，文官一般綉鳥，武官綉獸。《清史稿》卷一百三："文一品朝冠，頂鏤花金座，中飾東珠一，上銜紅寶石。補服前後繡鶴，惟都御史繡獬豸。"③ 根據文意，此處用"袞服"更爲合宜，奎本抄寫有誤。

（16）世泰（泰）只有一孫，男中一色。（奎本册九 P6）

按：此處校本（P308）、大東本（P628）、臺本（P714）作"男中絶色"，奎本作"男中一色"。據文意，該句是説世泰的男孫長相俊雅，屬于一流人物。"一色"亦可指"絶色"，在現代漢語詞組"一姐""一哥"中，"一"都指最好的。根據文意，此處各本用詞均可。

2. 行文中的空格及缺省異文

除了由用字、用詞不同造成的異文外，奎本中還多見行文中其他一些異文現象，如空格、脱文等，下面略舉幾例作以説明。

（1）①我□□國放燈必於四月八日，謂佛生辰，此似仍麗俗。

---

① 向熹譯注：《詩經》，高等教育出版社 2009 年版，第 155 頁。
② （宋）曾鞏撰，陳杏珍、晁繼周點校：《曾鞏集》上册，中華書局 1998 年版，第 124 頁。
③ （清）趙爾巽等：《清史稿》第十一册，中華書局 1976 年版，第 3055 頁。

第二章 《熱河日記》版本及特點概說 | 53

(奎本冊八 P82)

②我□□國成川降仙樓,米萬鍾仲詔所書,其筆法不下米元章,而石壁則過之。(奎本冊八 P84)

③即今戶部尚書和珅,□□皇帝寵臣也,𢆜(兼)九門提督,貴振朝廷。皇帝誕日,余至山莊門外,貢獻之物輻湊門前,皆覆黃袱,非金佛則皆玉器云。(奎本冊十 P9)

④故曰不辛(幸)當亂,九死(死)扈□□蟬,乃福地也。(奎本冊十 P43)

⑤□□皇明,正一品月支米八十七石,從九品五石。(奎本冊十 P74—75)

按:例①中校本(P301)、大東本(P615)、臺本(P699)未見空格,奎本保留。例②中校本(P302)、大東本(P616)、臺本(P700)未見空格,奎本保留。例③中校本(P352)、大東本(P710)、臺本(P820)未見空格,但奎本保留。例④校本(P362)、臺本(P844)未見空格,但大東本(P731)和奎本保留空格。例⑤校本(P371)、大東本(P751)、臺本(P866)未見空格,但奎本保留。《熱河日記》行文中的這種空格在手抄本中比較常見,一般用在國家、皇帝等稱呼之前表尊敬之意。比較而言,奎本中的空格使用較繁,可以看出該本的朝鮮文人抄手有較強的尊卑觀念,儒家修養較深。

(2) 麾起張福,問有誰訪我否,對(對)無矣。因促持盥水米,裹巾,怊(忙)往上房,諸裨譯方齊謁矣。(奎本冊二 P32—33)

按:此處校本(P42)、大東本(P86)作"對無矣",臺本(P90)作"對曰無矣"。根據文意,此處是說朴趾源結束了與中國文人一夜未休的"聚齋筆談"後匆匆趕回住所,怕有人詢問他的去處,便叫起張福詢問,張福回答說沒有。奎本用"對無矣",較之臺本,有脫文。

(3) 本為此身現在而屬之過境,境過而不已,則昔之所憑以為學問者亦無所取徵。故耳今吾此行未卒編。(奎本冊三 P4)

按：此處校本（P60）、大東本（P122）作"蓋以耳聞目見而屬之過境，境過而不已，則昔之所憑以爲學問者亦無所取徵，故強爲著書，欲人之必信。見吾儒闢異之論，則綴拾緒餘，強效斥佛；悅佛氏堂獄之說，則哺啜糟粕，缺幾字故耳，今吾此行缺"。臺本（P190）作"本以此身現在而屬之過境，境過而不已，則昔之所憑以為學問者亦無所取徵。故耳今吾此行"。

該句出自《熱河日記·駅汛隨筆》，前句有"然異方學語，白頭習文，以圖不朽（朽）者，何也？"根據文意，此處是作者對自己所提問題的一個回答。這是一段議論文，前段有"徒憑口耳者，不足（足）與語學問也，況平生情量之所未到乎？言聖人登太山而小天下，則心不然而口應之；言佛視十方世界（界），則斥為幻妄（妄）；言泰西人乘巨舶逺（繞）出地球之外，叱為恠誕，吾誰與語天地之大觀哉？噫！聖人筆削二百四十年之間而名之曰《春秋》，是二百四十年之頃，玉帛、兵車之事直一花開木落耳……"議論文講究前後呼應，此處校本和大東本的叙述較爲詳細合理，而臺本和奎本意義未盡，應有脫文。

（4）昇平日久，到扈（處）皆然。留館驛官裨將及行中下隸齊待于路左。（臺本 P362）

按：此處校本（P159）、大東本（P328）和臺本（P362）都記有該句，但奎本缺。該句出自《熱河日記·還燕道中錄》，是對"德勝門"的介紹。前句有"今此門外閭里市厘（廛），繁華富麗，一如正陽門外"。（臺本 P362）奎本雖然抄寫較爲完備，但也偶有缺漏脫文的情況。

## 四　大東本概述

大東本爲北京圖書館出版社于1996年8月據1932年朝鮮大東印刷所鉛印本《燕巖集》中的《熱河日記》影印出版，全書共二十六卷（含外一種）。是書分上、下兩冊，平裝，書衣右側題簽"熱河日記"四字，上冊書前有出版說明，扉頁爲作者朴趾源畫像及簡介。全書上下冊共 790 頁，長 24.5 厘米，寬 17.5 厘米，半頁 12 列，每列 27 字，頁碼標在每頁左下方，書影如圖 2-3 所示。

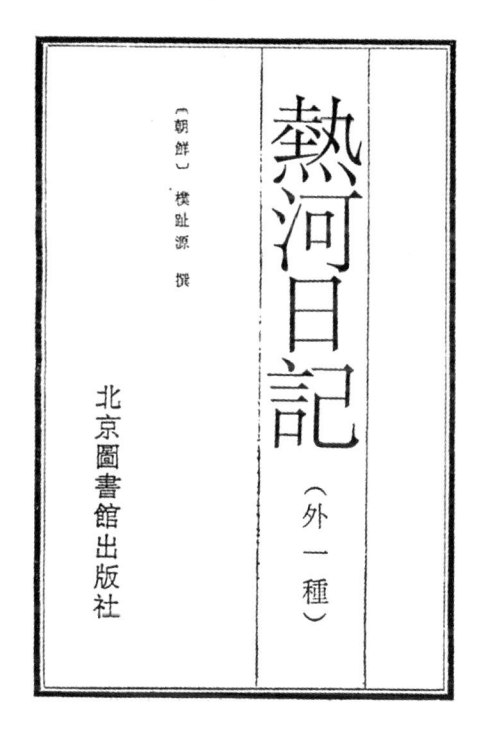

圖 2-3 《熱河日記》大東本書影

該版本雖爲繁體，多使用正字，但也可見一些異體字及異義。校本與此本有較高的一致性。

（一）多用正字，但亦可見異體字及俗字

（1）倚墻東望，蒸雲乍騰，白馬山城西邊一峯，忽露半面，其色深青，恰似吾燕岩書堂，望見佛日後峯矣。（大東本 P4—5）

按：此處校本（P3）、臺本（P4）作"巖"，大東本作"岩"，奎本（册一 P12）作"菴"。"巖"，《説文解字·山部》："岸也。从山嚴聲。"①《説文解字注》："山部之巖、主謂山厓。石部之礮、主謂積石。"②"岩",《正字通·山部》："巖俗省作岩。"③ 故"岩"可看作"巖"之簡省俗字。

（2）此是厨房，二個老婦人髻裏白布，方鼎熟蒸茞芽、菁根、水芹之屬，更浴冷水。（大東本 P218）

按：此處校本（P105）作"绿"，大東本、臺本（P236）、奎本（册三 P159）作"菉"。"菉"，荩草，古同"绿"。《説文解字·艸部》："王芻也。从艸录聲。"④《説文解字注》："詩曰：'菉竹猗猗。'今毛詩作绿。大學引作菉。小雅：'終朝采绿。'王逸引作菉。"⑤《熱河日記》中多將"绿"寫作"菉"，如：連摩漸大，漸如菉豆，漸如樱桃，漸如檳榔，漸如鷄卵，則以兩掌疾相摩轉，益團益大，微黃淡白，如鵝卵大。校本（P253）作"绿"，大東本（P522）、臺本（P582）、奎本（册七 P36）仍作"菉"。

（3）十余擔夫不出一聲，同擔都走。於是書狀嚴飭下隸，若受一握柴艸，當施重棍。（大東本 P248）

按：此處校本（P120）、臺本（P272）、奎本（册四 P29）均作"草"，大東本獨作"艸"。"艸"，《説文解字·艸部》："百芔也。从二屮。凡艸之屬皆从艸。"⑥《經典文字辨證書·艸部》以"艸"爲正字。⑦

（4）琴上塵謂之"獅子癳"，絃上手澤謂之"鸚鵡瘴"，笙簧吹

---

① （漢）許慎：《説文解字》，浙江古籍出版社 2016 年版，第 306 頁。
② （漢）許慎撰，（清）段玉裁注：《説文解字注》，上海古籍出版社 2004 年版，第 440 頁。
③ （明）張自烈，（清）廖文英：《正字通》，中國工人出版社 1996 年版，第 293 頁。
④ （漢）許慎：《説文解字》，浙江古籍出版社 2016 年版，第 30 頁。
⑤ （漢）許慎撰，（清）段玉裁注：《説文解字注》，上海古籍出版社 2004 年版，第 46 頁。
⑥ （漢）許慎：《説文解字》，浙江古籍出版社 2016 年版，第 16 頁。
⑦ （清）畢沅：《經典文字辨證書》，中華書局 1985 年版，第 4 頁。

第二章 《熱河日記》版本及特點概説 | 57

寫乾津謂之"鳳凰過",鍾磬蠅矢謂之"癩和尚"。(大東本 P295)

按:此處校本(P142)作"弦",臺本(P326)、奎本(册四 P108)作"絃",大東本作"絃"。"絃"同"弦",《正字通·糸部》:"八音之絲通作弦。"①《禮記正義》:"清廟之瑟,朱弦而疏越。"② 大東本喜將"弦"寫作"弦",如:"時月上弦矣,垂嶺欲墜,其光淬削,如刀發硎。"(大東本 P504)此句校本(P244)、臺本(P561)、奎本(册七 P6)均寫作"弦"。

(5)正德時,所謂活佛未嘗入中國,而其事俱有徵,多前輩傳記中語,然遼絶數百年間,殊爲怳惚。(大東本 P374)

按:此處校本(P181)寫作"恍",大東本、臺本(P417)、奎本(册六 P139)寫作"怳"。"怳",《説文解字·心部》:"狂之兒。从心,況省聲。"③《正字通·心部》作"狂貌,又怳忽不明貌。老子道之爲物惟怳惟忽。又楚辭九歌怳忽兮遠望。又楚辭愴怳懭悢。註中情悵惘不得意也"。④

(6)余持勺試一舀飯,深不可餂。(大東本 P455)

按:校本(P221)、臺本(P505)作"舀",大東本(P455)、奎本(册六 P5)作"舀"。"舀",《説文解字·臼部》:"抒臼也。从爪、臼。"⑤"舀",《正字通·臼部》:"六書從舀爲正。"⑥《字彙·臼部》以"舀"爲"舀"之俗字。⑦

(7)人有恒言,天不容僞,而方其興也,王霸之詭言氷聖,天

———

① (明)張自烈,(清)廖文英:《正字通》,中國工人出版社 1996 年版,第 823 頁。
② (漢)鄭玄注,(唐)孔穎達等正義:《十三經注疏下·禮記正義》,上海古籍出版社 2007 年版,第 1528 頁。
③ (漢)許慎:《説文解字》,浙江古籍出版社 2016 年版,第 354 頁。
④ (明)張自烈,(清)廖文英:《正字通》,中國工人出版社 1996 年版,第 363 頁。
⑤ (漢)許慎:《説文解字》,浙江古籍出版社 2016 年版,第 234 頁。
⑥ (明)張自烈,(清)廖文英:《正字通》,中國工人出版社 1996 年版,第 894 頁。
⑦ (明)梅膺祚,(清)吴任臣:《字彙 字彙補》,上海辭書出版社 1991 年版,第 388 頁。

亦從僞。（大東本 P489—490）

按：此處校本（P237）作"冰"、大東本、臺本（P543）和奎本（册六 P60）作"氷"。"氷"，《干禄字書·平聲》記作通字。①《正字通·水部》作"俗仌字"。②《經典文字辨證書·仌部》記作俗字。③

（8）砲聲益大，火光益明，而百仙萬佛迸出飛昇，或乘槎，或乘蓮舟，或騎鯨駕鶴，或擎葫蘆，或負寶**釰**。（大東本 P510—511）

按：此處校本（P248）作"劍"，大東本作"**釰**"，臺本（P572）、奎本（册七 P18）作"剱"。"**釰**"與"剱"形近，"剱"爲唐以來流行的俗字，《敦煌俗字典》引 P.2305《妙法蓮華經講經文》、P.3627 + P.3867《漢將王陵變》作此字形。④

（9）幻者使人剉紙數卷，大桶沒水，納紙桶中。手攪其紙如澣濯衣，紙解融混，如土入水。（大東本 P522—523）

按：此處校本（P254）用"銼"和"浣"，大東本（P522）、臺本（P583）和奎本（册七 P37）用"剉"和"澣"。"剉"，《説文解字·刀部》："折傷也，從刀坐聲。"⑤"銼"，《説文解字·金部》："鍑也，從金坐聲。"⑥"銼"與"剉"古同，都可指用銼刀去掉物体的芒角，例中説的是幻者讓人用刀剉下了很多紙，并將紙投入水中，紙便如土一般融解了。"澣"，濯衣垢也。《詩經·周南·葛覃》："薄澣我衣。"⑦《龍龕手鏡·水部》以"澣"爲正字，"浣"爲通字。⑧《經典文字辨證書·水部》又以"澣"爲俗字。⑨

---

① （唐）顏元孫：《干禄字書》，中華書局 1985 年版，第 15 頁。
② （明）張自烈，（清）廖文英：《正字通》，中國工人出版社 1996 年版，第 573 頁。
③ （清）畢沅：《經典文字辨證書》，中華書局 1985 年版，第 41 頁。
④ 黃征：《敦煌俗字典》，上海教育出版社 2005 年版，第 188 頁。
⑤ （漢）許慎：《説文解字》，浙江古籍出版社 2016 年版，第 136 頁。
⑥ （漢）許慎：《説文解字》，浙江古籍出版社 2016 年版，第 465 頁。
⑦ 向熹譯注：《詩經》，高等教育出版社 2009 年版，第 2 頁。
⑧ （遼）釋行均：《龍龕手鏡》，中華書局 1985 年版，第 230 頁。
⑨ （清）畢沅：《經典文字辨證書》，中華書局 1985 年版，第 39 頁。

第二章 《熱河日記》版本及特點概説 | 59

（10）幻者發憤，撤去毡子，無數鸜鵒一時飛起，皷翅盤旋，集于屋簷。（大東本 P526）

按：此處校本（P255）作"鴝鵒"，臺本（P586）作"鸚鵒"，奎本（册七 P42）作"鸜鵒"。"鸜"，古同"鴝"。《正字通·鳥部》作"同鴝"。①"鸜鵒"，鳥名，俗稱八哥，又寫作"鴝鵒""鸜鵒"。《春秋左傳正義》："有鸜鵒來巢……郭璞注：山海經云鸜鵒，鴝鵒也。"②又，唐·杜審言《贈崔融二十韻》："興酣鴝鵒舞，言念鳳凰翔。"③

（11）然殊白渾厚，頗異於朱昻之毒呪楊大年。（大東本 P611）

按：校本（P299）作"咒"，大東本、臺本（P695）、奎本（册八 P76）作"呪"。"呪"同"咒"，只是部件有移位。"祝"也同"呪"，原本意義相同，後有分工。"呪"表詛咒之義，而"祝"多表祝福之義。"呪"是唐以來流行的俗字。《經典文字辨證書·示部》記作俗字。④《敦煌俗字典》引津藝 22《大般涅槃經卷第四》、敦研 018《佛説阿難律經》、S.238《金真玉光八景飛經》等均作"呪"。⑤

（12）第二殿至第五殿皆鎖，不許人觀。（大東本 P698）

按：此處校本（P346）作"鎖"，大東本、臺本（P806）作"鎖"，奎本（册九 P113）作"鏁"。"鏁"，《龍龕手鏡·平聲》以"鏁"爲俗字，"鎖"（古同鎖）爲正字。⑥《廣韻·上聲》《正字通·金部》等均以"鏁"爲俗字。⑦《敦煌俗字典》引 Φ096《雙恩

---

① （明）張自烈，（清）廖文英：《正字通》，中國工人出版社 1996 年版，第 1382 頁。
② （晉）杜預注，（唐）孔穎達等正義：《十三經注疏下·春秋左傳正義》，上海古籍出版社 2007 年版，第 2106 頁。
③ （宋）計有功輯撰：《唐詩紀事》上，上海古籍出版社 2013 年版，第 78 頁。
④ （清）畢沅：《經典文字辨證書》，中華書局 1985 年版，第 3 頁。
⑤ 黄征：《敦煌俗字典》，上海教育出版社 2005 年版，第 561 頁。
⑥ （遼）釋行均：《龍龕手鏡》，中華書局 1985 年版，第 14 頁。
⑦ 詳見《宋本廣韻·永禄本韻鏡》，鳳凰出版傳媒集團 2005 年版，第 87 頁；（明）張自烈，（清）廖文英《正字通》，中國工人出版社 1996 年版，第 1211 頁。

記》亦作"鏁"①，可見"鏁"爲"鎖"之通行俗字。

（二）多見異文，且校本與之一致性高

（1）畫船簫鼓無消息，斷腸清南第一州。此柳惠風入瀋陽時作也。（大東本P5）

按：此處校本（P3）、大東本作"柳惠風"，臺本（P4）和奎本（冊一 P12）作"柳冷齋"。此處的"柳惠風""柳冷齋"均指朝鮮文人柳得恭，字惠甫、惠風，號冷齋、冷庵、歌商樓、古芸居士、古芸堂、恩暉堂。他除了是大名鼎鼎的文學家外，還是李朝時代著名的歷史學家、實學家，與朴齊家、李德懋、李書九合稱"漢學四家"。此處校本和大東本用的是其字，而臺本和奎本則稱其號，均可。

（2）於是正使先發，軍牢一雙騎而吹角引路，一雙步而前導，颸颸穿蘆荻而行。余於馬上拔佩刀斬蘆一竿，皮堅肉厚而不堪作箭，只合筆管矣。（大東本P9）

按：此處校本（P5）和大東本作"筆管"，臺本（P9）、奎本（冊一 P19）作"筆柄"。此處的"筆柄"指筆身，與"筆管"同義，故諸本均可。

（3）方其離身欲騰，初甚遲懶，仰首拖尾，如駝馬立，長纔三四尺，口噀火焰，以尾貼地，動身一蜿，鱗鱗耀電，輒發雷聲，空裏雨傾。（大東本P95）

按：此處校本（P47）、大東本作"長纔三四尺"，臺本（P100）、奎本（冊二 P47）作"長纔三四丈"。"尺"和"丈"都是長度單位，一尺等於十寸。今三尺等于一米，故文中的"三四尺"則大約爲一米三。一丈等於十尺，如果是"三四丈"則爲十至十三米。根據文意，此處是對旱龍的描寫，其身長如果是三四尺則太短，比較合理的長度應該爲三四丈，故校本和大東本應有抄誤。

---

① 黃征：《敦煌俗字典》，上海教育出版社 2005 年版，第393頁。

（4）先於書肆中索見《西清古鑑》，按名審圖，先講其式樣精雅入賞者，次於廠中或隆福、報國寺市日索之，俱有不爽。（大東本 P102）

按：此處校本（P50）、大東本作"報國寺"，臺本（P105）和奎本（冊二 P54）作"弘仁寺"。朝鮮使臣來燕后，常去琉璃廠、報國寺等地購書。今天報國寺依然保留着十分活躍的古玩市場，故此處臺本和奎本應有抄誤。

（5）秋八月初五日辛亥。（大東本 P233）

按：此處校本（P113）和大東本作"秋八月初五日辛亥"，臺本（P255）、奎本（冊四 P5）作"乾隆四十五年庚子八月初五日辛亥"。據文意，此處是《熱河日記·漠北行程錄》中對所行日記時間的記述。"乾隆四十五年庚子"是朴趾源來京的時間，即 1780 年。比較而言，臺本和奎本對時間的記述比較詳細，一般加有年份，如《熱河日記·關内程史》中記述的日記時間爲"聖上四年庚子清乾隆四十五年秋七月二十四日庚子"，而校本和大東本僅記"秋七月二十四日庚子"。

（6）面皆戌削，紫黑色，高鼻深目，廣頤卷髭，手脚皆鐷兜脫，耳穿金環，臂刺紋龍。（大東本 P379）

按：此處校本（P184）、大東本作"戌削"，臺本（P424）和奎本（冊六 P147）作"戍削"。"戉"，古代兵器，青銅製，像斧，比斧大，圓刃可砍劈，中國商及西周盛行。又有玉石製的，供禮儀、殯葬用。《廣韻·入聲》作"司馬法曰：'夏執玄戉，殷執白戚，周左杖黃戉。'又作鉞"。[1]"戌削"爲漢語詞，指清瘦貌。前文有"時方竹桃盛開，喇嘛數千人，皆曳紅色襌衣，戴黃左髻冠而袒臂跣足，駢闐匝沓"。根據文意，此處是對喇嘛外貌的描寫，說他們面容清瘦、

---

[1]《宋本廣韻·永禄本韻鏡》，鳳凰出版傳媒集團 2005 年版，第 140 頁。

皮膚紫黑。故此處校本和大東本疑因形近而誤寫。

## 五　校本概述

校本由朱瑞平點校，上海書店出版社 1997 年 12 月出版。該書以 1931 年出版的《燕巖集·別集》之《熱河日記》爲底本，以臺灣"國立中央"圖書館所藏二十六卷手抄本（影印件）及 1968 年韓國民族文化推進會出版發行的李家源句讀本爲參校本。校本爲繁體字，多使用正字，故很少保留具有朝鮮特色的俗字以及一些特殊的書寫格式，如行間夾注及行文中的空格等。另外在卷數上，校本經整合將原書的二十六卷壓縮爲五卷。經仔細校勘，筆者發現校本存在以下一些問題。

（一）存在失校現象

校本雖經過現代人認真校注，但也存在失校的問題，此處略舉幾例，後文的校勘研究中還有詳述。

（1）如韓林諸賈連歲入燕，視燕如門庭，與燕市裨販連腸互肚，兌發低仰都在其手。（校本 P9）

按：此處校本、大東本（P17）作"韓林諸賈"，而臺本（P19）和奎本（册一 P33）則作"韓安諸賈"。該句的上文提到"又争問：'韓相公、安相公來麽？'此數人者俱義州人，歲歲販燕，皆巨猾，習知燕中事"。故而此處應用"韓安"，指"韓相公""安相公"。校本未能對前後句進行仔細分析，故有校誤。

（2）是夕暑氣猶熾，天末赤量四垂。（校本 P44）

按：此處校本作"赤量"，大東本（P90）、臺本（P94）和奎本（册二 P39）均作"赤暈"。"暈"指太陽或月亮周圍形成的光圈。《説文解字·日部》作"日月气也"。[1]《龍龕手鏡·日部》《廣韻·

---

[1] （漢）許慎：《説文解字》，浙江古籍出版社 2016 年版，第 218 頁。

去聲》均作"日月傍氣"。① 該句前段有"是夕",指夕陽落下之時。故此處應作"赤暈",指天際間紅色的光暈,校本失校。

（3）又畫一條墨龍,彈筆作濃雲急雨,但鬐鬣梗直,鱗脊無倫,爪大於面,鼻長開角,諸人大笑稱奇。（校本P46）

按：此處校本作"鼻長開角",大東本（P94）、臺本（P99）和奎本（册二P46）均作"鼻長於角"。該句介紹的是墨龍的形態,前段有"爪大於面",前後呼應取"鼻長於角"更爲合理,故此處校本失校。

（4）真人探藥走蓬萊,博浪沙連望海臺。（校本P268）

按：此處校本作"探藥",大東本（P552）、臺本（P616）和奎本（册七P88）均作"採藥"。從文意分析,"探藥"也可通,且唐詩見有該詞的應用,唐·羅隱《題石門》："靈巖一竅何年鑿？混沌初開有此門。探藥仙人何處去,山中不改舊乾坤。"② 但此處是作者引用中國文人袁枚《博浪城》中的詩句,原文爲"眞人采藥走蓬萊,博浪沙連望海臺。九鼎尚沉三戶起,六王纔畢一椎來"。③ 故應爲"採藥",校本有誤校。

（5）泣涕泛瀾欲別離,此生无復再來期。謾將寶帶陳深意,莫忘思人見物時。（校本P270）

按：此處校本作"泛瀾",大東本（P558）和奎本（册七P96）作"汍瀾",臺本（P622）作"汎瀾"。"汍"同"汎",《説文解字·水部》作"泣淚皃"。④《廣韻·平聲》："汍瀾,泣淚。"⑤ 南朝宋·范曄《後漢書》卷二十八下："泪汍瀾而雨集兮,氣涍浮而雲

---

① 詳見（遼）釋行均《龍龕手鏡》,中華書局1985年版,第428頁；《宋本廣韻·永祿本韻鏡》,鳳凰出版傳媒集團2005年版,第114頁。
② 陳尚君輯校：《全唐詩補編》下,中華書局1992年版,第1407頁。
③ （清）袁枚著,周本淳標校：《小倉山房詩文集》上,上海古籍出版社2006年版,第12頁。
④ （漢）許慎：《説文解字》,浙江古籍出版社2016年版,第376頁。
⑤ 《宋本廣韻·永祿本韻鏡》,鳳凰出版傳媒集團2005年版,第34頁。

披。"① 根據文意，此處應作"汍瀾"，校本用字與其他三本不同。

（6）南壽書"錦城朴南壽山如"，則志亭認爲號。（校本 P279）

按：此處校本和大東本（P576）作"南壽書"，臺本（P642）和奎本（册七 P123）作"南壽即"。前文有介紹："志亭又錄：'燕巖之族孫南壽，字山如，號錦城，美如冠玉云。其《贈行》曰：'莫云頭已白，天地忽無窮。匹馬遼東野，一鞭萬里風。'錦城，余貫籍也。"南壽是朴趾源的族孫，山如是其字，非號也。按文意，此處應作"即"，校本和大東本均誤。

（7）蓋露薑汗，治瘧良方。（校本 P380）

按：此處校本作"汗"，大東本（P768）作"汁"，臺本（P739）和奎本（册十 P103）作"汴"。"汴"爲朝鮮文人對"汁"加點美化後的一種俗字字形。該句是對藥方的記述，前文說有一位穆生，患瘧症，鵠汀引他來請朴趾源給他一個治療的偏方。作者的偏方叫"露薑汁"，具體的配方是："取生薑一角，擦取汁，露置一夜，日出前東向坐咽下，屢試屢效。"故據文意，此處應爲"露薑汁"，即露置一夜的薑汁，校本誤校。

（8）明棄大寧，視爲別城。（校本 P291）

按：此處校本作"視爲別城"，大東本（P593—594）、臺本（P675）和奎本（册八 P49）均作"別域"。"域"，指在一定疆界内的地方，《正字通·土部》作"區域也，界也"。② "城"，圍繞都市的高墻，後指都城。《字彙·土部》："鯀造之内曰城，外曰郭。"③ 又，《春秋左傳·僖公十五年》："賂秦伯以河外列城五。"④ 據文意，

---

① （南朝宋）范曄：《後漢書》，中華書局 2007 年版，第 296 頁。
② （明）張自烈，（清）廖文英：《正字通》，中國工人出版社 1996 年版，第 193 頁。
③ （明）梅膺祚，（清）吳任臣：《字彙 字彙補》，上海辭書出版社 1991 年版，第 90 頁。
④ （晉）杜預注，（唐）孔穎達等正義：《十三經注疏下·春秋左傳正義》，上海古籍出版社 2007 年版，第 1805 頁。

此處是對"古北口"一帶的介紹,前文說"在古北口以北,即《禹貢》冀州邊末,而虞及殷、周幽州之境也。秦、漢以來,未入版圖。元魏時,建安、營二州。唐有營州都督府,然不過僑置治所於内地。遼金及元,始襲其名而古地旋荒"。因而,此處用"域"一詞更爲準確,且其他三個版本都用了"域",校本應有失校。

(9)哈密,漢時伊吾也,唐時伊州地。麗末契遜者,回鶻人也,仕於元朝,從公主東來,因仕於麗朝。(校本 P298)

按:此處校本作"漢時伊吾也",大東本(P608)、臺本(P692)和奎本(册八 P72)作"漢時伊吾地"。"伊吾"是隋唐以前哈密及周圍地區的古地名,漢稱伊吾盧,隋、唐設伊吾郡。前後文有證,哈密漢代時屬"伊吾地",唐時屬"伊州地",故此處校本有誤校。

(10)皇明正中,敕西藩法王領占班丹及著肖藏卜等居住。所謂班丹、藏卜者,如今熱河所置班禪也。(校本 P348)

按:此處校本作"皇明正中",大東本(P702)作"皇明正德中",臺本(P811)、奎本(册九 P120)作"正德中"。"正德"是明朝第十位皇帝明武宗朱厚照(在位時間 1506—1521 年)的年號,明朝使用正德這個年號一共十六年。故此處校本有誤,應有脱文。

(二)原本行文中的空格及夾注等特殊書寫形式没有得到體現

(1)屬邦之婦人孺子語上國,莫不稱天而尊之者,四百年猶一日,蓋吾明室之恩不可忘也。昔倭人覆我疆域,我神宗皇帝提天下之師東援之,竭帑銀以供師旅,復我三都,還我八路,我祖宗無國而有國,我百姓得免雕題卉服之俗,恩在肌髓,萬世永賴,皆吾上國之恩也。今清按明之舊,臣一四海,所以加惠我國者亦累葉矣。(校本 P187)

按:此處大東本(P385)、臺本(P431—432)和奎本(册八 P5)作"我□□神宗皇帝""我□□祖宗""按□□明之舊"。手寫本中常見到在"皇帝""王""明皇""明史""我王""我王子""我朝"等固有稱呼前留兩字空格,以示尊重。如在"皇"帝前留空格：制誥："□□皇帝聖旨……"校本（P297）未見空格，但臺本（P689）、大東本（P606）、奎本（册八 P68）均有空格。如在"王"前留空格："而余以爲□□王靈所在，必天地同力，百神呵護，國在與在，國亡與亡。"校本（P362）、大東本（P731）、臺本（P843）和奎本（册十 P42）均見空格。如在"明皇"前留有空格："□□太祖高皇帝起自比邱，建文皇帝大内老禪，崇禎皇帝被髮殉社。"校本（P371）未見空格，但大東本（P752）、臺本（P867）、奎本（册十 P76）均見空格。如在《明史》前留空格："按□□《明史》，駕至土木，振輜重千餘兩。"校本（P286）未見空格，大東本（P584）、臺本（P665）、奎本（册八 P35）均有空格。如在我王及王子前留空格："嘗見《松溪記行》麟平大君著，清兵之進圍松山也，我□□孝宗大王在鳳林邸時，陪□□昭顯世子潘行，俱駐清陣中。"校本（P362）未見空格，但大東本（P731）、臺本（P843—844）和奎本（册十 P42—43）均有空格。如在"我朝"前留空格："□□我朝正一品歲九十八石……"校本（P371）未見空格，但大東本（P751）、臺本（P866）、奎本（册十 P75）均有空格。類似這樣行文中表示尊敬意義的空格在其他版本中隨處可見，但校本均未保留，而將這些細節性信息全部忽略了。

（2）臣曹、臣德滿尚書德甫，漢尚書曹秀先。（校本 P188）

按：此處大東本（P388）、臺本（P435）、奎本（册八 P10）作"曹臣、德臣滿尚書德甫，漢尚書曹秀先"，爲表恭遜，將"臣"字寫在右上角，而校本未有這種變化的體現。

（三）多用正字，即使是各本一致使用的異體字或俗字也未見使用，故看不到漢字字體的一些域外使用及變化情況

（1）視河中，萬弩俱張，其下有冢，遂掘得其棺。銀海金鳧，具帝者冕服，乃曹操尸也。（校本 P286）

按：此處校本作"其下有冢"，大東本（P585）、臺本（P666）和奎

第二章 《熱河日記》版本及特點概説 | 67

本（册八 P36）則用"塚"。"冢"，《説文解字·冖部》作"高墳"。①"塚"，《廣韻·上聲》《經典文字辨證書·冖部》均作"冢"之俗字。②此處校本使用了正字"冢"，而其他版本則使用了俗字"塚"。

（2）似祈天威，敕地方有司，仆碑鏟墓。（校本 P287）

按：此處校本與大東本（P586）作"仆碑鏟墓"，臺本（P667）、奎本（册八 P38）作"剗墓"。"剗"，《玉篇·刀部》作"削也"。③漢·班固《漢書》卷一百下："三代損益，降及秦、漢，革划（剗）五等，制立郡縣。"④"鏟"，《説文解字·金部》："鏶也。一曰平鐵。"⑤《説文解字注》："謂以剛鐵削平柔鐵也。《廣韵》曰'鏟、半木器也'。凡鏟削多用此字。俗多用剗字。"⑥故，"鏟"爲正字，校本與大東本用此字，而其他版本均用俗字"剗"。此外，此條中校本作"似祈天威"，而其他版本用"仰祈天威"，據文意，此處是説向上祈求天威，故"仰"更合宜，校本有失校情況。

（3）花似僧鞵菊而深紫色，其以牡丹名者，因其葉相類也。（校本 P304）

按：此處校本作"僧鞵菊"，大東本（P619）、臺本（P703）、奎本（册八 P89）作"鞵"字。"鞵"，《説文解字·革部》："革生鞮也。"⑦《玉篇·革部》："革鞵也，革底麻枲。"⑧《字鑑·平聲》以

---

① （漢）許慎：《説文解字》，浙江古籍出版社 2016 年版，第 302 頁。
② 詳見《宋本廣韻·永禄本韻鏡》，鳳凰出版傳媒集團 2005 年版，第 68 頁；（清）畢沅《經典文字辨證書》，中華書局 1985 年版，第 33 頁。
③ 王平、劉元春、李建廷：《宋本玉篇標點整理本》，上海書店出版社 2017 年版，第 274 頁。
④ （漢）班固撰，趙一生點校：《漢書》，浙江古籍出版社 2002 年版，第 1268 頁。
⑤ （漢）許慎：《説文解字》，浙江古籍出版社 2016 年版，第 465 頁。
⑥ （漢）許慎撰，（清）段玉裁注：《説文解字注》，上海古籍出版社 2004 年版，第 705 頁。
⑦ （漢）許慎：《説文解字》，浙江古籍出版社 2016 年版，第 84 頁。
⑧ 王平、劉元春、李建廷：《宋本玉篇標點整理本》，上海書店出版社 2017 年版，第 419 頁。

"鞵"爲"鞻"之俗字。① 故此處校本用了俗字"鞵",而其他各本則用了正字"鞻"。

(4) 産於彝(夷)貊之地,自稱曰士大夫,豈非呆乎? 衣袴純素,是有喪之服;會撮如錐,是南蠻之椎結也。(校本P312—313)

按:此處校本用"呆",大東本(P636)、臺本(P724)和奎本(册九P20)均用"駾"。"駾",《說文解字·馬部》:"馬行伋伋也,從馬矣聲。"② 《說文解字注》:"《方言》曰:'癡、駾也。'乃讀五駾切。俗語借用之字耳。"③ 故"駾"爲"癡"的假借字。《玉篇·馬部》:"馬行也。又無知也。"④ 《字彙·馬部》:"癡也,無知也。"⑤ "呆",《正字通·木部》:"同槑省。古文某作槑某即古梅字。今俗以呆爲癡獃字。"⑥ 故,"呆""駾"同義,兩字互爲異體字。此例中,其他版本用了"駾",但校本用了"呆",未能一致。

(5) 下方批曰本房,具銜姓,有數行評語。(校本P341)

按:此處校本用了"銜",大東本(P688)、臺本(P793)和奎本(册九P100)作"啣"。"銜",《說文解字·金部》:"馬勒口中,從金从行。"⑦ 《正字通·金部》作"凡口含物曰銜"。⑧ 宋·孟元老《東京夢華錄》卷十:"亦設宮架,樂作,須臾,擊柝之聲,旋立雞竿,約高十數丈,竿尖有一大木盤,上有金雞,口銜紅幡子,書'皇帝萬歲'字。"⑨ 故"銜"同"啣"。又,《正字通·金部》作

---

① (元)李文仲:《字鑑》,中華書局1985年版,第21頁。
② (漢)許慎:《說文解字》,浙江古籍出版社2016年版,第324頁。
③ (漢)許慎撰,(清)段玉裁注:《說文解字注》,上海古籍出版社第2004年版,第466頁。
④ 王平、劉元春、李建廷:《宋本玉篇標點整理本》,上海書店出版社2017年版,第363頁。
⑤ (明)梅膺祚,(清)吳任臣:《字彙 字彙補》,上海辭書出版社1991年版,第552頁。
⑥ (明)張自烈,(清)廖文英:《正字通》,中國工人出版社1996年版,第484頁。
⑦ (漢)許慎:《說文解字》,浙江古籍出版社2016年版,第469頁。
⑧ (明)張自烈,(清)廖文英:《正字通》,中國工人出版社1996年版,第1199頁。
⑨ (宋)孟元老:《東京夢華錄》,中華書局1985年版,第201頁。

第二章　《熱河日記》版本及特點概說　｜　69

"官吏階位曰銜"。① 據文意，此句說的是批閱科考試卷的官員都要在正文下方批"本房"，注明官銜、姓名并且評注數行評語。因表示口含之義時"銜"同"啣"，故朝鮮漢文獻中常見在表示官銜意義時，兩字相通的情況，而漢語文獻鮮見該種用法。朝鮮趙正萬《瘖齋集·辛季亨書賀陞資，詩以走謝》："百戰詞塲未策勳，官啣晚得衛將軍。"趙顯命《歸鹿集·次槎川韻》："至誠孚格理如斯，舊削官啣始復之。"此處校本未與諸本一致，校本用了"銜"，但其他諸本用了朝鮮俗寫形式"啣"。

（6）理應預先呈明大人臺下，迅賜奏請敕書，并關兵部填給勘合恩賜，於二月初內，猷等聽候遣發，實爲恩便，千秋戴德。（校本 P350）

按：此處校本作"實"，大東本（P706）、臺本（P816）和奎本（冊十 P3—4）作"寔"。"寔"，《說文解字·宀部》作"止也"。②"寔"，又作實也。《說文解字注》："實寔音義皆殊。由趙魏之閒實寔同聲。故相叚借耳。"③《龍龕手鏡·宀部》《廣韻·入聲》作"實也是也"。④ 故"寔"與"實"互爲異體字，均表示"是"，此處校本用字又與其他諸本有所不同。

（7）其夏天所戴，或藤或棕，袍特方領異耳。然袍皆黑貢緞或紋紗，其貧者猶袍秀花綢野繭紗。與卞醫觀海入玉田一鋪，則數十人圍觀，爭閱吾輩布袍，詳察其制樣而大疑之，私相謂曰："這個化齋的，那地來呷。"（校本 P351）

按：此處校本作"棕"，大東本（P707）、臺本（P817）和奎本（冊十 P5）作"椶"。"椶"，《說文解字·木部》："栟櫚也。可作萆。

---

① （明）張自烈，（清）廖文英：《正字通》，中國工人出版社 1996 年版，第 1199 頁。
② （漢）許慎：《說文解字》，浙江古籍出版社 2016 年版，第 240 頁。
③ （漢）許慎撰，（清）段玉裁注：《說文解字注》，上海古籍出版社 2004 年版，第 339 頁。
④ 詳見（遼）釋行均《龍龕手鏡》，中華書局 1985 年版，第 158 頁；《宋本廣韻·永禄本韻鏡》，鳳凰出版傳媒集團 2005 年版，第 155 頁。

从木燮聲。"①"㮨",《正字通·木部》:"同樱俗省。"②故"㮨"可看作"樱"之俗字。此處校本與各本用字不同,校本用了簡省俗字而其他各本則用了正字。

(8) 上命群臣以維手迹較之,無毫髮差謬。(校本 P356)

按:此處校本用"手迹",而大東本(P719)、臺本(P830)、奎本(册十 P23)用"蹟"。"迹",《說文解字·辵部》:"步處也,从辵亦聲。蹟,或从足責。"③《說文解字注》:"步處也。莊子云:'夫迹、履之所出。'而迹豈履也。"④"蹟",《正字通·足部》作"迹跡同"。⑤故"迹""蹟"互爲異體字,但此處校本用字與其他版本不一致。

(9) 係麐身牛尾,渾身皆甲,甲縫皆有紫毫,玉定文定,光采燦生,實屬聖世瑞徵,擬合轉報等情。(校本 P363)

按:此處校本作"麐",而大東本(P734)、臺本(P846—847)、奎本(册十 P47)作"麤"。"麐",《說文解字·鹿部》:"麐也,从鹿,囷省聲。麤,籒文不省。"⑥麤,總名也。《正字通·鹿部》:"同麐,說文本作麐,籒文作麤。今經史通用麤。"⑦《五經文字·鹿部》:"麐麤二同。"⑧故"麐""麤"二字互爲異體字,但校本用字與其他版本不同。

(10) 上愧其師孫高陽承宗,下愧其弟子瞿留守式耜,中愧其妻河東君柳如是。(校本 P365)

按:此處校本作"耜",大東本(P738)、臺本(P851)、奎本

---

① (漢)許慎:《說文解字》,浙江古籍出版社 2016 年版,第 181 頁。
② (明)張自烈,(清)廖文英:《正字通》,中國工人出版社 1996 年版,第 510 頁。
③ (漢)許慎:《說文解字》,浙江古籍出版社 2016 年版,第 52 頁。
④ (漢)許慎撰,(清)段玉裁注:《說文解字注》,上海古籍出版社 2004 年版,第 70 頁。
⑤ (明)張自烈,(清)廖文英:《正字通》,中國工人出版社 1996 年版,第 1125 頁。
⑥ (漢)許慎:《說文解字》,浙江古籍出版社 2016 年版,第 326 頁。
⑦ (明)張自烈,(清)廖文英:《正字通》,中國工人出版社 1996 年版,第 1388 頁。
⑧ (唐)張參:《五經文字》,中華書局 1985 年版,第 40 頁。

(册十 P54）作"耗"。"瞿留守式耗"，指瞿式耜，1644 年李自成攻克北京，福王在南京建立政權，瞿式耜出任應天府丞，旋擢爲右僉都御史，巡撫廣西。1647 年瞿式耜在廣東肇慶擁立桂王，并改元爲"永曆"。清·邵廷寀《東南紀事》卷一對此事件有所記述："是月，靖江王亨嘉稱帝於桂林，舉兵入梧州，執巡撫瞿式耜。贛州萬安軍亂。九月，兩廣總督丁魁楚圍桂林，瞿式耜應之，執靖江王亨嘉，送福州，廢爲庶人，其黨皆伏誅。"①"耗"與"耜"形近，故在朝鮮漢文獻中"瞿式耜"經常被寫爲"瞿式耗"。朝鮮成海應《研經齋全集外集·南明書擬藁義例》："秋八月，靖江王亨嘉稱監國。廣西巡撫瞿式耗討誅之。"李德懋《青莊館全書·金堡》："虞山瞿式耗稼軒，以相國留守靖江。江陵張同敞別山，以學士總制粵西。"故此處其他版本的用字反映了朝鮮文人使用"耗"字時的一些集體誤用現象，校本對其進行了校正，未與之同。

## 第二節 《熱河日記》特點概説

### 一 百科全書式的清代生活實錄

學界對《熱河日記》的評價一直很高，盛贊其爲"燕行錄"中的集大成之作。它如"百科全書"一般記錄了康乾盛景，從衣食住行到名物制度，包羅萬象，無所不記，確實當得起"集大成"之贊譽。《熱河日記》全書共計二十六萬餘字，作者用豐富的詞彙構建了一個龐大的清代盛世全景。經考察，《熱河日記》描寫的内容具體涉及：衣食住行、宗教信仰、典制禮俗、醫藥養生、戲曲音樂、書畫詩文等。如此龐雜的内容描寫，需要極爲豐富的詞彙作爲支撑。筆者僅以文中的衣着描寫爲例，對全文出現的服裝類詞彙進行了統計，發現

---

① （清）邵廷寀等：《東南紀事》（外十二種），北京古籍出版社 2002 年版，第 165 頁。

作者所用詞彙極其豐富。

（一）服裝類詞語

裙、襖、襖裙、衫、帖裏、袷衣、褙子、深衣、馬蹄袖、襖子、短裙、長裙、布裙、綉裙、蟒袍、龍袍、衮服、貂裘、氈裘、雙鶴補子、纏帶。

（二）鞋帽類詞語

烏靴、皂皮靴、黑緞靴子、青布靴、麻鞋、彎鞋、芒鞋、弓鞋、襪、縞履、方履、履屐。

紗帽、凉帽、黃帽、紅帽、毳帽、鬃帽、番帽、草帽子、氈帽、裘帽、冔冠、鳳冠、方冠、草笠、氈笠、皮笠、棕笠、藤笠、鬃笠、絲笠、金笠、網巾、虎坐巾、囚巾。

（三）配飾類詞語

首飾、釵釧、金釧、簪珥、彄環、簪釵、雙鳳釵、翡翠簪、指環、璣珮、寶璫、念珠、朝珠、金珠、寶玉、玉圈、真珠、高麗珠、東珠、陸珠、倭珠、荷包、綉囊、香囊、囊子、檳榔囊子、鹿皮囊、鼠皮項子、高麗扇、宮扇、聚頭扇、折叠扇、油帖扇、浙扇、錦帶。

（四）面料式樣類詞語

綾緞、羽緞、錦、蜀錦、麻布、綿布、苧布、大布、正布、綢、紗綢、鼠皮、驢兒皮、牛皮、鹿皮、虎皮。

廣袖、狹袖、大袖、闊袖、無袖。

由此一項可以想象，作者對其他內容的介紹也是不吝筆墨，極爲豐富，因此，可以說《熱河日記》真正稱得上是一部百科全書。

二　他人之眼對中國俗語及方言現象的生動記錄

相比同時期其他"燕行錄"作品，《熱河日記》的語言總體呈現出典雅曉暢、樸實生動的特點。朴趾源是著名的"北學"派代表，他倡導"實學"理念，向中國學習先進的名物制度及生產經驗。他的作品也是一次"實學"的實踐，他將朝鮮傳統的古文文體與明清小品文的創作形式相結合，打破"正統"的敘事傳統，以"非正統"的變異形式，向朝鮮民衆呈現了一個較爲真實的清代社會，記錄了令其佩服的清代文明，也直指一些社會鄙俗，這在當時的朝鮮社會，特別是貴族階層中引起了強烈反響，甚至是軒然大波，當時的朝鮮國王英祖對此相當不滿，敕令朴趾源"改弦更張"，罰其重寫"純正"古文以贖其罪。朝鮮後期文人金魯謙曾評價說："大抵燕巖所著，熱河日記最爲盛行，膾炙人口……然以文詼諧，少謹嚴之意，故世或以小品目之，毀譽相半。"① 正是由於作者在當時大膽應用了"小品文"的創作形式，不僅使《熱河日記》風靡朝鮮，撼動了朝鮮文壇的"純正"風氣，也推動了"小品文"這種文學形式在朝鮮的傳播。②

　　朴趾源具備深厚的漢學修養，因而《熱河日記》中可見數量巨大的各個時代的漢語詞彙。《熱河日記》的文體爲"古文文體"與"小品文"的結合，故而文中不僅有典雅的文言詞語，也有不少生動的諺語、成語及俗語詞。除了能靈活應用不同語體色彩的漢語詞彙，朴趾源還自由地運用了各種修辭手法：變換的句式、生動的比喻、連環錯綜的排比，純熟恰當的用典，最終促成了全文典雅曉暢、樸實風趣的語言風格。

　　根據話語對象的不同，作者還會選用不同的表達語體。如下段文字中的記述，與同僚知識人士，多采用文言語詞、書面語體，而對下層役卒平民則采用俗言語詞、口語語體，可謂雅俗皆宜：

　　　　船只五隻，如京江之津船而其制稍大。先濟方物及人馬，正使所乘載表咨文及首譯以下上房帶率同船，副使、書狀并其帶率

---

① 韓東:《論朴趾源〈熱河日記〉的創作技巧及其手抄本的學術價值》，《東疆學刊》2016年第4期。
② 十八世紀的朝鮮社會有三種風氣比較流行：明清小品文、西學知識以及嗜好古董書畫。

合乘一船。于是龍灣吏校、房妓通引及平壤陪行營吏啟書等，皆於船頭次第拜辭。上房馬頭順安奴，名時大唱謁未了，篙師舉槳一刺，水勢迅疾。棹歌齊唱，努力奏功，星奔電邁，怳（恍）若隔晨。統軍亭楹楹欄檻八面爭轉，辭別者猶立沙頭而渺渺如豆。余謂洪君命福首譯曰："君知道乎？"洪拱曰："惡！是何言也？"余曰："道不難知，惟在彼岸。"洪曰："所謂誕先登岸耶？"余曰："非此之謂也。此江及彼我交界處也，非岸則水。凡天下民彝物則，如水之際岸，道不他求，即在其際。"洪曰："敢問何謂也？"余曰："人心惟危，道心惟微。泰西人辨幾何，一畫以一綫諭之，不足以盡其微，則曰有光無光之際，乃佛氏臨之曰不即不離。故善處其際，惟知道者能之。鄭之子產——"船已泊岸，蘆荻如織，下不見地。下隸輩爭下岸折蘆荻，忙撥船上茵席，欲爲鋪設。而蘆根如戟，黑土泥濃，自正使以下茫然露立于蘆荻中矣。問："人馬先渡者何去？"左右對曰："不知。"又問："方物安在？"又對曰："不知"。遙指九龍亭沙岸曰："一行人馬太半未濟，彼蟻屯者是也。"遙望龍灣，一片孤城，如曬匹練，城門如針孔，漏出天光如一點晨星。有大筏乘漲而下，時大遙呼曰："位——"蓋呼聲也。位者，尊稱也。有一人起立應聲曰："爾們的，不時節，緣何朝貢入大國，暑天裏長途辛苦。"時大又問："爾們的那地人民？往何處砍木？"答曰："俺等俱鳳城居住，往長白山砍來。"（校本4—5）①

瓜田裏走出一個老者，跪了馬前，指着三五間獨户老屋道："俺老身一口兒，路傍賣些甜瓜資生。你們高麗人三五十，俄刻過去時，暫停此中。初則出價賣吃，臨起一個個各手執瓜，哄堂都走了。"余曰："你何不遮訴大人們？"老者落淚道："往訴時，

---

① 因奎本異體字較多，爲方便讀者閱讀，此處的大段引用均使用校本中的相關記述。

你們的大人妝啞妝聾，俺一個身，怎生抵當他三五拾個生力的幫子？如今往趕時，一個幫子攔絶了去路，將那瓜子還擲俺面上，眼起雙電，瓜汁（汁）未乾。"因要清心元（丸），以無爲答，則緊抱昌大之腰強要買瓜，因將五顆甘瓜來置面前。余亦欲解渴，遂削吃一瓜，則香甜異常。令張福帶去四瓜爲夜供，渠輩各吃兩瓜，共是九個。老者堅討八十文，張福計給五十，則大怒不受。兩隸探囊，共計七十一文，以給之。余先上馬，使張福加給，張福披囊示之，然後乃已。始見其垂泪而哀之，末乃勒賣九瓜，堅討近百高價，殊可痛嘆。然我隸沿路行劫，尤可恨也。昏後抵站，出瓜與清如、季涵輩爲飯後鎮口，爲道遞馬時下隸劫瓜事，諸馬頭皆言："元無是事。獨戶賣瓜的老漢元來奸巧無雙，見書房主落後獨行，妝出謊話，故作可憐之態，要得清心丸也。"余始覺其見賣。念其賣瓜事，尤可切痛，况其副急泪何從得來？（校本 P52—53）

除了對話中有文白之分，描寫敘述性文字中也隨處可見雅詞與俗詞的結合：

行視諸露屯處，譯官或三人一幕，或五人同帳，譯卒及刷馬驅人伍伍什什，靠溪構木，炊煙相連，人喧馬嘶，儼成村間。灣商一隊自爲一屯，臨溪洗數十雞，張綱獵魚、烹羹煮蔬。飯顆明潤，最爲豐腴。良久，副使、書狀次第來到。日既黄昏，設燎三十餘處，皆鋸截連抱巨木，達曙通明，軍牢吹角一聲，則三百餘人齊聲吶喊，所以警虎也，竟夜如此。軍牢自灣府選待最健者，一行皂隸中最多事，而亦最多食云。其打扮令人絶倒：藍雲紋緞着裏，氈笠髮結，高頂雲月，懸茜紅氁毛，帽前縷金，着一個"勇"字鴉青麻布狹袖戰服，木紅綿布裨子，腰繫藍方紗綢纏帶，肩掛朱紅綿絲大絨，足穿多耳麻鞋。觀其身手，果然是一對健兒也。但所坐馬，所謂半駙擔，不鞍而馱，非騎而蹯。背插着正藍色小令旗，一手持軍令版，一手執筆硯蠅拂，及一條如腕大馬家木短鞭，口吹吶叭，坐下斜插十餘朱木棍。各房少有號令，則輒呼軍牢，軍牢陽若未聞，連呼十數次，則口中刺刺的誶責，始乃高聲應喏，若初聞呼聲然，一躍下馬，豕奔牛喘，而吶叭及軍令版、筆硯等物都掛一肩，曳了一棍而去矣。（校本 P6）

《熱河日記》中還有對東北方言的記錄：指副使曰："這髯的鸒雀補子，乃是乙大人。"指書狀曰："山大人，翰林出身的。"乙者，二也。山者，三也。翰林出身者，文官也。（奎本册一 P36）此條中校本和大東本均作"指書狀曰：'三大人。'俱翰林出身的文官之稱也"。臺本作"指書狀曰：'三大人，翰林出身。'乙者，二也。翰林出身者，文官也"。比較而言，此條中奎本的記述最爲豐富，很風趣地記錄了當時東北某些地區平翹不分的語音狀況。《華音啓蒙諺解》中也有相似用例：我們打天津往這裏來，天道好不大離疎（索），隔一天下一天雨，在半道上觖悞幾天工夫咧。（《華音啓蒙諺解》上26a）。文獻中對此方音的記錄與清代以東北方言爲基礎的韻書《黄鐘通韻》《音韻逢源》中所記精、照組字讀音相混的情況完全吻合。[1]

### 三 獨特的詞彙網絡中漢、朝漢字詞同質與異相和諧共生

董志翹研究《入唐求法巡禮行記》時發現，該文獻的詞彙不是純粹的漢語詞彙，它帶有一種"混合詞彙"的性質，即以漢語詞彙爲主體，但雜入了一定數量的日語詞彙。《熱河日記》同樣存在這樣

---

[1] 詳見任玉函《朝鮮後期漢語教科書語言研究》，博士學位論文，浙江大學，2013年，第29頁。

的特點。作者朴趾源自幼學習儒家經典并能熟練進行漢文創作。通過對《熱河日記》詞彙網絡的分析，筆者發現，文獻中有大量不同時間層次的漢語詞彙，作者不但能穩熟地應用各種典故，而且大量地引用中國文獻，特別在其論說文中，引經據典，數量驚人，這充分透露出作者深厚的漢學修養。但漢語畢竟不是朴趾源的母語，加之很多朝鮮語詞是用漢字書寫，與漢語詞同源，因而作者在寫作時很容易自然地將其帶入。這些朝鮮漢字詞多數與漢語詞同源，因此可以説有"同質"部分，但因造詞的環境和使用對象均有變化，它們與漢語詞又相異，故稱"異相"，但"同質"與"異相"和諧共生，毫不違和。此處酌舉幾例進行分析。

【黃精餅】　황정병［hwang-jeong-byeong］

僧曰："此貴人又當飢也。"出黃精餅以饋之，屑松葉和澗水以㺂（進）。（奎本冊九 P22）

按：黃精餅爲朝鮮一種食物，是把蒸黃精和炒黃豆去皮做成粉末，再加入糖水製成的糖糕，朝鮮其他漢文獻也可見相關記述。朝鮮李好閔《五峯集·龍門山老人金坤壽惠黃精餅三白方，次韻謝之》："荷贈黃精制暮年，華顚其奈已蕭然。"句中的"黃精"即"黃精餅"。因"黃精"具有極高的藥用價值，朝鮮漢文獻中多有稱頌。金聲久《八吾軒集·竹嶺》："白茯宜療病，黃精亦駐顔。"李滉《退溪集·答黃仲擧》："公與闍境，但勤服黃精，何思小仙。"此外，同此例中的情況，黃精還是解除飢餓的極好食物。權好文《松巖集·夢與宦友相戲吟》："雲阿水窟是吾家，飢有黃精渴有茶。"

【高麗臭】　고리내［go-lin-nae］

驛卒刷驅輩所學漢語皆訛謷，渠輩語渠輩，不覺而恒用也。臭之甚譏（穢）曰高麗臭，謂高麗人不沐浴，足臭可惡（惡）也。（奎本冊八 P47）

按：該詞是當時的北京人對朝鮮人身有異臭的一種誤解。朝鮮漢文獻《才物谱》卷六記："俗云高麗人不浴，故北京人謂之高麗臭。然趾足間臭，雖非高麗人，必皆有之。"又，丁若鏞《與猶堂全書·三疊·月夜濯足》："百濟江清堪受濯，高麗臭去却聞香。嘲騰白蹢如波豕，睡覺紅曦未爛羊。"

【諺書】　언서［eon-seo］

愚意彼中消息，無論盧（虛）實，附奏先來者，皆以諺書狀啟，到政院翻謄上達為妙耳。（奎本冊八 P45）

按：諺書，字面義指用諺文寫的文書。如朝鮮李廷立《溪隱遺稿·嘲傅朝政》記："傅也自陳春香別後，寄我相思字。但是貴國諺書，解見不得，卽憑金郎中惠覽而說之，其書多悲惋語。"

諺文發明之初，漢字仍是朝鮮的主流書寫文字，是朝鮮上層社會使用的通行文字。但下層社會的民眾因沒有機會學習漢字漢文，諺文便成為他們學習文化知識的重要工具，當時的女子也能學習諺文。朝鮮李玄錫《游齋集·效居》記："女學諺書求硯墨，婦捐釵珥易鋤犁。"

【漢捺】　하날［ha-nal］

（1）中國（國）因字入語，我國因語入字，故中外之別在此。何則？因語入字，則語自語，書自書。如讀天字曰漢捺天，是字外更（更）有一重難解之諺。（奎本冊七 P117）

（2）《說郛》有《鷄林類事》，天曰漢捺也。（奎本冊七 P117）

按：漢捺，早期朝鮮語中的漢語借詞，指天。朝鮮李時恒《和隱集·記聞錄》曾記："宋孫穆之雞林類事中，記海東方言五六百語。如天曰漢捺，日曰妲，雲曰屈林，風曰孛纜，雪曰嫩，雨曰霏……我東方言，比諸三方之語，不無精粗粹雜之別。且間多與華音相似者，豈非有賴於箕子之餘風遺韵耶？"該段文字記述了《鷄林類事》中的一些借詞，作者最後分析說到朝鮮語中的一些詞與漢語詞發音相近，應該是箕子入朝時帶去的漢語詞。

## 第二章 《熱河日記》版本及特點概説 | 79

【嘉俳】　가배 [ga-bae]

（1）小兒八歲虝（號）黃昌，舞劍能誅百濟王。更唱嘉排會蘇曲，朝來蠶績已盈筐。（奎本册七 P86—87）

（2）八月望日，乃考其功，負者設（設）酒，相與歌舞，謂之嘉排。（奎本册七 P87）

按：句中"嘉排"即"嘉俳"，新羅儒理王時代宫廷在秋夕日進行的一種游戲。朝鮮李學逵《洛下生集·嘉俳》曾載："八月十五日，謂之嘉俳日。新羅儒理王，中分六部爲二。使王女二人，分率部内女子，自秋七月既望早集大部庭。績麻，夜分罷。至八月十五日，考功多少。負者置酒食，以謝勝者。相與歌舞，作百戲，謂之嘉俳。"

【解聲詩】　해성시 [hae-seong-si]

阮亭《論詩絶句》："淡雲輕雨小姑祠，菊秀蘭衰八月時。記淂朝鮮使臣語，果然東國解聲詩。"惠風此作，倣阮亭也。（奎本册七 P76）

按：解聲即協聲，解聲詩指調律和諧的詩歌。朝鮮朴珪壽《瓛齋集·題孟樂癡畫菊帖》："王漁洋感舊集録先生朝天時諸作，亟稱東國解聲詩。東方人乃謂先生詩最協聲調，故爲漁洋所取。"又，朝鮮洪翰周《海翁藁·左右社合集選序》："芸堂翁治聞韶數年，又以詩爲政。取韶吏人能解聲詩者數十，分左右社，日出韻命題，品其優劣，次其甲乙。"

【兩班】　양반 [yang-ban]

（1）遊中國者有五妄。地閥相高，本是國俗之陋習，有識之居國也，且耻言兩班，况以外藩之土姓，反陵（陵）中州之舊族乎？（奎本册五 P96）

（2）兩人後至，亦下馬對椅而坐，問我："滿洲話否，蒙古話否？"我戲答曰："兩班安知蒙滿話。"（奎本册八 P71）

按：漢語的兩班指古代帝王朝會時，官員依文武分成東、西兩列，謂之兩班。而朝鮮語中的兩班則特指李朝時代的統治階層。他們是集經濟實力與政治權力於一身的朝鮮社會統治者。作爲社會統治階層的兩班有在京兩班（京班）和在地兩班（鄉班）兩種不同類型。在京兩班大多是兩班中的名門，他們在漢城及其周邊地區世代定居，形成名門望族，培育出許多中科舉者，擔任政府高官的人也很多。但真正能够代表朝鮮兩班特有文化的却是在兩班中數量眾多的在地兩班。在地兩班是從地方鄉吏進入中央政界的那部分人及其子孫在農村重新定居的過程中形成的。①

【刷還】　쇄환［swae-hwan］

今清陷遼（邊），則鎮江民人不肯剃頭，或授（投）毛文龍，或授我國，其後授我者盡爲清人所刷還，授文龍者多死於劉海之亂矣（矣）。（奎本册一 P22）

按：刷還，遣返也。漢語文獻偶見該詞，《清史稿》卷五百二十六：“吉林將軍奏稱：‘朝鮮流民佔墾吉林邊地，光緒七年經將軍銘安、督辦邊防吳大澂奏將流民查明户籍，分歸琿春及敦化縣管轄。嗣因朝王懇請刷還流民，咨由禮部轉奏。’”②“刷還”，實爲朝鮮一個漢字詞，因外交公文中應用較多，漢語文獻中已出現借用該詞的情況。

“刷還”（쇄환），本義爲一般老百姓或奴婢脱離原住地離散後將他們找回，也指把流浪到外國的朝鮮人帶回來。“刷”，《説文解字·刀部》：“刮也。从刀，㕞省聲。”③ 本義指刮，引申指清理，除掉。故“刷還”的字面意思可理解爲將流民清理回來。朝語中由“刷”構成的漢字詞還有“刷來”“推刷”等。如《太宗實録》卷二十五曾記：“［日本］志佐殿，使送客人，來獻土物。政府啓：‘志佐殿使送客

---

① 潘暢和、何方：《論古代朝鮮的“兩班”及其文化特點》，《東疆學刊》2010 年第 3 期。
② （清）趙爾巽等：《清史稿》第四十八册，中華書局 1977 年版，第 14608 頁。
③ （漢）許慎：《説文解字》，浙江古籍出版社 2016 年版，第 135 頁。

人云："國人被擄在我土者頗多，遣人則可得刷來。"臣等以爲，通信官入送，推刷似便。'從之。"① 句中的"刷來"（쇄래）同"刷還"，指尋找在國外流浪或逃亡的人，然後帶其返回；"推刷"（추쇄），則指將逃避徭役、兵役的人找出來并遣返回鄉。

【匣草】　갑초［gab-cho］

小匣草五百八十匣、封草八百封、細炬（烟）草七十四箇、八面銀項炬竹七十四箇。（奎本册一 P39）

按："草"指煙草，故"匣草"字面義指裝進匣子里的煙草，即用盒子包裝的煙草。煙草是朝鮮進京朝貢的膳物，故《熱河日記》中多見各種與煙草相關的詞，如"煙竹"（연죽，即煙槍）、"封草"（봉초，指用小袋封裝的煙草）等。《熱河日記·渡江錄》記述了爲能順利通關，使團送給中國邊檢官員很多禮物："合一百二人，分給壯紙一百五十六卷、白紙四百六十九卷、青黍皮一百四十張、小匣草五百八十匣、封草八百封、細炬草七十四箇、八面銀項炬竹七十四箇。"（奎本册　P39）

【月乃】　다래［da-lae］

余故凡立詳觀，所給物件名目極為恠襍……月乃草障泥七部、環刀七把……青青月乃二部、別炬竹三十五箇，油芚二部。（奎本册一 P38—40）

按：月乃，朝鮮漢字詞，同鞍韂，騎馬時將其置於馬鞍左右，防止泥土濺到騎馬人衣服上。朝鮮李正臣《櫟翁遺稿·燕行錄·［辛丑六月］》有記："六月初，有一窐官觀光次入來舘中。首入上使舘舍，次到吾舘舍，請嘗朝鮮燒酒，分付馬頭，取來饋之。……又四五日後，渠又來見，仍獻眞瓜廿介，塩水錠廿丁，吾亦以馬鞍所入月乃一

---

① ［日］末松保和：《太宗實錄第二》，《李朝實錄》第 4 册，東京學習院東洋文化研究所 1954 年版，第 400 頁。

部及僧頭扇二柄給之。"

## 小　　結

　　《熱河日記》因其記述内容廣泛、語言獨特優美而被稱爲"燕行録"中的壓卷之作、集大成之作。作者朴趾源以他實學思想家的眼光審視了中、朝兩國的現實，并通過細緻描寫，爲我們展示了十八世紀清朝的盛世風貌。本章筆者對《熱河日記》的四種重要漢文版本及全書的整體特點進行了詳細的考察與介紹。其四種重要漢文版本如下。

### 一　臺北"國立中央"圖書館藏手抄本

　　全書共二十六卷，册數二。是本書寫潦草，筆迹有個别處漫漶不清。但其中藴含大量異體字，特别是俗字，是研究朝鮮俗字發展及使用情況的較好材料。此外，該書中還有大量脱文與異文，與另一版本"奎章閣本"具有較高一致性，故應屬同一版本系統。

### 二　首爾大學奎章閣本

　　全書共二十六卷，册數十。該本較之臺本，書寫工整，字體雋秀美觀，便於閲讀。但其中的異體字、異文非常多，屬四本之最，因此筆者推測，奎本較之臺本應係晚出本。但該本的記述較爲完備，其中的俗字也十分豐富，因而具有較高研究價值。

### 三　大東印刷所出版之鉛印本

　　全書共二十六卷，含外一種，册數二。該本雖爲繁體，多使用正字，但也可見一些異體字及異文。校本與此本有較高的一致性，故而筆者推測這兩種版本應屬同一版本系統。

### 四　上海書店出版社出版之朱瑞平點校本

該書以 1931 年出版的《燕巖集·別集》之《熱河日記》爲底本，以臺灣"國立中央"圖書館所藏二十六卷手抄本（影印件）及 1968 年韓國民族文化推進會出版發行的李家源先生句讀本爲參校本。全書對龐雜的日記與雜錄內容進行了分類整合，共分五卷。雖爲點校之作，但也存在一些失校問題。另外校本的字體爲繁體字，多使用正字，故很少保留具有朝鮮特色的俗字以及一些特殊的書寫格式，如行間夾注及行文中的空格等。

《熱河日記》全書共計二十六萬余字，其描寫內容十分廣泛，涉及衣食住行、宗教信仰、典制禮俗、醫藥養生、戲曲音樂、書畫詩文等，故而它是一本"百科全書式的清代生活實錄"。《熱河日記》的語言典雅曉暢、樸實生動。文中不僅有典雅的文言詞彙，也有許多生動鮮活的諺語、成語、俗語詞甚至方言詞，因此，它也是一本"他人之眼對中國俗語及方言現象的生動記錄"。《熱河日記》的詞彙極具特色，全文雖爲漢文寫作，但其中夾雜着很多朝鮮漢字詞，它們與漢語詞同質而異相，共同編織了《熱河日記》的詞彙網絡，在這個獨特的網絡中，"漢、朝漢字詞同質與異相和諧共生"。

# 第三章 《熱河日記》校勘研究

　　《熱河日記》完成于1783年，曾在朝鮮半島廣泛流傳，家喻户曉。其自問世以來已有諸多版本，但目前國内的各類相關研究多以1997年上海書店出版社出版的朱瑞平點校本作爲參考。本書首次以首爾大學珍藏之奎章閣手抄本（影印件）爲底本，通過臺灣"國立中央"圖書館珍藏手抄本（影印件）及1932年朝鮮大東印刷所出版的鉛印本《燕巖集》之《熱河日記》以及上海書店出版社出版的點校本與之進行對勘，在版本校正的同時商補了《熱河日記》點校本中的一些失校問題，也發掘整理出朝鮮域外漢籍中一些特殊的語言文字使用現象，爲後續進行的《熱河日記》語言研究提供了很多有價值的研究材料。通過四種版本的詳細對勘，筆者發現有訛文、異文、倒文、脱文、衍文等校勘問題，本章將逐類舉例説明。

## 第一節　訛文舉隅

　　訛文，又稱"誤文"，就是文獻中原有文字錯寫的情況。《熱河日記》在經朝鮮文人傳抄時，由於抄寫者的漢文水平參差不齊，時常會有因字形或字音相近而誤抄、誤用的情況。此外，由於漢字自身形體幾經演變——篆、隸、章草、行、楷以及印刷字體，朝鮮文人又出於抄寫便利的需要而創造了大量朝鮮異寫俗字、簡字以及重文省

第三章 《熱河日記》校勘研究 | 85

略、缺字空圍等符號，因而也造成了《熱河日記》手抄本中有大量形近致誤、音同音近致誤的訛文情況。

## 一　形近致誤

（1）鞭鞘仗脇，聳身據鞍，肩高項長，非不鐃勇，而坐下衾袋，太厖氄，僕（僕）夫藁鞋，遍掛鞍後。（奎本冊一 P14）

按：此處校本（P3）、大東本（P6）、臺本（P6）用"驍"勇，而全本用了"鐃"勇。"驍"，《説文解字·馬部》："良馬也。從馬堯聲，古堯切。"① "驍勇"，指勇猛。晋·陳壽《三國志·魏志·袁紹傳》："沮授又諫紹：'良性促狹，雖驍勇不可獨任。'"② "鐃"，是古代軍中用以止鼓退軍的樂器。《説文解字·金部》："小鉦也。軍法：卒長執鐃。從金堯聲，女交切。"③ 此處，"驍勇"正確。"驍""鐃"字形相近，奎本因形近而致誤。

（2）其人笑嘻嘻入船，出氣長息曰："黑旋風媽媽這樣沉排時，巴不得上了沂風嶺。"……趙君曰："彼語中帶意無限。其語本謂李逵母如此其重，則鉙（雖）李逵神力亦不得背負踰嶺。且李逵母爲虎所噉，故其意則以爲如此好肉，可畀餒虎。"（奎本冊一 P20）

按：此處校本（P5）用"奴肉""可卑餒虎"，大東本（P10）未見該句，臺本（P10）和奎本用"好肉""可畀餒虎"。根據文意，李逵母親爲虎所噉，故母親爲"好肉"，叩以"畀"（給）餓虎。"畀"，給予之義。《説文解字·丌部》："相付與之，約在閣上也。從丌由聲，必至切。"④ 此例中，校本兩處有誤校，均因形近而致誤。

---

① （漢）許慎：《説文解字》，浙江古籍出版社 2016 年版，第 322—323 頁。
② （晉）陳壽撰，（南朝宋）裴松之注，盧守助點校：《三國志》，上海古籍出版社 2002 年版，第 173 頁。
③ （漢）許慎：《説文解字》，浙江古籍出版社 2016 年版，第 467—468 頁。
④ （漢）許慎：《説文解字》，浙江古籍出版社 2016 年版，第 147 頁。

（3）望見鳳凰山，恰是純石造成，拔地特起，如劈掌立指，如半開芙蓉，如天末夏雲，秀峭戍削，不可名狀。（奎本冊一 P30）

按：此處校本（P8）用"成削"，大東本（P15—16）、臺本（P16）及奎本用"戍削"。此處應爲"戍削"，意爲"高聳特立貌"，漢語文獻可見《漢書》卷五十七上："衯衯裶裶，揚袘戍削，蜚襳垂髾。"① 大東本、臺本、奎本都因形近而誤寫爲"戍削"，且該寫法在朝鮮漢文獻中傳播極廣，如朝鮮洪良浩《耳溪集·初年拾遺·登鐵甕城東臺》："大陸西馳薩水前，層峰戍削斷還連。"朝鮮沈錥《樗村遺稿·憶壺山》："巉岩通石棧，戍削上天衢。"校本則錯校爲"成削"。此外，這兩個字也因形近，漢語文獻中也時有誤寫的情況，如宋·范成大《中巖》诗："赤巖倚玲瓏，翠逻森戍削。"② 校本則錯校爲"成削"。

（4）原埜平濶，雖不畇墾，而厲厲斫柴根柿狼藉，牛蹄轍迹縱橫草間，已知其近柵，而居民之尋常出柵，亦可驗矣。（奎本冊一 P31）

按：此處校本（P8）、臺本（P17）用"柿"，大東本（P16）用"柿"。"柿"同"柿"，指砍木頭掉下來的碎片，如漢·鄭玄箋，唐·孔穎達等疏《毛詩正義》卷九："伐木許許。"毛傳："許許，柿貌。"③ "根柿"在此句中指砍柴後留下的樹根和碎片。奎本用"柿"，爲形近而誤寫。

（5）或曰：先氣浮空乃旺氣也，旺氣者王氣也。為我京億萬載龍盤虎踞之勢，其靈宲（實）之氣宜異乎他山也。今此山勢之奇峭峻拔雖過道峰三角，而其浮空光氣大不及漢陽諸山矣。（奎本冊一 P31）

按：此處校本（P8）、大東本（P16）用"光風"，臺本（P17）

---

① （漢）班固撰，趙一生點校：《漢書》，浙江古籍出版社2002年版，第804頁。
② （宋）范成大著，富壽蓀標校：《范石湖集》，上海古籍出版社2006年版，第252頁。
③ （漢）鄭玄箋，（唐）孔穎達等正義：《十三經注疏上·毛詩正義》，上海古籍出版社2007年版，第411頁。

用"光氣",奎本用"先氣"。前文有"光風浮空",後文又互文重現"浮空光氣",文意前後呼應,故此處應爲"光氣"。奎本的"先氣"爲形近而誤寫。校本和大東本的"光風"與"光風浮空"呼應,亦可通。

(6) 張福悶然搔首曰:"小人已知之。兩處觀光時,小人當雙手護眼,誰能拔之?"(奎本册一 P34)

按:此處校本(P9)、大東本(P18)用"閔然",臺本(P19)、奎本用"悶然"。"閔然",指憂傷貌。《孟子注疏》卷十下:"殺於人,取於貨,閔然不知畏死者,憨,殺也,凡民無不得殺之者也。"① "悶然"則指不覺貌,淡漠貌。《莊子·内篇·德充符第五》:"國無宰,寡人傳國焉。悶然而後應,氾而若辭。"② 根據文意,作者朴趾源因下人張福用心不够,看護不當,致使隨身飾物被偷因而痛斥張福,故張福憂傷地回答:"小人已知之。……"此處用"閔然"更佳。臺本、奎本爲形近而致誤。

(7) 得龍回怒作哂曰:"若不着(看)賢弟面皮時,這部截筒臭,一拳歪在鳳凰山外!其舉(舉)措恇攘(攘)可笑。"(奎本册一 P38)

按:此處校本(P10—11)、大東本(P20—21)用"恇攘",臺本(P22)用"框(框)攘"。"恇攘"亦可寫作"恇懹"(광양[gwang-yang]),朝鮮漢文獻多見之,意爲恐懼、害怕。"恇攘",漢語文獻多見,如清·董誥等編《全唐文》卷三百四十二:"天寶末造,河朔恇攘,天子命公。"③

"恇懹",漢語文獻比較少見,但該詞在朝鮮漢文文獻中的出現

---

① (漢)趙岐注,(宋)孫奭疏:《十三經注疏下·孟子注疏》,上海古籍出版社 2007 年版,第 2743 頁。
② 方勇評注:《莊子》,商務印書館 2018 年版,第 92 頁。
③ (清)董誥等:《全唐文》第四册,中華書局 1983 年影印本,第 3472 頁。

頻率極高,如朝鮮李堣《俛庵集·答屏山講會問目》:"若邪魔怪鬼之類則明理者自應無所動,若盜賊猛獸則又豈可全不動心,但可以備患則預備之。若無以備之而猝然遇之,亦能心閒氣定,處之泰然,無許多怵懼恛懷之亂耳。"又,朝鮮宋明欽《櫟泉集·皇考默翁府君遺事》:"燕歧座首林姓者,每日謁退,雖隆冬,必汗出浹衣。或問其故,林曰:'余固非恛懷者,但一瞻容儀,汗已遍體,是誠莫可奈何。'人或笑且不信,後見府君,莫不以為信然。"而臺本所用的"框攘",應爲形近而誤寫。

(8) 攷其窾(款)識,皆周漢物。田生曰:"不必攷文,此皆近時金陵、河南等地新鑄,花紋款識雖法古式,形既不質,色又未純。"(奎本冊二 P33)

按:此處校本(P43)作"考文",大東本(P86)和奎本作"攷文",臺本(P91)作"考父"。"攷文"(考文)指考訂古代典籍中或金石上的文字。《尚書正義》卷一:"孔君以人無能知識之故,己欲傳之,故以所聞伏生之書,比校起發,考論古文之義。考文而云'義'者,以上下事義推考其文,故云'義'也。"① 臺本用"考父"則爲朝鮮文人在傳抄時的形近誤寫。

(9) 田生曰:"不曾,諸厰友亦無知者。他是朝士,僬(僕)輩做賣買,如何去謁他?"(奎本冊二 P43)

按:此處校本(P45)、大東本(P92—93)作"厰友"、臺本(P97)作"敞友",奎本作"厰友"。"厰"的異體字可寫成"厰",奎本作"厰"應爲形近而誤寫。

(10) 乾隆八年癸亥(亥)三月……閖(關)外暮春天氣忽變六月炎暑,龍旁百里內都作紅鑪世界。人畜暍夗,不計其數。(奎本冊

---

① (漢)孔安國傳,(唐)孔穎達等正義:《十三經注疏上·尚書正義》,上海古籍出版社 2007 年版,第 116 頁。

第三章 《熱河日記》校勘研究 | 89

二 P46）

按：此處校本（P46—47）作"渴死"，大東本（P95）、臺本（P100）和奎本作"暍死"。"暍"，指中暑，《漢書·武帝紀第六》："夏，大旱，民多暍死。"① 根據文意，因"罡鐵"（應龍）作怪，"暮春天氣忽變六月炎暑，龍旁百里内都作紅爐世界"，"暍死"的語義程度更高，更合文意。校本所用"渴死"應有誤校。

（11）已看天衢矯矯，東雲露角，西雲露爪，爪角之間，不啻數里。（奎本册二 P47）

按：此處校本（P47）、大東本（P95）用"霧角""霧爪"。臺本（P100）和奎本用"露角""露爪"。根據語境，此處用"露"更爲合適。看到了"天衢矯矯"，觀者的視野已較爲清晰，故能看到"東雲露角，西雲露爪"。校本及大東本因形近而誤寫。

（12）官窯法式品格大約與哥窯相同，色取粉青或夘（卵）白，汁水瑩厚如凝脂爲上品，其次澹泊白，油灰色慎勿取之。（奎本册二 P54）

按：此處校本（P50）作"汴"，大東本（P102）、臺本（P105）和奎本作"汁"。"汁水瑩厚"是古人對中國汝窯瓷器特點的總結，明·高濂《遵生八箋》卷十四《燕閒清賞箋》上卷："汝窯，余嘗見之，其色卵白，汁水瑩厚如堆脂然，汁中棕眼，隱若蟹爪，底有芝麻花細小挣釘。"② "汁"爲"汁"的朝鮮異寫俗字，朝鮮文人在書寫漢字"汁"時對其進行了加點美化，故有"汴"字。而校本將"汁"錯校爲"汴"，誤也。

（13）塔頂置銅鼓三，每層簷稜（棱）縣鐸大如汲桶，風動鐸鳴，聲震遠野。（奎本册二 P58）

---

① （漢）班固撰，趙一生點校：《漢書》，浙江古籍出版社 2002 年版，第 47 頁。
② （明）高濂著，王大淳等整理：《遵生八箋》，人民衛生出版社 2017 年版，第 443 頁。

按：此處校本（P33）作"没桶"，大東本（P66）和奎本作"汲桶"，臺本未見該記述。此處校本有誤，因形近而誤寫。句中的"汲桶"非漢語詞，"汲桶"是古代朝鮮使用的一種打水工具。朝鮮各地叫法略有不同，有"쌍두레"［sang-dule］、"물두리"［mul-du-li］、"물파래"［mul-pa-lae］、"것두레"［geos-dule］、"굿두레"［gos-dule］等。其漢字名爲"汲桶"（급통［geub-tong］）或"桔槔"（길고［gil-go］）。其形如圖3-1所示，觀其形便可想象出作者所描述的白塔上檐棱所懸的大鈴鐺的樣子。

圖3-1 汲桶

圖片來源：作者自繪。

（14）彼又謂聖人與佛氏之觀，猶未離地，則按球步天，捫星而行，自以其觀勝扵二氏。（奎本冊三 P4）

按：校本（P59—60）用"來"，大東本（P122）、臺本（P190）和奎本作"未"。根據文意，此處是説孔聖人和佛家的觀點均以"地"爲中心，故言"猶未離地"。校本用"來"，與"未"形近，有誤校。

（15）機動而輪旋，輪旋而蠒轉，交牙互齧，不疾不徐，慢慢抽引，不激不觸，任其自然，故無精麁并進之患。（奎本冊三 P28）

按：此處校本（P66—67）、大東本（P137）作"濁"，臺本（P147）和奎本作"觸"。句中的"激""觸"分別爲運用繰車繰絲的手法，後文有提示："我東抽繭之法，惟知手汲，不識用車。人之運手，已失天機（機）自然之勢。而疾徐不適，觸激有時，則怒絲驚繭騰跳駢進，抽積繭板棼雜無緒。"故此處應爲"觸"，校本和大東本因"濁""觸"字形相近而致誤。

（16）大監滿臉堆笑道："你（你）拌（聲）好。不住的連唱。"吾不住的唱，大監連道好好。行到郭山，親手撥賜了茶噉。（奎本册三 P46）

按：此處校本（P72）、大東本（P149）用"撥賜"，臺本（P160）和奎本用"撤賜"。根據文意，此處應爲"撤賜"，意爲賜給，校本、大東本均因形近而致誤。民國·徐珂《清稗類鈔》："祭堂子時，皇太后在慈寧宫，親令妃嬪煮肉以進。祭畢，撤賜諸大學士，邸抄所載某某謝賞神肉恩是也。"[1] 朝鮮漢文獻也常見"撤賜"的用法，朝鮮申琓《絅菴集·輔國崇祿大夫行判中樞府事兼兵曹判書申公諡狀》："而上每以倚任宿將，不可許遞。或撤賜御膳，或遣御醫看病，優批慰安之。"《熱河日記》中還有將"撤"誤寫爲"撥"的情況，如後文"今日撥兵，意者袁崐撫有密約"[校本（P76）、大東本（P158）、臺本（P170）用"撥"，奎本（册三 P61）用"撤"]。

（17）今其路傍（傍）頹垣周遺（遭），四壁徒立。沿河上下設白幕戍守，盖蒙境距河五十里也。（奎本册三 P50）

按：此處校本（P73）作"戍（戍）守，盖蒙境距河五十里地"。大東本（P152）作"戍守，盖蒙境距河五十里也"。臺本（P163）作"戍守，盖蒙境距河五十里也"。此處校本有兩處不同于他本，"戍"隨文校正爲"戍"，另據文意，"蒙境距河五十里也"在句式表達上更爲合適。

（18）初至九連城，頗愛其妍好，未到半程，烈日售面，緇塵透

---

[1] 徐珂：《清稗類鈔》第一册，中華書局2010年版，第20頁。

肌，只有兩孔白眼，單（單）袴獎落，兩臀全露。（奎本冊三 P57）

按：此處校本（P75）、大東本（P156）和臺本（P167）作"緇塵銹肌"，奎本作"緇塵透肌"。漢語與朝鮮漢文獻均未見"銹肌"的用法，但見"透肌"，指穿透肌膚，此處"緇塵透肌"指緇塵穿透肌膚。唐·李商隱《賦得月照水池》："似鏡將盈手，如霜恐透肌。獨憐遊翫意，達曉不知疲。"[1] 朝鮮申翊聖《樂全堂集·與諸學士飲南宮》："爛醉歸來漏欲殘，滿衣涼露透肌寒。"又，朝鮮丁若鏞《與猶堂全書·藥戒第六》："辛散如荊芥穗、乾葛、鼠粘子、西河柳、石膏、麻黃用須湯，泡去節冬月，以之爲佐，只可用一劑，清涼透肌。"

"銹""透"字形相近，故此處校本、大東本和臺本均因形近而致誤。另，臺本和奎本也有其他訛誤，臺本因音近而將"未到半程"中的"到"錯寫作"倒"；奎本則因形近而將"烈日焦面"中的"焦"誤寫爲"售"。

（19）榱（榱）桶榱橑，甍（甍）簷窗櫺不資寸木，大樂樓以五色文石架起，兩樓締起（起）之功、鏤剗（刻）之工，殆非人力之所能。（奎本冊三 P59—60）

按：此處校本（P76）、大東本（P157）作榱桶，臺本（P169）"榱（榱）桶"，而奎本作"榱桶"。"榱桷"指屋椽，如唐·魏徵等《隋書》卷六十六："參之有隋多士，取其開物成務，皆廊廟之榱桷，亦北辰之衆星也。"[2] 朝鮮漢文獻亦多見該詞，丁若鏞《與猶堂全書·論語古今注》："孔曰'放依也，每事作利而行，取怨之道'。毛云'檀弓云梁木其壞則吾將安放'。鄭注'有云梁木。衆木所放。謂榱桷皆依梁以立'。"此處奎本作"榱桶"，因形近而致誤。

---

[1] （唐）李商隱：《欽定四庫全書薈要·李義山詩集注、李義山文集箋注》，吉林出版集團有限責任公司 2005 年版，第 102 頁。

[2] （唐）魏徵等：《隋書》第五冊，中華書局 2019 年版，第 1756 頁。

第三章 《熱河日記》校勘研究 | 93

（20）灣商有溺其銀帒者，臨河呼母而笑（哭）云……演劇者蟒袍、象笏、皮笠、棕笠、藤笠、髹（髮）笠、絲笠、紗帽、幞頭之屬，宛然我國風俗。（奎本册三 P77）

按：此處校本（P81）用"鬃笠"，大東本（P168）、臺本（P181）用"鬘笠"，奎本用"髹笠"。"鬃笠"爲一種用鬃所製作的帽子，清·翟灝《通俗編》卷二十五："鄭思肖詩：駿（鬃）笠氈靴搭護衣，金牌駿馬走如飛。自注：搭護，元衣名。"[1]

"鬃笠"不僅是中國社會重要的冠冕服飾，也是朝鮮社會君王及普通人穿戴的重要服飾，故朝鮮漢文獻多見該詞。朝鮮成海應《研經齋全集·蘭室譚叢》："上以冕服與祭、以遠遊冠絳紗袍莅省誓、以翼善冠黑圓領袍拜皇壇、以翼善冠黪袍謁陵、以翼善冠袞龍袍視朝、紅帖裏鬃笠視兵事。"該句記述了朝鮮君王不同場合的着裝要求，例如要穿紅帖裏，戴"鬃笠"檢閱兵事。臺本用"鬘笠"，"鬘"同"鬃"，故"鬘"可。奎本用"髹"，爲"髮"之俗字。因"髹"與"鬃"形近，故奎本有誤寫。

（21）初，關為甕（饔）城而無樓，甕城穿南北東爲門，鐵關扇，虹楣刻"威鎮華夷"。（奎本册三 P85）

按：此處校本（P84）、大東本（P173）和臺本（P186）作"鐵關扉"，奎本作"鐵關扇"。此句爲山海關的介紹，山海關亦被稱爲"鐵關"，故之關門稱爲"鐵關扉"較爲合理。奎本作"鐵關扇"，因形近而誤寫。

（22）沿路店壁，多貼此畫（畫），而皆劣画（畫）麂榻，詭恠可笑。（奎本册三 P101）

按：此處校本（P87）作"粗拓"，大東木（P181）作"麤揭"，臺本（P198）和奎本作"麂榻"。"榻"，指狹長而較矮的床，亦泛

---

[1] （清）翟灝著，陳志明編校：《通俗編》下，東方出版社2013年版，第470頁。

指床，如竹榻。該句并非指床，而是説墻壁上所貼之畫都是粗劣的拓印之品，故應爲"麁搨"，校本和大東本無誤，奎本及臺本均因形近而誤寫。

（23）再鳳言，象三給館主銀二雨、大口魚一尾、扇一柄云。（奎本册三 P123—124）

按：此處校本（P95）作"二雨"，大東本（P196）作"二兩"，臺本（P212）作"二両"。該句説的是象三給館主二兩銀子等物，故此處應爲"銀二兩"，校本因"雨""兩"形近而誤校。另外，臺本此處有脱句，未有"再鳳言"之句。

（24）四壁遍揭名人書畫，主人起開小龕，龕中坐拳大玉佛，佛後掛小障，畫觀（觀）音像，題"泰昌元年春三月，滁陽卭琛寫"。（奎本册三 P131）

按：此處校本（P97）、大東本（P201）、臺本（P217）作"邱琛"，奎本作"卭琛"。原文應爲"邱"，漢、朝漢文獻均未見"卭"字形，奎本疑因形近而誤寫。

（25）書其姓名，曰沈由明，蘓州人，字箕霞，號巨川，年四十六，簡然整暇。（奎本册三 P132）

按：校本（P97）、大東本（P201）和臺本（P217）作"沈由朋""簡默"，奎本作"沈由明""簡然"。"明""朋"形近，故奎本因形近誤寫，原著應爲"朋"。另，形容人物性格時，奎本用"簡然"似也不當，"簡默"更佳。"簡默"指簡静沉默，多用於人物描寫，如明·歸有光《震川先生集》卷三十："唯先生之孝友温良，眞鄉里之矜式。讀書養親，歲不出於户閾。與古之篤行君子，實並駕而無慚色。中耿耿欲有所爲，外靖恭而簡默。"[1]

---

[1]（明）歸有光著，周本淳校點：《震川先生集》下，上海古籍出版社2007年版，第666—667頁。

第三章 《熱河日記》校勘研究 | 95

(26) 白榦店有遊覲秀才。相與胡廬（盧）曰："安祿山儘是名士……如此詩人，寧可乏詞。"（奎本冊三 P151—152）

按：此處校本（P103）、大東本（P213）、臺本（P231）作"寧可乏祠"，奎本作"寧可乏詞"。前句有"行至漁陽橋，路左有楊妃廟，與峰頭祿山祠相對"。文中寫到安祿山也是一位高明的詩人，像這樣的詩人，怎麼可能沒有祠堂呢？故此處解爲"祠"較佳，此條中奎本用"詞"，因形近而誤寫。

(27) 有一個處女，年可二八，佳麗無雙，見客小無羞澀之態，窈窕幽閒，執事天然，而縐縠如霧，皓腕若蘸，似是蓁（秦）家义鬟，爲具朝饌也。（奎本冊三 P159）

按：此處校本（P105）、大東本（P218）用"皓腕若藕"，臺本（P236）此缺，奎本用"皓腕若蘸"。"蘸"爲動作，指在液體、粉末或糊狀的東西裏沾一下就拿出來，根據文意，描寫少女的玉臂應該用"皓腕若藕"更爲合宜，奎本用"蘸"，因形近而誤寫。

(28) 屋上建疎窓小間，以洩積氣；墻壁間垂（垂）穿偹穴，以疎濕氣。（奎本冊三 P160）

按：此處校本（P105）、大東本（P219）和臺本（P237）作"小閣"，奎本作"小間"。根據文意，指在屋子的上面建起閣樓小房，用來排出屋中的積氣，故用"小閣"更佳。奎本用"小間"，因形近誤寫。

(29) 初街有五柳店三字題，此屠鈺冊肆也。（奎本冊三 P174）

按：此處校本（P110）、大東本（P227）作"五柳居"，臺本（P246）作"五柳屠"，奎本作"五柳店"。"五柳居"是當時琉璃廠較爲有名的書店，也是"燕行錄"多次提到的文人唱酬交友的地點，如朝鮮李德懋《青莊館全書·入燕記》下："出順城門，過琉璃廠，又搜向日未見之書肆三四所，而陶氏所藏，尤爲大家，揭額曰五柳居。"又，朝鮮柳得恭《泠齋集·詠燕中諸子》："彭蕙支，號田橋，四川眉州人。墨莊伯雨,田橋共飲馨白館,乘醉來訪余五柳居書肆。"臺本作"五柳屠",因形近誤寫。奎本作"五柳店"亦可通,但未遵原文。

(30)厓(岸)上回子驚駭(號)頓足,廚人則全無懼怯。(奎本册四 P22)

按:此處校本(P117)作"懼慟",大東本(P243)作"懼恫",臺本(P266)和奎本作"懼怯"。"懼恫"即"懼怯",表示恐懼、膽怯,漢語文獻和朝鮮漢文獻均常見之。元·高文秀《保成公徑赴澠池會》第四折:"[吕成云]丞相,論你有經綸濟世之才,補完天地之手,憑三寸舌完璧還朝,仗英豪澠池會救主除難。丞相何故懼怯廉將軍?"① 朝鮮金龜柱《可庵遺稿·與景日,昇如》:"初無半分自然底氣象,竊恐坡公元城冷笑於九原之内也。且出海時風浪大作,舟中皆惝惝,而猶無一分懼恫。""慟",表極悲哀、大哭,"懼慟"無此詞。校本作"慟",因"慟""恫"形近而誤校。

(31)此城外旣有行宮,則相距十里之地,又亂(置)此殿何也?其宏侈炫燿,不類近造。(奎本册四 P25)

按:此處校本(P118)、大東本(P245)和臺本(P268)作"匠造",奎本作"近造"。句中説的是作者所見宮殿十分宏麗,其"宏侈炫燿"之程度,不像是普通人所造,故"匠造"一詞更合文意,而奎本所用"近造"應爲因形近而誤寫。

(32)提督之意甚厚可感也,其官則會同四譯官禮部精饍司郎中、鴻臚寺少卿,其品則正四,其階則中憲大夫,顧其年近(近)六十矣,爲外國一賤肆(隸)如此其費心周全。(奎本册四 P42)

按:校本(P123)、大東本(P256)作"精饌司",臺本(P280)和奎本作"精饍司"。此處當作"精饍司",即"精膳司",爲當時

① 張月中、王鋼:《全元曲》上,中州古籍出版社 1996 年版,第 262 頁。

禮部的官署機構。校本及大東本用"饌"則因形近意近而致誤。

（33）連有俺人來探使行方到何處而去，禮部以入寓太學之意先通。（奎本冊四 P48）

按：校本（P125）、大東本（P259）和臺本（P285）作"閹人"，奎本作"俺人"。"閹人"即指宦官，根據文意，連續有宦官來探問他們的去向。奎本用形近亦音近"俺人"，意通，但與各本不一。

（34）雖夏原吉勢將（將）蹐蹶趍（趨）承，而整頓鞍馬之際自致遲延，日已昃矣。（奎本冊四 P77）

按：校本（P133）用"蹋蹶趨承"，大東本（P277）作"竭蹶趨承"，臺本（P305）和奎本均作"蹐蹶趨承"。此處的"蹋""蹐"應爲"竭"，各本均因形近而誤寫，校本則只據字形將其誤校爲"蹋"字。句中的"竭蹶趨承"實爲朝鮮漢文獻常見的一緊縮四字格結構，指拜倒就教或趨附迎合之義。該結構的形成來源于漢語文獻，但漢語文獻鮮有用例。宋·呂祖謙《東萊集》卷四："一人厲精，綜核於朝。百吏竭蹷（蹶），趨承於下獨茲儒館，特異常僚。"[①] 朝鮮漢文獻則多見該結構，朝鮮宋來熙《錦谷集·地方官傳諭後附奏》："臣嘗粗聞事君之道，固當竭蹶趨承，不俟駕屨。"李箕鎮《牧谷集·辭大司成疏》："在臣分義，唯當竭蹶趨承，何敢煩控於此時？"又，宋秉璿《淵齋集·太子妃喪後進慰》："當此國家艱危之際，如有寸長自效之資，則豈敢不竭蹶趨承？"這一結構的廣泛使用亦可見朝鮮文人在學習漢語時的努力投入與積極創用。

（35）明日當有引對之吉，而今日亦難保其必無，請坐朝房小俟。（奎本冊四 P81）

按：此處校本（P135）和大東本（P279）作"少候"，臺本

---

① （宋）呂祖謙：《東萊集》第四冊，文淵閣欽定四庫全書本，卷四，第16頁。

(P307)作"小誒",奎本作"小俟"。"俟",待也,義同"候"。校本、大東本、奎本均可。臺本用"誒"(誒),嘆詞,可表倦怠失魄貌,如《莊子·達生》:"公反,誒詒爲病,數日不出。"① 此處臺本因形近而誤寫。

(36)蒙古所戴,如我東錚盤而無帽,上施羊毛而染黃。(奎本册四 P83)

按:此處校本(P135)作"梁",大東本(P280)作"染",臺本(P308)和奎本作"桨"。據文意,此處指蒙古人所戴的帽子上有羊毛,且染爲黃色。校本作"梁黃"有誤,"染""梁"形近,應有誤校。

(37)其見於史傳者,漢成帝爲昭儀治舍,砌皆銅沓冒,黃金塗。顏師古曰:"砌,門限也,以銅冒頭而金塗其上,又壁帶往往爲黃金釭(釭)釭函藍田壁、明珠,翠羽飾之。"服虔曰:"釭者,壁中之橫帶也。"(奎本册四 P88)

按:此處校本(P137)、大東本(P283)作"沓",臺本(P312)和奎本作"畓"。"沓",此處爲冒其頭之義。宋·楊億編《西昆酬唱集》卷上:"玉戶銅爲沓(玉戶見南朝宗謂詩金鋪注。砌皆銅沓冒。黃金塗。師古曰'砌,門限也。沓,冒其頭也。塗,以金塗銅上也')。"② "畓"爲朝鮮文獻中常見的變異俗字,同"沓"。"畓"本義爲水田,朝鮮文人根據會意構字原理,以上水下田造出了"畓",在使用時"畓"同"沓",故臺本和奎本用字亦可。

(38)按西畨在四川,雲南徼外,所謂藏地,益在畨外,益遠中國。(奎本册四 P94—95)

按:此處校本(P139)、大東本(P287)用"蓋",臺本(P316)

---

① 方勇評注:《莊子》,商務印書館2018年版,第332頁。
② (宋)楊億編,鄭再時箋注:《西昆酬唱集箋注》下,齊魯書社1986年版,第410—411頁。

和奎本用"益"。根據文意,此處應爲助詞"蓋",臺本和奎本均因形近而誤寫。

(39)遂出燒酒五六盞以和之,色清味洌,異(異)香自倍。(奎本冊四 P101)

按:此處校本(P141)用"異香自(百)倍",大東本(P291)、臺本(P321)及奎本均用"異香自倍"。"自倍"實爲"百倍",漢語未見該種用法,屬朝鮮文人的創用,在朝鮮漢文獻中習以見之。朝鮮俞瑒《秋潭集·送鐘城太守徐汝吉令丈》:"天地愁州在,青山亦白頭。君今向此去,我自倍離憂。"朝鮮洪湜《忍齋集·沈希安夫人挽》:"玉樹方蕃茂,風枝忽隕枯。通家悲自倍,忍淚對遺孤。"又,朝鮮許穆《記言別集·與鄭參奉昌基》:"即見賞梅佳作,增一倍佳興。雨後,益覺春意滿室,此時相見之思自倍。""自"與"百"形近,因形近誤寫後又經廣泛傳播而演變爲朝鮮文人的一種創用語言現象。

(40)蓉蕙田曰:"瘦人佚特,用之不使甚勞(勞),所以安其氣血。庝人夏攻特。以牝馬方孕,故攻去其特,勿使近牝,以為蕃馬之本。"(奎本冊四 P115)

按:此處校本(P145)、大東本(P300)用"庾人",而臺本(P331)和奎本用"瘦人"。原文應爲"庾人",指掌管馬政的人。"瘦"與"庾"形近,臺本、奎本均因形近而誤寫。此句講的是繁育馬匹的方法,"佚特"指使母馬安其血氣,以時交配。"攻特"則指閹割公馬。《周禮·庾人》:"庾人掌十有二閑之政教,以阜馬,佚特,教駣,攻駒及祭馬祖,祭閑之先牧及執駒,散馬耳,圉馬。"[1]又,《周禮·校人》:"夏祭先牧,頒馬,攻特。"[2]

---

[1] 徐正英、常佩雨譯注:《周禮》下,中華書局 2014 年版,第 692 頁。
[2] 徐正英、常佩雨譯注:《周禮》下,中華書局 2014 年版,第 688 頁。

（41）敵雖不知何者是宮羽，何者是鐘呂，而若其切切于秬黍辨尺，紛紛然葭灰候氣，則亦見其感也。（奎本冊五 P18）

按：此處校本（P193）、大東本（P398）和臺本（P448）用"亦見其惑也"，奎本用"亦見其感也"。根據文意，指的是"可見其疑惑之處也"，故奎本有誤。"感"與"惑"形近，奎本因形近而致誤。

（42）果是一谷之風，有厲、和、森（猋）、泠之不同，曉、夜、朝、晝之變焉，此其腔曲之所以情變聽移、隨時聲沮，而始有古今之興、正哇之別甭。（奎本冊五 P19）

按：此處校本（P194）作"正蛙（奸）之別"，大東本（P399）作"正蛙之別"，臺本（P449）作"正詿（詿）之別"，奎本作"正哇之別"。原文應爲"正哇"，元·馬端臨《文獻通考》自序："記曰：'聲音之道，與政通矣。故審樂以知政。'蓋言樂之正哇，有關於時之理亂也。……而後之君子，乃欲强爲議論，究律呂於黍之縱横，求正哇於聲之清濁。"[1]"哇"，《説文解字·口部》以爲"諂聲也"[2]，《廣韻·平聲》以爲"淫聲"[3]，故"樂之正哇"指雅正之樂與淫亂之樂。校本、大東本、臺本均因形近而誤寫誤校。

（43）天寶盛際每酺宴，雜（雜）陳高昌、高麗、天竺、疎革諸部……未幾祿山之禍，遂令塗灰。（奎本冊五 P50）

按：此處校本（P203）、大東本（P418）、臺本（P470）作"塗炭"，奎本作"塗灰"。前文有記載："及玄宗，善曉音律，則更置左右教坊，謂之皇帝梨園弟子，身卆（率）樂工、宮女自教之。"説的是唐時由于帝王的愛好，音樂蓬勃發展，但後因"安史之變"而衰落。"塗炭"指蹂躪、摧殘，此處作者引申爲銷毀、消滅。"塗灰"

---

[1]（元）馬端臨：《文獻通考》（一），浙江古籍出版社 1988 年影印本，第 7 頁。
[2]（漢）許慎：《説文解字》，浙江古籍出版社 2016 年版，第 43 頁。
[3]《宋本廣韻·永禄本韻鏡》，鳳凰出版傳媒集團 2005 年版，第 25 頁。

指"抹灰",如朝鮮李世白《雩沙集·疏箚》:"又未知其幾度,而亦不過塗灰剝落,壁色漫漶與瓦破雨漏而已。"根據文意,此處當用"塗炭",奎本因形近而誤寫。

(44) 鵠汀頻拔刀,割羊大嚼,又數勸余。而余甚嫌其臊,惟啖餅果。鵠汀曰:"先生不嗜齊、魯之大邦耶?"余笑曰:"大邦羶燥。"(奎本冊五 P81—82)

按:此處校本(P212)、大東本(P438)和臺本(P492)用"羶臊",而奎本用"羶燥"。"臊"指有腥臊味,"燥"則指缺乏水分,乾燥之義。此處奎本有誤,因形近而誤寫。

(45) 欲殺者為知己,不打則不識情;罵祖罵佛,還是愛根。(奎本冊五 P94)

按:此處校本(P216)作"愛根(恨)",大東本(P446)、臺本(P501)和奎本均作"愛根"。"愛根"指愛欲,佛教以愛欲爲煩惱之根本。清·紀昀《閱微草堂筆記》卷三:"心無餘閑,則一切愛根欲根無處容著,一切魔障不袪自退矣。"[①] 此處校本作"愛恨"與文意不符,爲形近而誤校。

佛教對朝鮮的影響很大,故該詞在朝鮮漢文獻亦多見之。朝鮮申晸《汾厓遺稿·病裏弄懷中兒》:"春來一病太支離,萬念成灰鬢作絲。只是愛根猶未斷,膝邊頻置在懷兒。"朝鮮李秉成《順菴集·朽橋四錄》:"仙佛詮高莫策功,多述悼懷長慶老。細論閨德宛陵翁,愛根冤業元終古。"此外,"愛根"還是金人妻謂夫的音譯,該用法在朝鮮漢文獻中亦見記載,朝鮮成海應《研經齋全集·東國方言》:"我之北境,舊屬金人。金語夫謂妻曰薩那罕,妻謂夫曰愛根。今俗不聞有稱愛根者,但薩那罕通稱男子。"

(46) 這毛牲忍過了,一眉不攢(攢),都呼"打得好"!(奎

---

① (清)紀昀撰,吳波注評:《閱微草堂筆記》,鳳凰出版社 2011 年版,第 39 頁。

本冊五 P94）

按：此處校本（P216）作"一看不攢"，大東本（P446）作"一看不攢"，臺本（P501）和奎本作"一眉不攢"。根據文意，臺本和奎本用詞更佳，校本和大東本均因形近而誤寫。"攢眉"，皺起眉頭，表示不快或痛苦的神態。"一眉不攢"描寫的是毛甡因駁斥朱熹而被包閻羅（包拯）打了三十竹篦，却堅強地忍過了，一點兒也沒因痛苦而皺眉，但圍觀者都呼"打得好"。漢語不見"一眉不攢"這種表達，屬朝鮮文人的又一自創之用。

（47）這個一羕轉身。但此肉身既爲風雨寒暑所侵鑠，鶴髮鷄皮，不禁耄老，則土水風火，自付造化。（奎本冊六 P113）

按：此處校本（P174）、大東本（P358）作"樣"，臺本（P398）作"捄"，奎本作"羕"。"捄"同"樣"，屬"樣"之俗字，《干禄字書·去聲》：捄樣，"上通下正"。① 奎本用"羕"，漢、朝文獻均未見有此寫法，應爲形近而誤寫。

（48）成祖時，遣駙馬迎番僧嗒立麻，賜法駕半仗，儧（儹）擬（儗）天子，宴賚金銀、寶鈔、綵緞，不可記憶。（奎本冊六 P133）

按：此處校本（P180）作"記億（憶）"，大東本（P370）作"記億"、臺本（P413）作"紀億"，奎本作"記憶"。根據文意，成祖時曾賜給番僧許多東西，數量之多不可記憶。而"億"則指數目的算法，《禮記正義》卷二十七："算法，億之數有大小二法。其小數以十爲等，十萬爲億，十億爲兆也。其大數以萬爲等，萬至萬，是萬萬爲億，又從億而數至萬億曰兆，億億曰秭，故詩頌毛傳云：'數萬至萬曰億，數億至億曰秭。'"② "億"也可指"心安"，

---

① （唐）顏元孫：《干禄字書》，中華書局 1985 年版，第 26—27 頁。
② （漢）鄭玄注，（唐）孔穎達等正義：《十三經注疏下·禮記正義》，上海古籍出版社 2007 年版，第 1461 頁。

《春秋左傳正義》卷五十:"故和聲入於耳而藏於心,心億則樂。億,安也。"[①] 此處大東本、臺本均因形近而誤寫。

(49) 內務官手自分截三段,給與使臣,名哈達。(奎本冊六 P149)

按:此處校本(P185)作"啥(哈)達",大東本(P380)作"啥達",臺本(P425)和奎本作"哈達"。漢語及其他朝鮮漢文獻不見"啥達",而用"哈達"。"哈達"藏語爲"kha da","哈達"在發音上貼近藏語"卡達爾",蒙古語稱"哈達噶"。故"啥達"應爲朝鮮文人在傳抄時的形近誤寫。

(50) 號名多方,稱謂太裦,而乃以理氣為造化……其色皂而其形蒙也,譬如將曉未曉之時,人物莫辨。(奎本冊七 P29—30)

按:此處校本(P252)、大東本(P519)作"以理氣爲爐韛""其形也霾";臺本(P567)作"以理㪅爲造化""其㪅霾也";奎本作"以理氣爲造化""其形蒙也"。"爐韛"是火爐鼓風用的皮囊,亦指熔爐。宋·蘇軾《和猶子遲贈孫志舉》:"軒裳大爐韛(鞴),陶冶一世人。"[②] 據文意,"爐韛""造化"皆可通。"霾"指空氣中因懸浮着大量的烟、塵等微粒而形成的混濁形象,如陰霾,也可引申指使事物蒙蔽,故"霾"與"蒙"可通。臺本所用的"㪅",是對"氣"字的一種誤寫,但因傳播範圍廣泛,又成爲朝鮮習見的一種俗寫形式,《韓國俗字譜》引《1—10》亦作此形[③]。

(51) 噉飯啜茶,徐起捫腹……須臾,紅絲少見臭竅,幻者以爪鑷(鑷)抽其端,絲出尺餘,忽有一針卧度鼻竅,貫絲嫋嫋……(奎本冊七 P45)

按:此處校本(P256)、大東本(P528)和奎本作"抽",臺本

---

① (晋)杜預注,(唐)孔穎達等正義:《十三經注疏下·春秋左傳正義》,上海古籍出版社 2007 年版,第 2097 頁。
② 張志烈等:《蘇軾全集校注·詩集一》,河北人民出版社 2010 年版,第 5265 頁。
③ 金榮華:《韓國俗字譜》,漢城亞細亞文化社 1986 年版,第 117 頁。

（P588）作"插"。根據文意，幻者用小鳥的爪子抽取一端，結果抽出尺餘絲來，故用"抽"這一動作更符文意，臺本因形近而誤寫。

（52）新羅景德王十五年春二月，王闻（聞）玄宗在蜀，遣使入唐泝江，至成都朝貢。（奎本册七 P93）

按：此處校本（P269）、大東本（P555）用"浙江"，臺本（P620）和奎本用"泝江"。根據文意，新羅王聽聞唐玄宗在蜀地，故遣使臣入唐，溯江而下，到成都去朝貢。"泝"同"溯"，《爾雅·釋水》："逆流而上曰泝洄，順流而下曰泝游。"①《尚書正義》卷六："正義曰：文十年左傳云：'泝漢泝江。'泝是逆，泷是順，故'順流而下'曰泷。"②故校本與大東本作"浙江"有誤，因形近而誤寫。

（53）我東書籍之入梓（梓）於中國者甚罕，獨東醫寶鑑二十五卷盛行，板本精妙。（奎本册八 P54）

按：此處校本（P293）、大東本（P597）和臺本（P679）用"八梓"，奎本用"入梓"。"梓"為刻板，"入梓"指刻印書籍。宋·周密《齊東野語》卷七："此事洪公常入梓以示人。余向於先子侍旁，親聞伯魯尚書言甚詳。"③ 明·顧起元《客座贅語》卷十："而吾師具區先生校刊監本諸史，卷後亦然，竟以入梓。"④ 朝鮮文人在書寫及抄寫時常將"入梓"寫爲"八梓"，并在文人中廣泛流行，故朝鮮漢文獻習見這種特殊的文字使用現象。朝鮮任憲晦《鼓山集·西齋集跋》："憲晦高祖考下谷府君，嘗爲其本生父西齋府君。蒐輯詩文，藏于家，家世貧寠，久未八梓。"又，朝鮮任聖周《鹿門集·舍弟直中墓誌銘》："今以季浩所編次者，更加刪定。因君所嘗自命而名之

---

① （晋）郭璞注：《爾雅》，中華書局1985年版，第92頁。
② （漢）孔安國傳，（唐）孔穎達等正義：《十三經注疏上·尚書正義》，上海古籍出版社2007年版，第149頁。
③ （宋）周密撰，黃益元校點：《齊東野語》，上海古籍出版社2012年版，第71頁。
④ （明）顧起元撰，吳福林點校：《客座贅語》，南京出版社2009年版，第273頁。

曰靑川子稿，將以入梓。"

（54）濡水東南流（流），武列（列）水入馬。（奎本册八 P77）

按：此處校本（P300）、大東本（P611）、臺本（P695）作"焉"，奎本作"馬"。據文意，此處應爲句末語助詞"焉"，奎本作"馬"，形近而誤寫。

（55）今吾入中國，每思風琴之制，日常憧憧于中也。（奎本册九 P55）

按：此處校本（P325）作"撞撞"，大東本（P658）、臺本（P761）和奎本作"憧憧"。"憧憧"有心神不定之義，清·黃遵憲《人境廬詩草》卷五："天胡置我於此中，異時汗漫安所抵。搔頭我欲問蒼穹，倚欄不寐心憧憧。"① 根據文意，作者常因思索風琴之制而心神不寧，故校本用"撞撞"有誤，屬形近誤校。

（56）仰視藻井則無數嬰兒，跳（跳）蕩彩雲間（間），纍（纍）纍懸空而下，肌膚溫然，手腕脛節，肥若綫絞。……（奎本册九 P59）

按：此處校本（P326）、大東本（P660）用"緣絞"，臺本（P764）用"綿絞"，奎本用"線絞"。此處是説朴趾源看到天主教堂墙壁内所畫的各種天使圖像，天使的手腕很胖，手腕上的脛節印痕明顯，好像用繩綫勒過一般，此處"奎本"用詞最佳。"緣"，《說文解字·糸部》作"衣純也"，②《正字通·糸部》作"于權切，音員，因也。又夤緣運絡也，乂循也"。③ 校本和大東本用"緣"與文意不符，有誤寫。而臺本用"綿"，雖與"線"形近，亦不合文意而有誤寫。

（57）余謂此宋之陸秀夫抢帝赴海圖（圖）也。（奎本册九 P106）

按：校本（P342）、大東本（P691）和臺本（P798）均作"抱

---

① （清）黃遵憲：《人境廬詩草》，商務印書館 1937 年版，第 55 頁。
② （漢）許慎：《說文解字》，浙江古籍出版社 2016 年版，第 436 頁。
③ （明）張自烈，（清）廖文英：《正字通》，中國工人出版社 1996 年版，第 831 頁。

帝赴海圖",而奎本作"抢帝赴海圖"。根據文意,此處應爲"抱",指懷抱。作者所看到的圖畫正是"陸秀夫沉其妻孥,冠裳抱帝赴海"的畫面。奎本用"抢"有誤,形近而誤寫。

(58) 江原道金剛山中,有一泓曰觀音潭,潭畔岸(岸)名曰手巾岸,石心有凹如杵臼,諺傳觀音浣處。(奎本冊十 P27)

按:此處校本(P357)、大東本(P721—722)、臺本(P833)作"手巾崖",奎本作"手巾岸"。"手巾崖"是朝鮮地名,位于江原道金剛山中,在朝鮮漢文獻中常有見之。朝鮮李景奭《白軒集·楓嶽錄》:"洞外青蓮庵正在西南,谷中拜岾在青蓮西南。又歷層巖而上數百步,有手巾崖,石心有凹處,禪家所稱普德觀音浣帨處也。崖石危險且滑,有卧流之瀑,跨巖由衸而東一里許。"又,朝鮮李夏鎮《六寓堂遺稿·金剛途路記》:"過觀音潭,賞所謂手巾崖者,俗傳觀音浣帨處云。"奎本作"手巾岸"則不當,形近而誤寫。

(59) 不比我東較量地閥,分授三館之規。(奎本冊十 P30)

按:此處校本(P358)和大東本(P723)用"地閥",臺本(P835)和奎本作"地閱"。"地閥"指門第閥閱,清·朱彝尊《曝書亭全集》卷三十一:"祖文恪公,萬曆十四年,賜進士第一人,以禮部侍郎掌翰林院事,卒贈尚書,予諡……其地閥官世,例得書,顧執事略焉。願得附書之,不勝幸甚。"①

"地閥"(지벌),在漢語文獻鮮有出現,但在朝鮮漢文獻中習有見之。古代新羅時,地閥身份等級觀念森嚴,甚至影響王室、貴族之間的婚姻關係,成海應《研經齋全集·蘭室譚叢》:"新羅俗專尚氏族地閥,以第一骨,第二骨別之。王族爲第一骨,兄弟女姑姨從娣妹,皆聘爲妻。生子皆爲第一骨,不娶第二骨女,娶則爲妾

---

① (清)朱彝尊著,王利民校點:《曝書亭全集》,吉林文史出版社 2009 年版,第 385 頁。

朦。高麗因之，后妃盡是王氏女子。尙閥之過，乃至瀆褻如此。"漢、朝漢文獻均未見"地閥"一詞，故校本和大東本均因形近而誤寫。

（60）治走馬疳：用瓦（瓦）蠱子，比蚶子差小用未經鹽醬者，連肉煅燒存性，置冷地，用盞盖覆。俟（候）冷取出，碾爲末，糁患處。（奎本册十 P93—94）

按：校本（P377）和大東本（P763）作"連內"，臺本（P732）和奎本作"連冈"（連肉）。這是朴趾源抄自《香祖筆記》的一則醫方，原文爲："治走馬疳：用瓦蠱子，比蚶子差小用未經鹽醬者，連肉火煅存性，置冷地，用盞盖覆。俟（候）冷取出，碾爲末，糁患處。①藥方內容是說將"瓦蠱子"（蝎子）"連肉"煅燒，放冷碾末塗于患處可以治"走馬疳"（口頰壞疽）。"內"與"肉"形近，故校本、大東本均因形近而致誤。此外，校本和大東本有脱文，原文有"鹽"字，該兩本無。

## 二　音同音近致誤

語音致誤主要源自漢字形、音、義之間的矛盾，即音同音近而異形異義，其表現就是文獻的不同版本會因音同音近而使用字形不同的誤字。

（1）"紅粉樓中別莫愁，秋風數騎出邊頭。畫舡（船）簫鼓無消息，腸斷淸南第一州"，此柳冷齋入瀋陽時作也。余朗吟數回，獨自大笑口："此出疆人漫作無聊語甭，安得有畫舡簫鼓哉？"（奎本册一 P12）

按：此處校本（P3）、大東本（P5）作"浪咏"，臺本（P4）作"朗詠"，奎本作"朗吟"。根據文意，此處應爲"朗咏"。"朗"，明也。《說文解字·月部》《廣韻·上聲》作"盧黨切"，來母蕩韻；②

---

① （清）王士禛：《香祖筆記》（二），中國書店2018年版，第10頁。
② 詳見（漢）許愼《說文解字》，浙江古籍出版社2016年版，第221頁；《宋本廣韻·永禄本韻鏡》，鳳凰出版傳媒集團2005年版，第90頁。

"浪",滄浪水也。《説文解字·水部》作"來宕切",①《廣韻·去聲》作"來宕切",來母宕韵。②故"朗""浪"二字音近,校本和大東本用"浪咏"屬因聲同而誤寫。"朗咏"同"朗詠",指高聲吟誦。奎本中的"朗吟"與"朗詠"同義,亦指高聲吟誦。

（2）副房裨將李瑞龜不勝憤悉,叱副房馬頭捽入灣校,而無可覆之地,於是半開其臀,以馬鞭署扣四五,喝令拿出,斯速舉行。（奎本册一 P18—19）

按:此處校本（P5）、大東本（P9）作"副旁",臺本（P9）和奎本作"副房"。根據文意,應爲"副房"（부방）,指隨從正使出行的副使官員。"旁",在邊曰旁。《廣韻·平聲》作"步光切";③"房",室在旁也。《廣韻》有二音,一音"符方切",一音"步光切"。④故"旁""房"同讀"步光切"時,音同。另,在韓語中此二字發音又相同（"房"방［bang］,"旁"방［bang］）,故校本和大東本均因音近而誤寫。

（3）余問:"古銅青綠硃斑,入土年遠,所貴墓中物是也。今此諸器,若云新鑄,則何能發出這樣光色?"（奎本册二 P34）

按:此處校本（P43）、大東本（P87）用"珠斑",臺本（P91）作"硃班",奎本作"硃斑"。該句後文有描寫"時有硃砂點子深銹透骨,最重褐色,入土年久,青綠翠朱,點點成斑,如芝菌斑,如雲頭暈,如濃雪（雪）片（片）。此非入土千年不能若是"。根據前後語境,此處應爲"硃斑",硃砂浸透形成的斑點。"硃""珠"二字《廣韻·平聲》均爲"章俱切",⑤故校本和大東本均因音同而

---

① （漢）許慎:《説文解字》,浙江古籍出版社 2016 年版,第 360 頁。
② 《宋本廣韻·永禄本韻鏡》,鳳凰出版傳媒集團 2005 年版,第 124 頁。
③ 《宋本廣韻·永禄本韻鏡》,鳳凰出版傳媒集團 2005 年版,第 52 頁。
④ 詳見《宋本廣韻·永禄本韻鏡》,鳳凰出版傳媒集團 2005 年版,第 49、52 頁。
⑤ 珠、硃均作"章俱切",詳見《宋本廣韻·永禄本韻鏡》,鳳凰出版傳媒集團 2005 年版,第 20 頁。

誤寫。

（4）裴生大笑曰："閗（關）東千里，恐致（致）大旱。"余問："何以致旱？"裴生曰："若化火龍去時，齊吽得苦。"（奎本冊二P46）

按：此處校本（P46）、大東本（P94）用"值"，臺本（P99）和奎本作"致"。據語境，後句有"何以致旱？"故原文應爲表"致使"的"致"。"值"，措也、持也、當也。《廣韻·去聲》作"直吏切"，澄母志韻；①"致"，送詣也、招致也。《廣韻·去聲》作"陟利切"，知母至韻。② 故"值"與"致"音近，校本與大東本均因音近而致誤。

（5）故日之未暾，必有許多雲氣湊（湊）集外辦，若將前旗（導），若將後殿，若將儀衛，如千乘萬騎，陪扈衛擁，羽旄旌旆，龍蛇震蕩，然後（後）始為壯觀。（奎本冊三P63）

按：此處校本（P77）、大東本（P160）作"羽毛"，臺本（P171）和奎本作"羽旄"。"羽旄"意爲樂舞時所執的雉羽和牦牛尾做裝飾的旗了，亦爲旌旗的代稱。而"旌""旆"則指鑲在旌旗邊幅的旗飾，也引申泛指旌旗。故此條中，奎本所用的"羽旄"意義更佳，而校本、大東本均因音近而致誤，將"旄"寫作"毛"。"旄""毛"二字《廣韻》均有二音，且均爲"莫袍切""莫報切"，③ 音同。此外，奎本還因形近而將"口之未暾"中的"暾"誤寫作"曣"。"暾"，指日之初昇，此處奎本因形近而誤寫。

（6）昌黎縣有韓文公廟，又有韓相廟。（奎本冊三P99）

---

① 《宋本廣韻·永禄本韻鏡》，鳳凰出版傳媒集團2005年版，第102頁。
② 《宋本廣韻·永禄本韻鏡》，鳳凰出版傳媒集團2005年版，第101頁。
③ 旄，"莫袍切"，詳見《宋本廣韻·永禄本韻鏡》，鳳凰出版傳媒集團2005年版，第44頁；"莫報切"，詳見第121頁。毛，"莫袍切"，詳見第44頁；"莫報切"，詳見第121頁。

按：此處校本（P87）、大東本（P180）和臺本（P197）均作"韓湘廟"，奎本作"韓相廟"。歷史上，韓愈祖籍昌黎之說對鄰國朝鮮、日本影響很大。朝鮮金景善在《燕轅直指·昌黎縣文筆峯記》中對"韓湘廟"曾作記載："四五峯，拔地千仞，秀美如削，即昌黎縣文筆峯也。世以昌黎為韓文公祖居，故立祠其地。又有韓湘廟云。峯名文筆，似亦以此而然。"但中國的"韓湘廟"多指唐韓愈之侄孫韓湘子修煉成仙之地。該廟地處西安，建於宋，盛於元明，是一座全真道觀。傳說韓湘子于斯地修道成真，位列八仙。後始成湘祖道場，湘子文化發源地。"湘""相"《廣韻·平聲》均作"息良切"，① 故奎本作"韓相廟"，因音同而誤寫。

（7）第覩（觀）胡生舉措，真若絕世奇寶，洞燭擎跽，開掩惟謹，而鄭君眼昏，兩手牢執，翻（翻）閱之際疾若風雨，胡生啁（犟）呻不寧。（奎本冊三 P102）

按：此處校本（P88）、大東本（P182）、臺本（P199）作"洞屬擎跽"，奎本作"洞燭擎跽"。"洞屬"，形容恭敬謹慎的樣子。《禮記正義》卷四十七："【疏】'宮室'至'進之'。正義曰'洞洞''屬屬'，是嚴敬之貌。"② 朝鮮漢文獻亦多見該詞，朝鮮金樑《俛齋集·自警銘》："優柔涵泳，勿弛勿迫。思慮必嚴，戰兢洞屬。""擎跽"，指拱手跪拜。故根據文意，"洞屬擎跽"描寫的是十分恭敬地拱手跪拜貌。"屬"，連也。"燭""屬"《廣韻·入聲》均作"之欲切"，③ 故奎本因音同而誤寫。

（8）是日通行九十七里，宿邦囷店。（奎本冊三 P148）

---

① 湘、相均作"息良切"，詳見《宋本廣韻·永祿本韻鏡》，鳳凰出版傳媒集團 2005 年版，第 50 頁。
② （漢）鄭玄注，（唐）孔穎達等正義：《十三經注疏下·禮記正義》，上海古籍出版社 2007 年版，第 1593 頁。
③ 燭、屬均作"之欲切"，詳見《宋本廣韻·永祿本韻鏡》，鳳凰出版傳媒集團 2005 年版，第 135 頁。

第三章 《熱河日記》校勘研究 | 111

按：此處校本（P102）、大東本（P211）作"邦均店"，臺本（P228）和奎本作"邦困店"。正確的地名應爲"邦均店"，即今天津市薊縣均鎮。臺本和奎本作"困"，朝語發音爲군［gyun］，而"均"的朝語發音也是군［gyun］，故此條中臺本和奎本因音同而誤寫。

（9）其姓曰愛新覺羅，其種曰女真滿洲部，其位則天子也，其號則皇帝也，其職則代天理物也。（奎本冊三 P170）

按：此處校本（P108）、大東本（P225）、臺本（P244）作"代天莅物"，奎本作"代天理物"。"莅"，臨也。《廣韻·去聲》作"力至切"，來母至韻；①"理"，治玉也。《廣韻·上聲》作"良士切"，來母止韻。②故"莅""理"音近。按文意，此處是説愛新覺羅氏代替上天治理世界，故"代天理物"較爲合宜。"代天理物"是漢語常見的四字格詞語，唐·杜牧《樊川文集》卷十五："夫宰相之任，前賢有言，如涉川有舟，如幽室有燭，代天理物，爲人具瞻。"③朝鮮漢文獻亦多見該表達，朝鮮鄭道傳《三峯集·延生殿 慶成殿》："聖人之於萬民，生之以仁，制之以義。故聖人代天理物，其政令施爲，一本乎天地之運也。"漢語文獻鮮見"代天莅物"之説，應爲朝鮮文人的音近誤寫。

（10）次日，余偶至一新刱閗（關）後廟，其東廡有一學究，教授四五童子。（奎本冊五 P11）

按：此處校本（P164）作"關侯廟"，大東本（P337）、臺本（P373）作"關矦廟"，奎本作"關後廟"。"關侯"指關羽，其生前曾封漢壽亭侯，故稱。明·徐渭《蜀漢關侯祠記》："蠲卜時日，奉

---

① 《宋本廣韻·永禄本韻鏡》，鳳凰出版傳媒集團 2005 年版，第 101 頁。
② 《宋本廣韻·永禄本韻鏡》，鳳凰出版傳媒集團 2005 年版，第 72 頁。
③ （唐）杜牧著，陳允吉校點：《樊川文集》，上海古籍出版社 2009 年版，第 226 頁。

蜀漢前將軍關侯像以居之。"① "矦"古同"侯",故校本、大東本、臺本用字均可。但奎本用"後",誤也。"侯",《廣韻·平聲》作"戶鉤切",匣母侯韻。② "後",《廣韻·去聲》作"胡遘切",匣母候韻。③ 故"侯""後"因音近而誤寫。

(11) 月世有無,不涉塵寰,則所謂粵人肥瘦,無關莽人,前聖之所不論。(奎本冊六 P11—12)

按:此處校本 (P223)、大東本 (P459) 作"越人肥瘦,無關秦人",臺本 (P509) 作"越人肥瘦,無閑(關)莽人"。"越人肥瘦,無關秦人"實際指成語典故"越瘠秦視",意爲看待他人的得失,就像秦國人看待越國人的肥瘦一樣,喻指痛癢與己無關。唐·韓愈《諫臣論》:"視政之得失,若越人視秦人之肥瘠,忽焉不加喜戚於其心。"④ "越",度也。"粵",亏也,審慎詞。二字《廣韻·入聲》均作:"王伐切","越"與"粵"音同。⑤ 奎本寫作"粵人",因音同而致誤。

(12) 儒則已聞名矣,至於教,豈不曰修道之謂教乎?(奎本冊六 P108—109)

按:此處校本 (P173)、大東本 (P355) 和臺本 (P395) 作"聞命",奎本作"聞名"。據文意,此處指儒生已知其使命,故當作"聞命"。"命",《廣韻·去聲》作"眉病切",明母映韻。⑥ "名",《廣韻·平聲》作"武并切",明母清韻。⑦ 故"命""名"音近,奎本作"名",因音近而誤寫。

---

① (明)徐渭:《徐文長全集》下冊,上海中央書店印行 1935 年版,第 83 頁。
② 《宋本廣韻·永禄本韻鏡》,鳳凰出版傳媒集團 2005 年版,第 61 頁。
③ 《宋本廣韻·永禄本韻鏡》,鳳凰出版傳媒集團 2005 年版,第 127 頁。
④ (唐)韓愈撰,(宋)魏仲舉集注:《五百家注韓昌黎集》第二冊,中華書局 2019 年版,第 804 頁。
⑤ 詳見《宋本廣韻·永禄本韻鏡》,鳳凰出版傳媒集團 2005 年版,第 140 頁。
⑥ 《宋本廣韻·永禄本韻鏡》,鳳凰出版傳媒集團 2005 年版,第 125 頁。
⑦ 《宋本廣韻·永禄本韻鏡》,鳳凰出版傳媒集團 2005 年版,第 55 頁。

第三章 《熱河日記》校勘研究 | 113

（13）驗兒肥膚果香，即具旛幢寶蓋、珠纓、玉輦、金輦往迎兒，以尺帕裹至，以巴思八感香帕而生故也。（奎本册六 P136）

按：此處校本（P181）、大東本（P372）、臺本（P415）作"肌膚"，奎本作"肥膚"。"肌"爲形聲字——"月"＋"几"。"几"，《廣韻·上聲》作"居履切"，見母旨韻。① "肌"，《廣韻·平聲》作"居夷切"，見母脂韻。② 故"肌"與"几"音近。奎本用"肥"，漢、朝漢文獻中均未見該字，屬文人自創之字，構字原理同"肌"，"肥"——"月"＋"已"（巳）。"已"，《說文解字·已部》作"居擬切"，③《廣韻·上聲》作"居理切"。④ "已"與"几"音近，故"肥"爲朝鮮文人抄寫時的音近誤寫。

（14）其地在四川馬湖之西，南通雲南，東北通甘肅，唐元奘法師入三藏，乃其地也。（奎本册六 P139）

按：校本（P182）作"元裝（玄奘）"，大東本（P374）作"元裝"，臺本（P417）、奎本作"元奘"。"元裝"即"玄奘"。"玄"，幽遠也，黑而有赤色者謂之玄。《廣韻·平聲》作"胡涓切"，匣母先韻。⑤ "元"，始也。《廣韻·平聲》作"愚袁切"，疑母元韻。⑥ "玄""元"音近。另，"玄"有異體字寫作"玄"，又與"元"通，而"奘"（奘）與"奘"（裝）又音形相近，故朝鮮漢文獻中常見有"元裝"一詞，朝鮮南公轍《金陵集·送柳參判赴燕序》："世言唐元裝法師入三藏設教，卽此地也。至元時，班禪以神術聞，世祖遣使迎之，令造蒙古新字，頒示天下，賜號大寶法王。及死，賜號宣文大聖

---

① 《宋本廣韻·永禄本韻鏡》，鳳凰出版傳媒集團2005年版，第71頁。
② 《宋本廣韻·永禄本韻鏡》，鳳凰出版傳媒集團2005年版，第13頁。
③ （漢）許慎：《說文解字》，浙江古籍出版社2016年版，第487頁。
④ 《宋本廣韻·永禄本韻鏡》，鳳凰出版傳媒集團2005年版，第72頁。
⑤ 《宋本廣韻·永禄本韻鏡》，鳳凰出版傳媒集團2005年版，第38頁。
⑥ 《宋本廣韻·永禄本韻鏡》，鳳凰出版傳媒集團2005年版，第31頁。

至德真智大元帝師。"《熱河日記》等朝鮮漢文獻中的"元奘"實爲對"玄奘"音(形)近的一種誤寫。

(15) 口眼皆尾低,無腕無脛,卽有手足。**含**烟仰葳而行……**狀**(狀)貌(貌)**雍鍾**,難以言語盡其形容之詭奇也,造物者可謂太嗜詼諧。(奎本冊七 P26)

按:此處校本(P250)、大東本(P515)作"臃腫",臺本(P579)和奎本作"雍鍾"。"臃",腫也,有異體字爲"癰",《説文解字·疒部》作"腫也,从疒雝聲,於容切"。① "癰""雍"《廣韻·平聲》均作"於容切"。② "腫",癰也,脹也。《廣韻·上聲》作"之隴切",章母腫韻;③ "鍾",酒器也。《廣韻·平聲》作"職容切",章母鍾韻。④ 由上分析,"臃"與"雍"、"腫"與"鍾"音形相近,故臺本和奎本均因音(形)近而誤寫。

(16) 衆人**還**(環)**者**(看),無不酸悲。於焉幻者離柱而立,手在脑(胸)**间**(間),其縛如故,未嘗解脱,指血會腫,色益黑紫,不忍奇痛。(奎本冊七 P38)

按:此處校本(P254)、大東本(P523)、臺本(P583)作"環看",奎本作"還看"。根據文意,指衆人圍繞觀看,故"環看"意更佳。而"還看",指回來觀看,不符文意。"環",璧也;回繞也。"還",復也。"環""還"二字《廣韻·平聲》均作"戶關切"。⑤ "環"與"還"音同形近,故奎本誤寫。

(17) 而爲文務爲僻澁奇崛者,學李于鱗。(奎本冊七 P100)

按:此處校本(P271)和大東本(P560)作"李于麟",臺本

---

① (漢)許慎:《説文解字》,浙江古籍出版社 2016 年版,第 246 頁。
② 《宋本廣韻·永禄本韻鏡》,鳳凰出版傳媒集團 2005 年版,第 8 頁。
③ 《宋本廣韻·永禄本韻鏡》,鳳凰出版傳媒集團 2005 年版,第 68 頁。
④ 《宋本廣韻·永禄本韻鏡》,鳳凰出版傳媒集團 2005 年版,第 7 頁。
⑤ 《宋本廣韻·永禄本韻鏡》,鳳凰出版傳媒集團 2005 年版,第 35 頁。

第三章 《熱河日記》校勘研究 | 115

(P625)作"李于獜",奎本作"李于鱗"。"麟",大牝鹿也。"獜",健也,古代傳説中的野獸。《山海經》卷五:"又東南三十里,曰依軲之山,其上多杻、橿,多苴。有獸焉,其狀如犬,虎爪有甲,其名曰獜。"①"麟""獜"《廣韻·平聲》均作"力珍切",②故二字音同形近,且"獜"書寫更易,故朝鮮漢文獻中常見"麒麟"寫作"猉獜"的情況,如朝鮮李秉淵《槎川詩抄卷下·猉獜驛》:"馬欲逢村入,鷄憐隔水鳴。山凹猉獜驛,田頭小吏迎。"朝鮮文人李德懋曾在《青莊館全書·盎葉記》中辨誤:"東國人多以麒字麟字命名者有之,往往從俗麒作猉,麟作獜,大不可也。麒麟瑞獸,而似鹿故從鹿旁。若從犬傍,則是麒麟爲似犬之獸耳。"因民間俗寫的流行,臺本作"猉獜"亦通。而奎本作"鱗",魚甲也,《説文解字·魚部》《廣韻》均作"力珍切"。③故可知,"鱗"與"麟"音形相近,奎本誤寫。

(18)囬瞳數十,拍掌齊笑。(奎本册九 P78)

按:此處校本(P333)、大東本(P673)、臺本(P777)作"回童",奎本作"囬瞳"。"瞳",《玉篇·目部》作"目珠子也"。④晋·葛洪《神仙傳·李根》:"根兩目瞳子皆方。按仙經説'八百歲人瞳子方也'。"⑤根據文意,"回童"指回族孩童,故奎本因音近而誤寫。

(19)時方秋菊盛団(開),皆我東所有,而最多鶴齡,而頸(頸)不特長。(奎本册九 P80)

按:此處校本(P334)、大東本(P675)和臺本(P779)作"鶴

---

① (晋)郭璞注:《山海經》,上海古籍出版社 2015 年版,第 219 頁。
② 《宋本廣韻·永禄本韻鏡》,鳳凰出版傳媒集團 2005 年版,第 28 頁。
③ (漢)許慎:《説文解字》,浙江古籍出版社 2016 年版,第 389 頁;《宋本廣韻·永禄本韻鏡》,鳳凰出版傳媒集團 2005 年版,第 28 頁。
④ 王平、劉元春、李建廷:《宋本玉篇標點整理本》,上海書店出版社 2017 年版,第 69 頁。
⑤ (晋)葛洪:《神仙傳》,中國書店 2018 年版,第 212 頁。

翎"，奎本作"鶴齡"。"鶴翎"，菊花品種名。明·馮夢龍《醒世恆言》第二十九卷："時值九月末旬，園中菊花開遍，那菊花種數甚多，內中惟有三種爲貴。那三種：鶴翎、剪絨、西施。"① "翎"，羽也。"齡"，年也。二字《廣韻·平聲》均作"郎丁切"，② 故"翎"與"齡"音同，奎本誤寫。

（20）無一僧居住，閩粵中落第秀才，無資不能歸，多留此中，相與著書剹（刻）板以資生。（奎本册九 P117）

按：此處校本（P347）和大東本（P700）作"閩越"，臺本（P809）和奎本作"閩粵"。"閩越"位于今中國福建省，其先民爲中國歷史上戰國時期被楚國所滅的越人逃到該地時與當地的原住民部落所共同建立的一個國家——"閩越國"的後裔。"閩越國"在史上存在的時間爲公元前334年至公元前111年。公元前334年，越王勾踐七世孫無彊與楚威王作戰，戰敗被殺，越國遂為楚國所滅。越之族人遂航海入閩，徙居越遷山（今福建省長樂縣）。失去家園的越人在福建北部定居下來後，與當地原住民逐漸融合成閩越人，建立了"閩越國"。

《字彙·走部》記"吳越、南越、閩越謂之三越"。③ 明·陸楫《古今説海·陸顒傳》："胡人謂顒曰：'此可以致億萬之貨矣。'已而又以珍貝數品遺於顒。顒售於南越，復金千鎰，由是益富。其後竟不仕，老於閩越中也。"④ 根據文意，"閩越中落第秀才"便指來自福建一帶的落第秀才。臺本與奎本用"閩粵"，屬音同誤寫。

（21）巡撫山東等處暫（督）利營田魚（兼）理軍務、都察院右

---

① （明）馮夢龍編著，張明高校注：《三言·醒世恆言》，中華書局2014年版，第603頁。
② 《宋本廣韻·永禄本韻鏡》，鳳凰出版傳媒集團2005年版，第56頁。
③ （明）梅膺祚，（清）吳任臣：《字彙 字彙補》，上海辭書出版社1991年版，第469頁。
④ （明）陸楫：《古今説海》，上海文藝出版社1989年影印本，第495頁。

副都御史岳為聖德之保和備至，天心之錫福禰（彌）隆，恭報瑞麟毓生，光照嘉應事。（奎本冊十 P46）

　　按：校本（P363）、大東本（P733）和臺本（P846）作"督理"，奎本作"督利"。"督理"，監督治理之義。明·顧起元《客座贅語》卷五："南都册庫在後湖中，每月之一六日，户科給事中與户部主事督理者過湖查勘，其門之鎖鑰，以一監生往請於内守備太監所，既開即繳還。"① "理"，治玉也。《廣韻·上聲》作"良士切"，來母止韻；② "利"，銛也，舌屬，引申爲銛利，銛利引申爲凡利害之利。《廣韻·去聲》作"力至切"，來母全韻。③ "理"與"利"音近，故奎本因音近而誤寫。

　　（22）治疫痘面腫方：金銀花二兩，濃煎一盞服之，腫立消。（奎本冊十 P93）

　　按：此處校本（P377）、大東本（P762）和臺本（P732）作"頭"，奎本作"痘"。此處的藥方作者抄錄自《香祖筆記》，原文作"頭"。④ "痘"，痘瘡也，《字彙·疒部》作"大透切，音豆，痘瘡"，⑤《正字通·疒部》作"大候切，音豆，痘瘡"。⑥ "頭"，首也。《字彙·頁部》《正字通·頁部》均作"徒侯切"。⑦ "痘""頭"音近，故奎本因音近而誤寫。

　　明·李時珍《本草綱目》認爲："目病、驚病、痘病，皆火病

---

① （明）顧起元撰，吳福林點校：《客座贅語》，南京出版社 2009 年版，第 149 頁。
② 《宋本廣韻·永禄本韻鏡》，鳳凰出版傳媒集團 2005 年版，第 72 頁。
③ 《宋本廣韻·永禄本韻鏡》，鳳凰出版傳媒集團 2005 年版，第 101 頁。
④ （清）王士禛：《香祖筆記》（二），中國書店 2018 年版，第 56 頁。
⑤ （明）梅膺祚，（清）吳任臣：《字彙　字彙補》，上海辭書出版社 1991 年版，第 302 頁。
⑥ （明）張自烈，（清）廖文英：《正字通》，中國工人出版社 1996 年版，第 708 頁。
⑦ 詳見（明）梅膺祚，（清）吳任臣《字彙　字彙補》，上海辭書出版社 1991 年版，第 538 頁；（明）張自烈，（清）廖文英《正字通》，中國工人出版社 1996 年版，第 1285 頁。

也。火鬱則發之,從治之法,辛主發散故爾。"① 而金銀花,又名忍冬,有很好的消炎散熱之效。朝鮮文人在抄錄時,可能覺得此處作"痘面"似也合理。

## 第二節　異文舉隅

《熱河日記》因其語言通俗,內容諧趣,多似稗官小品之流,成書後一直未准公開發行,只能在私下傳抄流通。在輾轉傳抄的過程中,由於文人、傳抄者的理解差異,加之漢語水平參差不齊,故出現大量用字、用詞甚至用句不同的情況,筆者稱爲《熱河日記》諸版本的異文現象。本節將對此現象進行詳細討論。

(1) 崇禎十七年,毅宗烈皇帝殉社稷,明室匸,于今百四十餘年。曷至今稱之?(奎本冊一 P7)

按:此處校本(P1)作"於今百三十餘年"、大東本(P1)作"于今百三十餘年",而臺本(P67)和奎本作"于今百四十餘年"。"崇禎十七年"爲 1644 年,版本中所記年代的差異可能反映了《熱河日記》成書時間前後差距十年的情況,因缺乏更多資料佐證,關於確切的成書時間還有待進一步考證。

(2) 盧(盧)參奉以漸,上房裨將視帖裏時更加豪健矣!帖裏,方言千翼。裨將,我境則著帖裏。渡江則換着狹袖。(奎本冊一 P9—10)

按:此處校本(P2)和大東本(P3)作"天翼",臺本(P2)和奎本作"千翼"。天翼(철릭[cheol-lig]),朝語詞,即帖裏,亦稱"天益""天翼""千翼"等,是朝鮮官服中的一種。從高麗中期一直到朝鮮李朝末期,在戰爭等非常時期或狩獵、出使等場合,"天翼"都是國王及官員所着的重要服裝。因其主要使用在軍服上,所

---

① (明) 李時珍:《本草綱目》(校點本) 下冊,人民衛生出版社 2004 年版,第 1967 頁。

第三章 《熱河日記》校勘研究 | 119

以又被稱爲"戎服"或"軍服"。其形如圖 3-2 所示。

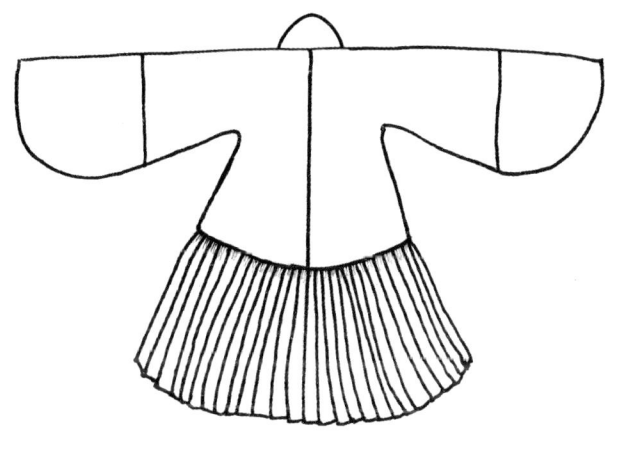

圖 3-2 帖裏

圖片來源：作者自繪。

（3）小空冊四卷，程里錄一軸。行裝至輕，搜驗雖嚴，可以無<u>虞</u>（虞）矣。（奎本冊一 P11）

按：此處校本（P2）、大東本（P4）和奎本作"無虞"，臺本（P3）作"無憂"。"憂"，《說文解字·夂部》作"和之行也。从夂㥑聲"。①《玉篇·夂部》作"愁也"。②"虞"，慮也，可指憂慮。宋·韓琦《安陽集》卷二十六："蓋本唐堯之舊化，俗儉而家給，土豪而兵勁。雖有水旱之沴，而無凍餒之虞。"③ 因"憂"與"虞"意義接近，故各本所用均可。

（4）東望龍鐵諸山，皆入萬里雲矣。（奎本冊一 P11—12）

按：此處校本（P3）、大東本（P4）、臺本（P4）作"萬重"，

---

① （漢）許慎：《說文解字》，浙江古籍出版社 2016 年版，第 173 頁。
② 王平、劉元春、李建廷：《宋本玉篇標點整理本》，上海書店出版社 2017 年版，第 162 頁。
③ （宋）韓琦：《安陽集》第四冊，張士隆明正德九年刻本，國家圖書館藏（索書號：05047），第 71 頁。

奎本作"萬里"。"萬重"形容雲的層次多、深。而"萬里"則形容雲的距離遠、厚。根據文意,此處用"萬重""萬里"皆通。

(5) 上房馬頭順安奴,名時大。唱謁未了,篙師舉杖一刺,水勢迅疾。櫂歌齊唱,弩力奏功,星奔電邁,怳若隔(隔)晨。(奎本冊一 P16)

按:此處校本(P4)、大東本(P7)作"棹歌",臺本(P7)和奎本作"櫂歌"。"棹歌"指艄公划槳時唱的歌,而"櫂歌"則指古代巴人相互牽手邊跳邊唱的民歌。南朝宋·范曄《後漢書·志第六》:"羽林孤兒,《巴俞》櫂歌者六十人,爲六列。"① 此處當用"棹歌",臺本和奎本有誤。朝鮮漢文文獻常見將"棹歌"誤作"櫂歌"的情況,朝鮮金地粹《苔川集·朝天時諸賫贐狀》:"八月蘆葦寒,蕭蕭海上路。朝天萬里船,曉發宣沙浦。借問幾時還,浦口花發春。驪歌欲徹櫂歌起,雲海茫茫愁殺人。"

(6) 夜未半,大雨暴注。(奎本冊一 P24)

按:此處校本(P6)、大東本(P12)、臺本(P12)均用"暴霔",而奎本用"暴注"。"霔",古同"澍",指時雨灌注,漢語有"暴澍"一詞,如五代·王仁裕《玉堂閑話·法門寺》:"忽一夕,風雷驟起,暴澍連宵。平曉,諸僧窺望,見寺前良材巨石,阜堆山積,亙十餘里,首尾不斷,有如人力置之。"② 也有"暴注",如北魏·酈道元《水經注》卷十六:"逮於晉世,大水暴注,溝瀆泄壞,又廣功焉。"③

朝鮮漢文獻常用"暴霔",如朝鮮趙秉鉉《成齋集·奏》:"盖緣三日暴霔,始濫於龜城。不分高低,崩沙滾石。水勢所到,雖不無淺深之別,而惟其事出不虞也。故民無以容措於其間,室漂而莫知支

---

① (南朝宋)范曄:《後漢書》,中華書局2007年版,第935頁。
② 蒲向明:《玉堂閑話評注》,中國社會出版社2007年版,第229頁。
③ 陳橋驛譯注,王東補注:《水經注》,中華書局2016年版,第123頁。

之。"從文意判斷，此處"暴霆""暴注"均可。

（7）日旣暮，抵葱莠，恰似瑞興葱莠，想我國人所名，抑瑞興葱秀以類爲名否？（奎本册一 P28）

按：此處校本（P8）、大東本（P14）作"平山葱莠"，臺本（P15）作"瑞興葱莠"。"平山葱莠"爲燕行路上的一站，朝鮮燕行文獻中常見該地名。朝鮮金邁淳《臺山集・闕餘散筆》："余癸亥春，奉使灣上，過平山葱秀。見崖石刻長白山人劉鴻訓七字，長白山在山東濟南府，故齊地，卽公東來時所題也。"朝鮮李柬《巍巖遺稿・行狀》："徑出間道，至平山葱秀站。則都元帥張公晚，旣敗於薪橋，防禦使李重老，繼衂於馬灘，而賊已突過向京師矣。"

"瑞興"爲朝鮮地名，位于朝鮮黃海道地區，朝鮮漢文獻中亦有相關記述，朝鮮李匡德《冠陽集・瑞興貢生金廷三》："余游瑞興縣，縣貢生金廷三頗小心，伏侍余久而不懈。"故此處臺本和奎本記述有誤。

（8）如韓安諸賈連歲入燕，視燕如門庭，與燕市禪販連腸互肚，疣赘（發）低仰都在其手。（奎本册一 P33）

按：此處校本（P9）、大東本（P17—18）作"韓林諸賈"，臺本（P19）和奎本作"韓安諸賈"。上文提到"又争問：'韓相公（公）、安相公來麽？'此數人者俱義州人，歲歲販燕，皆巨猾，習知燕中事"。由此可知，此處的"韓、安"當指"韓相公""安相公"，故校本和大東本記述有誤。

（9）指副使曰："這髻的雙崔補子，乃是乙大人。"指書狀曰："山大人，翰林出身的。"乙者，二也。山者，三也。翰林出身者，文官也。（奎本册一 P36）

按：此處校本（P10）、大東本（P19）作"'三大人。'俱翰林出身的文官之稱也"。臺本（P21）作"'三大人，翰林出身。'乙者，二也。翰林出身者，文官也"。奎本作"'山大人，翰林出身的.'乙者，二也。山者，三也。翰林出身者，文官也"。據文意，各本均可，但奎本所記述的内容最爲豐富，很風趣地記録了東北當地方言尖團不分的語音特點。

（10）衆中一胡，忽高拜（聲）罵象（象）三，則得龍奮髯張目，直前揕其䐉（胸），揮拳欲打。（奎本册一 P37）

按：此處校本（P10）和大東本（P20）作"直前揪其胸"，臺本（P21）作"把其胸"，奎本作"揕其胸"。根據文意，這三個動詞均可。"揪""把"都有用手抓住的意思，但"揪"義更佳，而"揕"則突出的是擊打之義。另，奎本在表達抓拿之義時喜用"揕"，如後文"僧猛睁雙眼，一手揕胸，一手劈頭。騎騾者側身一躲，帽落掛頸"。（奎本册四 P82）其他版本則多用"把"［校本（P135）、大東本（P279）用"把"，臺本（P308）用"揕"］。

（11）其母年近（近）七旬，滿頭插花，眉眼韶雅，可想青春光景矣。（奎本册一 P44）

按：此處校本（P12）、大東本（P24）、臺本（P26）作"聞其子孫滿前云"，奎本作"可想青春光景矣"。根據文意，此處説的是鄂姓人家的老母雖年邁，但"滿頭插花，眉眼韶雅"，可以想象其年輕時更是絶色人物，所以，奎本作"可想青春光景矣"似更合邏輯。

（12）譬如廣州生員初入京，左右顧眄，應接不暇，輒爲京人所嗤。（奎本册二 P37）

按：此處校本（P44）、大東本（P89）用"唾"，臺本（P93）作"嗤（嗤）"。按文意，此處説的是由于廣州生員初次入京，因舉止不雅，常左顧右盼而被京人輕視、鄙棄。"唾"，啐也，指從嘴裏吐出來。對人啐吐有表示輕視、鄙棄之義。"嗤"則指譏笑。兩詞均有輕視，鄙夷之義，故各本用詞均可。

第三章 《熱河日記》校勘研究 | 123

（13）《易》雖卜筮之書，《繫辭》言占言筮，一見卜字。（奎本冊二 P42）

按：此處校本（P45）和大東本（P92）作"不見卜字"，臺本（P97）和奎本作"一見卜字"。根據文意，當解爲"不"，奎本和臺本有誤。

（14）費生曰："或謂'無若丹朱傲'之'傲'字乃'奡'字之誤（誤），看下文'罔水行水'，當作兩人。"（奎本冊二 P42）

按：此處校本（P45）、大東本（P92）和臺本（P97）作"罔水行舟"。奎本作"罔水行水"。罔水，無水。"罔水行舟"，指没有水而在陸地上行船。其後句爲"余曰：'奡能陸地行舟與罔水行舟，義似妙合，而但傲奡音雖相似，字形懸殊。'"故奎本用"罔水行水"有誤，當爲"罔水行舟"。

（15）又畫一條墨龍，彈筆作濃雲急雨，但鬐鬛（鬣）梗直，鱗尺無倫，爪（爪）大於面，臭（鼻）長於角，諸人大笑稱奇。（奎本冊二 P45—46）

按：此處校本（P46）作"鼻長開角"，大東本（P94）、臺本（P99）和奎本均作"鼻長於角"。根據文意，此處說的是所畫墨龍的樣子，句前有龍"爪大於面"的特徵，故前後呼應取"鼻長於角"更爲合理，此處校本有誤。

（16）裴生曰："龍名古奇。我生之初，乃丁是辰，罡鐵之秋，如何不貧？"乃長吟曰："罡處。"余呼曰："罡鐵。"裴生復呼曰："罡賤。"余笑曰："非音賤也，如明哲之鐵。"（奎本冊二 P48—49）

按：此處校本（P47）和大東本（P96）作"饕餮之鐵"，臺本（P101）作"明喆之鐵"，奎本作"明哲之鐵"。前句作者朴趾源對"罡鐵"有所解釋："諸公知此龍何名？……此名罡鐵。我東鄙諺云：'罡鐵去處，秋亦爲春'謂其致旱歲歉（歉）也，故貧人謀事違心，稱罡鐵之秋。""罡鐵"即旱龍。旱龍一至，秋天將顆粒無收，一切又要從零開始,故有"秋亦爲春"的説法。

"明哲",朝語爲(명철[myeong-cheol]);"饕餮",朝語爲(도철[do-cheol]);而鐵,朝語爲(철[cheol])。可以看出在朝語中"哲""嚞"(철[cheol])、"餮""鐵"的發音一致,故各本所用均可。但對中國讀者來説,"饕餮"的發音似乎更爲接近。

(17)東野曰:"此還有不然者,吾鄉之士,亦多囊螢錐股,朝薤暮(暮)鹽,天可憐見時,雖得添溦(微)祿,遊宦萬里。"(奎本册二 P49)

按:此處校本(P47)作"沾",大東本(P97)和臺本(P102)作"霑",奎本作"添"。"霑",濕也,可指浸濕,比喻沾得利益。《龍龕手鏡·平聲》作"濡也,小濕也,漬也,溺也"。① "添",《正字通·水部》作"益也"。② 根據文意,東野説因上天可憐,使他得到微少的俸禄。此處"霑""沾""添"均有獲得的意義,故均可。

(18)城下釣者敊(數)十人,皆芓(弄)衣飯,貝似游閑公子,俱城裏市舖人。(奎本册二 P64)

按:校本(P32)、大東本(P65)、臺本(P111)作"皆美衣服",而奎本爲"皆芓(弄)衣飯"。據文意可知,游閑公子應該穿着美服,故"皆美衣服"更爲合理,此處奎本所用意義欠佳。"弄",《説文解字·収部》:"玩也,从廾持玉。盧貢切。"③ 朝鮮漢文文獻方面未見有"芓"字形,但多見"芖",《異形字典》引《教旨2—2》(1632)、《謚狀10—2》(1901)、《上疏3—2》(1922)等均見該字。④

---

① (遼)釋行均:《龍龕手鏡》,中華書局1985年版,第306頁。
② (明)張自烈,(清)廖文英:《正字通》,中國工人出版社1996年版,第597頁。
③ (漢)許慎:《説文解字》,浙江古籍出版社2016年版,第80頁。
④ 吕浩:《韓國漢文古文獻異形字研究之異形字典》,上海大學出版社2011年版,第270頁。

第三章 《熱河日記》校勘研究 | 125

(19) 昌大曰："實難形容。以爲馬也，則蹄是兩跲而尾如牛。"（奎本册二 P71）

按：校本（P49）作"兩岐"，大東本（P100）作"兩歧"，臺本（P116）和奎本作"兩跲"。"岐"同"歧"，指多生出的或別出之義。《釋名・釋道》："物兩爲岐，在邊曰旁。"①"跲"，蹄、趾之義。明・馬歡《瀛涯勝覽・占城國》："其犀牛如水牛之形，大者有七八百斤，滿身無毛，黑色，俱是鱗甲，紋癩厚皮，蹄有三跲。"② 據文意，此處說的是駱駝的蹄爲兩趾且尾巴如牛尾，故"跲"字更佳。

(20) 雖未得較侶米元章，何遽（遽）不若董太史。（奎本册二 P75）

按：此處校本（P52）、大東本（P106）和臺本（P119）作"渠"，奎本作"遽"。據文意，此句是說作者朴趾源給店家題字"欺霜賽雪"，自誇其墨迹雖然不似米芾，難道還不如董仲舒嗎？"何遽"常用于表反問意義的文言句式中，西漢・劉安《淮南子》卷十八："且塘有萬穴，塞其一，魚何遽無由出？室有百户，閉其一，盜何遽無從入？"③"何遽"亦寫作"何渠"，故各本用法均可。

(21) 念其賣瓜事，尤可絶痛，況其副急淚何從得來。（奎本册二 P79）

按：此處校本（P53）、大東本（P108）作"切痛"，臺本（P122）和奎本作"絶痛"。"切痛"，極爲傷痛。南朝宋・范曄《後漢書・左周黄列傳》："賢愚切痛，海内傷懼。"④ 而"絶"有極、甚之義，故"絶痛"也指特別傷痛。清・曾國藩《曾文正公文集・滿妹碑誌》：

---

① （漢）劉熙：《釋名》，儲良材程鴻明嘉靖三年刻本，國家圖書館藏（索書號：10987），第 10 頁。
② （明）馬歡著，萬明校注：《明本〈瀛涯勝覽〉校注》，廣東人民出版社 2018 年版，第 10 頁。
③ （汉）劉安著，陳廣忠譯註：《淮南子》卜，中華書局 2012 年版，第 1084 頁。
④ （南朝宋）范曄：《後漢書》，中華書局 2007 年版，第 592 頁。

"妹生於世十歲，兒三歲也。即日瘞諸居室之背，高嵋山之麓。吾母傷弱女與冢孫，哭之絕痛。"① 根據文意，此處各本所用均可。

（22）帳裏有一女子，頻（頻）頻出手而視，白布纏首，頗有姿色。（奎本冊二 P85）

按：此處校本（P55）、大東本（P111）和臺本（P125）作"上加麻絰"，奎本作"頗有姿色"。此處說的是作者朴趾源同隨行人員一起去看中國人家的喪禮，見到靈帳內有一女子。後文說："二同曰：'此亡者之少女，嫁為山海閞（關）富商之妻。'"根據文意，少女嫁與富商作妻，估計姿色頗佳，故奎本說"頗有姿色"。但出席葬禮，少女"白布纏首，上加麻絰"亦可通。

（23）椅坐板上，微動其足，則板之兩頭，互相低仰，板上之柱，不勝搖蕩，於是柱頭橫架，猛加推排，而屋中之車，一前一却。（奎本冊三 P27）

按：此處校本（P66）、大東本（P137）作"互相低昂"，臺本（P146）和奎本作"互相低仰"。"昂"，《說文解字·日部》作"舉也"，"五岡切"。② "仰"，《說文解字·人部》作"舉也"，"魚兩切"。③ "昂""仰"兩字音近義同，此處可互用，描寫出了篩麵機的腳踏板高低起伏的樣子。

（24）蓋其動足甚微而收功甚鉅，我東婦女一簁數斗之麵，則一朝髻（鬢）眉皓白，手腕麻軟。（奎本冊三 P27）

按：此處校本（P66）、大東本（P137）作"數斗之輪"，臺本（P147）和奎本作"數斗之麵"。據文意，該句說的是因沒有篩麵機的輔助，朝鮮婦女如果要篩幾斗麵，就會"鬢眉皓白，手腕麻軟"。此處臺本和奎本用"數斗之麵"更合文意。

---

① （清）曾國藩：《曾文正公文集》，上海亞光書局1943年版，第245頁。
② （漢）許慎：《說文解字》，浙江古籍出版社2016年版，第218頁。
③ （漢）許慎：《說文解字》，浙江古籍出版社2016年版，第261頁。

(25) 凝乾成塊，旣成光澤；沙壓核（核）纏，且斷且續。（奎本冊三 P29）

按：此處校本（P67）作"旣失光澤"、大東本（P138）、臺本（P148）用"旣失光澤"，奎本用"旣成光澤"。據文意，該句說的是朝鮮抽繅之法多使用手汲，因人手"疾徐不適（適）、觸激有時，則怒絲驚繭騰跳駢進，抽積繅板棼雜無緒"，所以當繭絲凝乾時，就會失去光澤。此處奎本有誤，應爲"旣失光澤"。

(26) 雙（雙）林向余欲語者數，余益莊束而坐，雙林因起去。（奎本冊三 P44）

按：此處校本（P71）、大東本（P148）用"莊竦"，臺本（P158）用"壯竦"，奎本用"莊束"。"莊竦"，莊嚴肅敬之貌。朝鮮丁若鏞《與猶堂全書·無羊》："蓋羊性畏濕，故使就高燥也。矜矜莊竦貌，兢兢恐懼貌，騫躁進也，崩墜落也，意牧人麾羊就高。而群羊竦恐以前，不至於躁進墜落，故喜其善升。""莊束"，"束"有束縛、約束之義，可引申表示謹慎恭敬，故"莊束"也有莊嚴肅敬的意思。南朝齊·曇景譯《佛說未曾有因緣經》卷下："沐浴名香，庄（莊）嚴身體。將諸伎女，往至我所。我見夫人，庄（莊）束嚴麗。"①

朝鮮漢文獻多見"莊束"，朝鮮沈彥光《漁村集·次離騷經》："年未踰於弱冠，登薄名於司馬。撿余行而莊束，若深閨之處女。"又，朝鮮吳熙常《老洲集·先伯母貞敬夫人行狀》："晚年寢疾之時，猶自莊束。神氣恬然，雖懿親之卑幼者，未嘗以褻衣亂髻見也。""莊竦""莊束"兩詞意義接近，故校本、大東本、奎本用詞均可。但在朝鮮漢文文獻中，"莊束"使用更廣，也更接近朝鮮文人的真實使用情況。臺本用"壯竦"應爲音近誤寫。

---

① （南朝齊）曇景譯：《佛說未曾有因緣經》第2冊，廣勝寺金皇統九年刻本，國家圖書館藏（趙城金藏），第18頁。

（27）清人設間，使其**將**高鴻中於所獲明兩太監前故作耳語曰："今日撤兵，意者袁巡撫有密約。"項見二人来見汗，語良久而去。楊太監佯卧窃聽之，旋縱之歸，遂以告於帝，帝遂執崇煥磔之。（奎本册三 P61）

按：此處校本（P76）、大東本（P158）作"帝遂下崇煥於獄"，臺本（P170）作"帝遂崇煥磔之"，奎本作"帝遂執崇煥磔之"。此處講述的歷史故事爲明末大將袁崇煥在遼東抗擊清軍，多次擊敗努爾哈赤和皇太極的進攻。後來，清軍使用了反間計，他們抓住兩名明宫太監，故意讓兩人聽見清將之間的耳語，説袁崇煥與滿人有密約，然後放其中一名太監回京，太監遂向崇禎皇帝訴説了所聽到的事情，崇禎帝遂以"通虜謀叛"等罪名將袁崇煥"磔"死。此處，奎本中"帝遂執崇煥磔之"，更貼近歷史結局，而臺本此處有脱文，少了動詞"執"。

（28）金石但可想**像**（像）古人典形，而其筆墨之間，無限神精。（奎本册三 P91）

按：此處校本（P85）、大東本（P176）、臺本（P193）作"典刑"，奎本作"典形"。"典刑"，舊法，常規。《詩經·大雅·蕩》："雖無老成人，尚有典刑。"① "典刑"可通"典型"，有典範之義。而"典形"也指"典範"，朝鮮漢文獻常見之。朝鮮玄尚璧《冠峯遺稿·與權敬仲》："惠石相隨到此，略加人工，峙之盆水，巉削數峯，眞一奇山，典形雖小，其巖巖氣像。"朝鮮玄德升《希菴遺稿·書希菴先生詩稿後跋三十韻》："文章獨不朽，百代存典形。秋懷和余作，壓卷最精英。"又，朝鮮高裕《秋潭集·德峯書院上樑文》："江山有藏修之勝，儒林遂依歸之誠，曠百世而典形猶存。"

在朝鮮漢文獻中，"典刑"又通"典形"，亦指"典範"。朝鮮

---

① 向熹譯注：《詩經》，高等教育出版社 2009 年版，第 312 頁。

第三章 《熱河日記》校勘研究 | 129

洪瑞鳳《鶴谷集・洪宜寧挽》："虹貫江南處士星，廣陵茅棟掩雲扃。吾宗德業將誰繼，箇箇賢兒有典刑。"朝鮮金應祖《鶴沙集・金烏書院常享文》："音容雖遠，典刑猶存。數間遺祠，萬古洞酌。"由上可知，此處各本用詞均可。

（29）又紙筆尤**異**（異）中國，古**稱**高麗白**磓**（硾）紙、狼尾筆，特為**異**邦故寶而名之，非為其能佳於書**画**（畫）也。（奎本冊三 P92）

按：此處校本（P85）、大東本（P176）作"狼毛筆"，臺本（P193）和奎本作"狼尾筆"。狼尾筆（낭미필［nang-mi-pil］），是朝鮮特產的一種毛筆，由黃鼠狼尾巴上的毛所製成，也稱黃毛筆、狼毫筆。此處校本和大東本作狼毛筆亦可通。

（30）一條白光閃過柳頭，少焉，日隱雲中，雲中迷響如推棋局、如裂帛，萬柳沉沉，葉葉縈電。（奎本冊三 P109）

按：此處校本（P90）、大東本（P187）、臺本（P203）作"柳樹"，奎本作"柳頭"。據文意，此處說的是一道白色閃電閃過柳樹梢頭，"柳頭"似更合文意，故奎本用詞更佳。

（31）余笑曰："實感主人厚**誼**（誼），然此事還有不然者。"（奎本冊三 P130）

按：此處校本（P96）和大東本（P200）作"厚意"，臺本（P216）作"厚義"，奎本作"厚誼"。"厚意"突出的是深厚的情意，"厚義"突出的是人情與義理，而"厚誼"則突出的是友誼。故根據文意，此處各本用詞均可。

（32）**隔**（隔）簾有婦人之**聲**，燕鶯嬌囀，緊言其家夫為人館師，**迎**（迎）往山西地，獨與一女在家，高麗老爺儼臨**幣**（敝）庄，有失**迎**肅。（奎本冊三 P154）

按：此處校本（P104）、大東本（P215）、臺本（P233）用"殊不了了"，奎本用"燕鶯嬌囀"。此處兩種描述均可，"殊不了了"指朝鮮文人聽不懂中國婦女所言。而"燕鶯嬌囀"則側重對女子聲音的美好想象，婉轉嬌媚如燕鶯鳴啼一般。

（33）喪（喪）人據椅碧紗窗下，身披一領綿布衣，頭髮不剃，長得數寸，如頭陀形，不肯與人酬酢。（奎本册三P157）

按：此處校本（P104）、大東本（P216—217）作"頭髮不削"，臺本（P235）、奎本作"不剃"。"削髮"和"剃髮"義同，故各本用詞均可。"削髮"和"剃髮"在朝鮮漢文獻都有廣泛使用，朝鮮金中清《苟全集·詩》："萬國會同日，四夷來貢時，侏儺言各異，詭恠服參差。削髮曾何耻，無裳亦不疑。誰如吾禮樂，天子寵之宜。四國皆削髮又不袴，唯畏兀服華服。"又，朝鮮沈光世《休翁集·剃髮主》："慶善公主，乃太祖之女。與芳蕃，芳碩，俱出於神德王后。下嫁興安君李濟，芳碩之難，興安亦死。太祖親臨剃髮，泫然流涕。"

（34）副使要余筆譚，余遂書示副使姓名官啣。（奎本册三P157）

按：此處校本（P105）作"官銜"，大東本（P217）、臺本（P235）和奎本均作"官啣"。"啣"爲"銜"之異體字，"啣"本指口含之義。"官銜"一詞朝語爲관함[gwan-ham]，朝鮮漢文獻常書寫爲"官啣"。朝鮮崔潤昌《東溪遺稿·盧同知挽》："官啣曾散秩，子姓摠佳兒。"朝鮮柳得恭《泠齋集·南掌使者》："繡蟒衣裾拂地行，赤冠如橐望崢嶸，問名不道低頭久，但道官啣是一評。一評，即一品之訛。"

"官啣"的這種寫法漢語鮮有見之，是漢語俗字俗寫在朝鮮半島的一種發展與演化，也可看作朝鮮文人借用漢字及漢語詞彙後的一種積極創用與實踐，亦是漢、朝語言在文字層面深度接觸的結果。

（35）沙堤浩渺，風帆出浽（没），悠然忘其爲浮家帆宅，若寓身閭閻華堂之間，而蕪（兼）有江湖景物之樂。（奎本册三P158）

按：校本（P105）、大東本（P217）和臺本（P236）作"浮家泛宅"，奎本作"浮家帆宅"。"浮家泛宅"爲漢語詞彙，指以船爲家。朝鮮漢文獻中也多見該詞，朝鮮鄭奎漢《華山集·漁家秋景》："漁翁醉宿篷窓雨，惟有沙頭睡鷺知。紅蓼月白蘋涯，浮家泛宅不曾歸。"因前文有"風帆出没"，奎本的抄者可能意會爲有"帆船之宅"，故誤。

（36）于斯時也，雖有石人回頭、鐵腸盡銷、此吾東第一情**宛**（死）地也。（奎本册四 P18—19）

按：校本（P116—117）、大東本（P241）、臺本（P264）作"第一情死時也"，奎本作"第一情死地也"。句中的"于斯時也"指前句寫到"吾痛哭之時"——"雖**畫**棟綉闥、春青日白，盡爲吾別離之地，盡爲吾痛哭之時。"根據句意，此處作"情死之時"更爲恰當。

（37）十餘擔夫不出一聲，同擔都走。於是書狀嚴飭下**肄**，若受一擔柴草，當施重棍。（奎本册四 P29）

按：此處校本（P120）、大東本（P248）和臺本（P272）作"一握柴草"，奎本作"一擔柴草"。據文意，此處是説朝鮮使臣不隨意接受中國地方官員的饋贈，即使是像"一握柴草"這樣少的東西也不行。他們下令如有下吏私自接受，將施以重刑。故從文意判斷，"一握"似更爲合理。

（38）副使、書狀行見之，慘然停驂，問："厨房或有**輕**（輕）卜，可以并載者乎？"（奎本册四 P41）

按：此處校本（P123）和大東本（P255）作"輕車"，臺本（P280）和奎本作"輕卜"。前文説到作者的馬頭昌大"昨渡白河時，赤足爲馬所踐，蹄鐵深入，腫痛乞死"。至此時，昌大脚痛難行，副使及書狀官見狀問到可有輕便小車能載昌大行路否。朝語中"卜"有承載之義，故"輕卜"在此處指"輕載之車"，但未見該詞在其他朝鮮漢文獻中有所使用，蓋爲作者的又一自創之用。

（39）護此一行，**雖**其職責，其行己簡約，奉職誠勤，可見大國

之風也。(奎本冊四 P42)

按：此處校本（P124）、大東本（P256）、臺本（P281）作"簡略"，奎本作"簡約"。"簡略"有省略之義，多用于修飾文字。宋·歐陽修《與杜訢論祁公墓誌書》："若以愚見，誌文不若且用韓公行狀爲便，緣修文字簡略，止記大節，期於久遠，恐難滿孝子意。"①"簡約"指節儉，節省，可指使煩瑣之事從簡，南朝宋·范曄《後漢書·馬援列傳》："時皇太后躬履節儉，事從簡約。"②此句是説護送朝鮮使臣一行的中國提督其行程從簡，并無大隊車馬人員，但其奉職誠勤，足可見中國之大國之風。故根據文意，此處奎本用詞更佳。

（40）卸鞍即進食，而身倦神疲，舉匙若千斤，運舌如百年，滿盤蔬炙，無非睡（睡）也。(奎本冊四 P45)

按：此處校本（P124）和大東本（P257）作"至店即進食"，臺本（P282）和奎本作"卸鞍即進食"。"卸鞍"有到店下馬休息之義，與"至店"表意相同，故各本所用均可。但"卸鞍"給予讀者更多行爲動作的想象，因鞍馬勞頓，與後文的"身倦神疲"更合，故臺本與奎本所用似更佳。

（41）南唐時張宵娘俘入宋宮，宋宮人爭效其小脚尖尖，勒帛緊纏，遂成風俗，故元時漢女以小脚彎鞋自為標異。(奎本冊四 P73)

按：此處校本（P132）、大東本（P273—274）、臺本（P301）均作"張宵娘"。此處應爲李宵娘，指南唐後主的宮嬪"宵娘"，傳説中國婦女的纏足習俗因她而始。明·陶宗儀《南村輟耕録》卷十曾記："李後主宮嬪宵娘，纖麗善舞。後主作金蓮，高六尺，飾以寶物細帶纓絡，蓮中作品色瑞蓮。令宵娘以帛繞脚，令纖小，屈上作新

---

① （宋）歐陽修著，洪本健校箋：《歐陽修詩文集校箋》下，上海古籍出版社 2012 年版，第 1842 頁。

② （南朝宋）范曄：《後漢書》，中華書局 2007 年版，第 257 頁。

月狀。素襪舞雲中，回旋有淩雲之態。"① 朝鮮漢文獻也見記載，朝鮮洪大容《湛軒書·乾淨衕筆談》："余又曰：'婦人小鞋始於何代？'公曰：'無明證，但傳云始自南唐李宵娘。'"歷史記載，"窅娘"無明確姓氏，因其爲南唐後主宮嬪，故稱"李窅娘"或"李宵娘"。此處四本均誤。

（42）西洋亞彌利奢亞王嘗百草，得此以醫百姓口痰。（奎本冊四 P75）

按：此處校本（P133）作"口瘡"，大東本（P275）、臺本（P303）和奎本作"口痰"。"痰"通"癬"，指由微菌引起的某些皮膚病的統稱，如頭癬、手癬、足癬等。此處的"口痰"亦指"口瘡"，根據文意，各本用詞均可。

（43）朴寶樹徑探禮部而旧，為言皇上謂"該國知禮，而陪臣不知禮"。寶樹及諸通官皆推胸涕泣曰："吾等冕矣！"此乃通官輩本習云。（奎本冊四 P79）

按：此處校本（P134）作"徑探""推胸"，大東本（P277）作"徑探""搥臂"，臺本（P306）作"徑探""推脳（胸）"。"徑"有經過、行經之義，"徑探"指路過探問。"徑"有前往之義，故"徑探"更符合文意。"搥""推""搥"三個動詞意義相近，都指敲打。故"搥臂""推胸"都指"搥胸"。明·郭勳編《雍熙樂府》卷一："怎知道這場憔悴，空教我推臂跌脚，一會家兩淚悲啼。"② 由上可知，各本所用皆通。

（44）余出闕門外閒步觀玩，視昨朝尤不勝紛踏，緇塵漲空，沿道茶（茶）房酒肆，車馬鬧熱。（奎本冊四 P81）

按：此處校本（P135）、大東本（P279）作"紛遝"，臺本（P307）

---

① （明）陶宗儀：《南村輟耕錄》第五冊，戴珊明成化十年刻本，國家圖書館藏（索書號：11342），第12頁。
② （明）郭勳：《雍熙樂府二十卷》，嘉靖四十五年春山刊本，國家圖書館藏（索書號：41680），卷一，第24頁。

和奎本作"紛踏"。"遝"通"沓",表紛多聚積。"紛遝"即"紛沓"。朝鮮固有漢字"踏"同"踏"。朝鮮漢文獻方面,《異形字典》引朝鮮字書《全韻玉篇》(1796)、《物名考》(1802)收"踏"作"踏"。① 但此處應用"沓",臺本和奎本有誤寫。

(45) 余所着笠如氊笠,所謂笠範去只,飾鏤銀,頂懸孔雀羽,領結水精纓。(奎本冊四 P83)

按:此處校本(P135)和大東本(P280)作"笠範巨只",臺本(P309)和奎本作"笠範去只"。根據文意,此處作者想説自己所戴的帽子很大,故"巨只"更合文意,臺本與奎本有誤寫。

(46) 及還舘中,中原士大夫皆以余得見活佛,莫不榮美,亦莫不極口贊美其道術神通,其希世傅會之風如是夫!(奎本冊四 P96)

按:此處校本(P139)、大東本(P288)作"班禪",臺本(P318)和奎本作"活佛"。1645 年蒙古固始汗贈予格魯派札什倫布寺寺主羅桑曲結"班禪博克多"的尊稱,"班禪"一詞便由此沿用。"班"是梵文的"班智達"(學者),"禪"是藏語,意爲"大","班禪"即指大師。藏傳佛教格魯派認爲班禪是"月巴墨佛"(阿彌陀佛)的化身。"活佛"是對藏傳佛教有修行成就者的尊稱。"班禪"也是"活佛",故各本用詞均可。

(47) 皇帝方以六歲皇女,納婚於坤之幼子。(奎本冊四 P99)

按:此處校本(P140)、大東本(P290)、臺本(P320)作"約婚",奎本作"納婚"。《儀禮·士昏禮》:"納吉用鴈,如納采禮。納徵:玄纁束帛,儷皮。如納吉禮。"② 清·袁枚《隨園隨筆》卷下:"《士昏禮》所云'納采'者,采擇之義,以爲采定而可納婚也。"③ "納婚"即接受彩禮,許納結婚。"約婚"指約定婚姻。根據文意,

---

① 吕浩:《韓國漢文古文獻異形字研究之異形字典》,上海大學出版社 2011 年版,第 360 頁。
② 《儀禮》册一,明刻本,國家圖書館藏(索書號:07925),卷二,第 3 頁。
③ (清)袁枚:《隨園隨筆》下册,大達圖書供應社 1934 年版,第 44 頁。

此處用"納婚"似更佳。

（48）盡瀉，則有荔芰十餘個浮出。僉曰："此荔芰所釀也。"（奎本冊四 P101）

按：此處校本（P140）、大東本（P291）、臺本（P321）作"荔支"，奎本作"荔芰"。"芰"本義菱也，如"芰荷"。但"荔枝"也可俗寫爲"荔芰"，如楊守敬、熊會貞《水經注疏》卷三十三："會貞按：《華陽國志》作有甘橘官。又云有荔芰園，則此官橘爲甘橘之誤。"① 朝鮮漢文獻亦多見該俗寫，朝鮮金錫冑《息庵遺稿·詠荔芰》："聞道南州驛使廻，玉妃親劈荔芰開。清平製進猶霑醉，潤渴宜先太白才。"朝鮮李德懋《青莊館全書·耳目口心書》："《墨藏漫錄》曰：'荔芰皮不可燒，引屍蟲。'"故由上可知，各本用詞均可。

（49）吾東牧馬之法，惟恐絆繫之不固，馳驟之時不離牽扛之苦，休息之際未獲騥靡之樂。（奎本冊四 P113—114）

按：此處校本（P144）、大東本（P299）作"騥劘"，臺本（P330）作"騥靡"。"騥"指馬躺在地上打滾。"劘"有擦、磨之義，宋·王禹偁《烏啄瘡驢歌》："驢號僕叫烏已飛，劘骭整毛坐吾屋。"② "騥劘"表示馬兒在地上打滾磨毛的意思。"靡"通"劘"，"靡"也可表示摩擦皮毛之義，故四本用詞均可。

（50）而當世雅樂，不過（過）應文備數而止耳。（奎本冊五 P50）

按：此處校本（P203）、大東本（P418）作"唐世雅樂"，臺本（P470）作"阿世雅樂"，奎本作"當世雅樂"。據文意，此句說的是唐代音樂發展的情況。前文有"唐初，命祖孝孫定雅樂"，後文有"未幾，祿山之禍，遂令塗灰。此唐玄宗曉音之罪也"。故校本和大

---

① （北魏）酈道元注，（民國）楊守敬、熊會貞疏：《水經注疏》下冊，江蘇古籍出版社1989年版，第2795頁。
② （宋）王禹偁：《王黃州小畜集》第三冊，宋紹興十七年刻本，國家圖書館藏（索書號：06647），第50頁。

東本所用的"唐世雅樂"最爲合宜。臺本用"阿世",指迎合世俗之義。奎本用"當世",指當代、現世,均不合文意。

(51) 而中州之士如此其耻之者,蓋有所激於陽尊而爲禦世之資耳,故時借一二集註之誤,以洩百年煩冤之氣,則可徵今之駁朱者,果異乎昔之爲陸耳。(奎本册五 P105)

按:此處校本(P220)作"泄",大東本(P453)、臺本(P661)和奎本作"洩"。"洩",舒散也,漏也。《中庸》:"今夫地,一撮土之多,及其廣厚,載華嶽而不重,振河海而不洩,萬物載焉。"① 説的是振收河海而不漏泄。"泄",本指水名。《説文解字·水部》:"水受九江博安洵波,北入氐。"② 楊守敬、熊會貞《水經注疏》卷二十九:"泄水出博安縣,北過芍陂,西與沘水合,西北入于淮。"③ 泄,另有漏之義,《管子·君臣下》:"古者有二言:'墻有耳,伏寇在側。'墻有耳者,微謀外泄之謂也。"④ 由上可知,"洩""泄"相通,故各本所用均可。

(52) 前夜偶携奇公賞月前堂,不覺奇興悠然,曰此縱談不顧,乃一時詼語,況此臆治,非幾何所推。(奎本册六 P4)

按:此處校本(P221)、大東本(P455)作"談語",臺本(P504)和奎本作"詼語"(詼語)。"詼語"指嘲謔的話,明·田汝成《西湖游覽志餘》卷四:"初就第時,詔百官往送,酒中優人致誦語,有參軍者,衰衣,誦檜功德,一伶以荷葉校椅從之,詼語雜至。"⑤ "談

---

① (漢)鄭玄注,(唐)孔穎達等正義:《十三經注疏下·禮記正義》,上海古籍出版社 2007 年版,第 1633 頁。
② (漢)許慎:《説文解字》,浙江古籍出版社 2016 年版,第 363 頁。
③ (北魏)酈道元注,(民國)楊守敬、熊會貞疏:《水經注疏》下册,江蘇古籍出版社 1989 年版,第 2478 頁。
④ 李山、軒新麗譯注:《管子》上,中華書局 2019 年版,第 532 頁。
⑤ (明)田汝成輯撰,劉雄、尹曉寧點校:《西湖游覽志餘》,上海古籍出版社 2018 年版,第 46 頁。

語"指談話、談說,春秋·管仲《管子·輕重丁》:"途旁之樹未沐之時,五衢之民,男女相好往來之市者,罷市,相睹樹下,談語終日不歸。"① 據文意,前夜朴趾源與奇公"縱談不顧",毫無拘束地暢談一番。作者自謔他們談論的內容乃是詼諧嘲謔之語,故此處用"詼語"更爲合宜。

(53)萬物自無明體,其本質則莫不黯,比則昏夜對(對)鏡,頑然與木石無異,雖含照性,其不能自具明體可知也。(奎本册六 P7)

按:此處校本(P222)、大東本(P456)、臺本(P506)作"譬則",奎本作"比則"。"譬",諭也。《說文解字·言部》:"諭也。從言辟聲,匹至切。"②"比",類也,方也。《毛詩正義》:"故詩有六義焉:一曰風,二曰賦,三曰比……鄭司農云:比者,比方於物,諸言如者,皆比辭也。"③ 故"譬"與"比"相通,此處各本用詞皆可。

(54)大凡物大則神守,物小則神凝。(奎本册六 P9)

按:此處校本(P222)、大東本(P458)、臺本(P508)用"精凝",奎本用"神凝"。"精",靈也,真氣也。春秋·左丘明《春秋左傳·昭公七年》:"人生始化曰魄,既生魄,陽曰魂。用物精多,則魂魄強。是以有精爽,至於神明。"④ "神",精神也。清·曹雪芹、高鶚《紅樓夢》第八十二回:"你倒別混想了,養養神明兒好念書。"⑤ "精""神"意義相通,故此處各本用詞均可。

(55)大約天下事,譬如兩頭引綆,引綆絕處,短者先顛,更不言初時力敵。(奎本册六 P37)

---

① 李山、軒新麗譯注:《管子》下,中華書局2019年版,第1091頁。
② (漢)許慎:《說文解字》,浙江古籍出版社2016年版,第69頁。
③ (漢)鄭玄箋,(唐)孔穎達等正義:《十三經注疏上·毛詩正義》,上海古籍出版社2007年版,第271頁。
④ (春秋)左丘明著,朱墨青整理:《春秋左傳》,北方聯合出版傳媒(集團)股份有限公司、萬卷出版公司2009年版,第316頁。
⑤ (清)曹雪芹、高鶚:《紅樓夢》,商務印書館2016年版,第708頁。

按：此處校本（P230）和大東本（P475）作"短者先沛"，臺本（P527）和奎本作"先顛"。"沛"，本指草生水曰沛。漢·應劭《風俗通義·山澤篇》："沛者，草木之蔽茂，禽獸之所蔽匿也。"① 又可表僵仆之義。《詩經·大雅·蕩》："人亦有言，顛沛之揭，枝葉未有害，本實先撥。"② "顛"，本義頭頂。《説文解字·頁部》："頂也。从頁眞聲，都年切。"③ 又有倒之義。《莊子·人間世》："形就而入，且爲顛爲滅，爲崩爲蹶。"④ 由此可知，"沛"與"顛"義通，故各本用詞均可。

（56）《西河集》愚亦曾一番驟看，其**経**（經）義駁朱**處**（處），或不無意見也。（奎本册六 P51）

按：此處校本（P235）、大東本（P484）作"經義考證處"，臺本（P537）和奎本作"**経**義駁朱處"。據文意，此處是説清初經學家、文學家毛奇齡的著作《西河集》中有駁斥朱熹之學的内容。中國文人王鵠汀對其背叛朱學大有不滿，後文批他："大是妄人也，即其文章亦如刁民具控。毛蕭山人也，其地多書吏，善舞文，故明眼人目毛曰蕭氣未除。"故此處使用"駁朱"較爲合理。

（57）觀鄒生容貌磊落，言辭放蕩，似譽似嘲，變幻譎詭，全事侮**美**（弄）。（奎本册六 P96）

按：此處校本（P169）、大東本（P348）、臺本（P386）作"磊砢"，奎本作"磊落"。"磊落"本指衆多委積貌，亦可形容外貌壯偉、俊偉。唐·房玄齡等《晉書》卷六十："忽班班而成章，信奇妙之焕爛。體碌（磊）落而壯麗，姿光潤以粲粲。"⑤ 又，南朝

---

① （漢）應劭：《風俗通義》第四册，明刻本，國家圖書館藏（索書號：13316），第55頁。
② 向熹譯注：《詩經》，高等教育出版社2009年版，第312頁。
③ （漢）許慎：《説文解字》，浙江古籍出版社2016年版，第291—292頁。
④ 方勇評注：《莊子》，商務印書館2018年版，第71頁。
⑤ （唐）房玄齡等：《百衲本晉書》，國家圖書館出版社2014年版，第423頁。

宋・劉義慶《世說新語・豪爽第十三》："桓既素有雄情爽氣，加爾日音調英發，敘古今成敗由人，存亡係才，其狀磊落，一坐嘆賞。"①

"磊砢"，同"磊落"，本指委積貌，亦指儀態豪放灑脫貌。清・張潮《虞初新志》卷八："家九宣從涇川來，爲余述其事最奇，亦曾親見其人，短小精悍。與之語，意氣慷慨，鬚眉狀貌，殊磊砢不凡，飛揚跋扈，猶可想望其打虎時英風至今颯颯云。"②據文意，此處是描寫中國文人鄒生的容貌，後文說其"言辭放蕩，似謷似嘲，變幻譎詭，全事侮弄"，故用"磊砢"似更爲合適。

（58）時方向午，天晴無雲，忽有猛雨從東北來，即刻滅火。（奎本冊六 P105）

按：此處校本（P172）和大東本（P353）作"晌午"，臺本（P393）作"的午"，奎本作"向午"。"晌"，《四聲篇海・日部》作"香兩切"。③"向"，《廣韻・去聲》作"許亮切"。④"晌""向"音近，故常可通用。"晌午"指正午或正午前後，文獻中也常見"向午"，同"晌午"。清・慵訥居士《咫聞錄》卷二："次日向午，封翁困酒在床，兩媒至，呼曰：'猶未起也？寧以昨日之事，猶有變卦，故懶於床耳？'"⑤由上可知，此處校本、大東本及奎本所用均可，臺本作"的午"，"的"與"晌"形近，應有誤寫。

（59）稱（稱）儒，則已退（退）居九河之列。（奎本冊六 P107）

按：此處校本（P172）、大東本（P355）、臺本（P394）作"九流"，奎本用"九河"。孔安國傳，孔穎達疏《尚書正義》卷六："又

---

① 蔣凡、李笑野、白振奎評注：《全評新注世說新語》，人民文學出版社 2009 年版，第 719 頁。
② （清）張潮輯，王根林校點：《虞初新志》，上海古籍出版社 2012 年版，第 104 頁。
③ （金）韓孝彥：《成化丁亥重刊改并五音類聚四聲篇海》第 9 冊，第 121 頁。
④ 《宋本廣韻・永禄本韻鏡》，鳳凰出版傳媒集團 2005 年版，第 123 頁。
⑤ （清）慵訥居士著，陶勇標點：《咫聞錄》，重慶出版社 2005 年版，第 35 頁。

北播爲九河，（北分爲九河，以殺其溢，在兗州界……）同爲逆河，入于海。（同合爲一大河，名逆河，而入於渤海……）"① 此句說的是黃河流至河北平原中部後"又北播爲九河"，據《爾雅·釋水》，"九河"指徒駭、太史、馬頰、覆釜、胡蘇、簡、潔、鉤盤、鬲津九條河。② 但近人多主張九河不一定是九條河，而是對古代黃河下游許多支流的總稱。"九流"亦指江河的許多支流。北魏·酈道元《水經注》卷一："《齊都賦》曰：'川瀆則洪河洋洋，發源崑崙，九流分逝，北朝滄淵，鷙波沛厲，浮沫揚奔。'"③ 由上可知，"九流"與"九河"義近，故此處各本所用均可。

（60）佳菊衰蘭映使車，澹（澹）雲微雨迫冬初。（奎本冊七 P75）

按：此處校本（P264）、大東本（P544）作"澹雲做雨九秋餘"，臺本（P607）作"澹雲微雨九秋餘"，奎本作"澹雲微雨迫冬初"。此處記述的是柳泠齋（柳得恭）贈予李德懋燕行之旅的傳世名句，原詩應爲"澹雲微雨迫冬初"。該詩句在李德懋的文集中亦有記載，李德懋《青莊館全書·清脾錄（四）》："泠齋詩，余以爲近世絕品。有才有學，無體不備。……丙申隨副使入燕，泠齋以詩贈別曰'佳菊衰蘭映使車，澹雲微雨迫冬初……'"故此處奎本所記正確，其他版本均有抄誤。

（61）椎髻空憐昔日粧，征君換盡越羅裳。（奎本冊七 P89）

按：此處校本（P268）、大東本（P553）作"征裙"，臺本（P617）爲"征裾"，奎本爲"征君"。據文意，"征裙"指征戰穿的衣服。明·施耐庵、羅貫中《水滸全傳》第三十二回對白面郎君鄭

---

① （漢）孔安國傳，（唐）孔穎達等正義：《十三經注疏上·尚書正義》，上海古籍出版社 2007 年版，第 151 頁。
② （晉）郭璞注：《爾雅》，中華書局 1985 年版，第 93 頁。
③ （北魏）酈道元注，（民國）楊守敬、熊會貞疏：《水經注疏》上，江蘇古籍出版社 1989 年版，第 7 頁。

第三章 《熱河日記》校勘研究 | 141

天壽的形貌描寫有："衲襖銷金油綠，狼腰緊繫征裙。"① "征裾"同"征裙"，明·蔣一葵《堯山堂外紀》卷六十四："故人車。千里歸來，塵色半征裾。珍重主人留客意，奴白飯，馬青蒭。"② 此處奎本用"征君"顯然與文意不合，應爲形近致誤。

（62）星州鄭錫儒未第時，與本牧子弟同做功令，留衙，衙後梅竹堂，堂前又有支頤軒。（奎本冊七 P107）

按：此處校本（P274）、大東本（P565）作"工令"，臺本（P631）和奎本作"功令"。"功令"，古時國家對學者考核和錄用的法規。西漢·司馬遷《史記》卷一百二十一："余讀功令，至於廣厲學官之路，未嘗不廢書而歎也。"③ 朝鮮漢文獻中，"工令"常與"功令"通用，指讀書通過國家考核從而進入仕途。朝鮮黃後榦《夷峯集·跋》："先生挺起於玆山之下，夙承庭訓，謝却工令之業，專力於聖賢之學。旣又就正於密庵，霽山之門，益得誠敬之旨。"又，朝鮮柳致明《定齋集·答李長孺毅立》："伏審新元，兩闈體候難老奉歡。棣履匀相，毅立稍收回工令之念，向本分作家計。"由上可知，此處各本所用均可。

（63）中國因字入語，我國因語入字，故中外之別在此。（奎本冊七 P117）

按：此處校本（P277）作"華彝（夷）"，大東本（P572）作"華彝"，臺本（P638）和奎本作"中外"。"華彝"，漢語詞，同"華夷"，指中華與外邦。清·錢謙益《牧齋有學集》卷四十四："東南天柱，號曰宛委。金簡玉書，華彝所閟。"④ "華彝"與"中外"

---

① （明）施耐庵、羅貫中：《水滸全傳》，岳麓書社2012年版，第251頁。
② （明）蔣一葵撰，呂景琳點校：《堯山堂外紀》（外一種）三，中華書局2019年版，第1025頁。
③ （漢）司馬遷：《百衲本史記》2，國家圖書館出版社2014年版，第1121頁。
④ （清）錢謙益：《牧齋有學集》第11冊，四部叢刊初編本，第97頁。

義同，故此處各本所用均可。

（64）字季謹，筆摸鍾、王，東國文章奇士也。（奎本冊七 P123）

按：此處校本（P279）、大東本（P575）、臺本（P641）作"筆摹"，奎本作"筆摸"。"摹"，有所規仿也。東漢·班固《漢書·高帝紀第一》："雖日不暇給，規摹弘遠矣。"①"摹"，《說文解字·手部》作"莫胡切"。②《玉篇·手部》作"莫奴切"。③"摸"，《玉篇·手部》作"亡胡切"。④《廣韻·平聲》作"莫胡切"，"以手摸也亦作摹"。⑤"摸"與"摹"音近，古時可通用，宋·范成大《驂鸞錄》："帥司亟遣眾工模揭，新廟成，用摸本更畫，雖不復武氏筆法，然位置意象，十存七八，自'宴樂、優戲、琴奕、圖書、弋釣、紉織'，下至'搗練、汲井'，凡宮中四時行樂作務，粲然畢陳，良工運思，苦心有如此者。"⑥

朝鮮漢文獻中也常見"筆摸"的用法，朝鮮尹鳳九《屏溪集·題跋》："趙仲禮家藏御筆摸帖跋。"朝鮮姜栢年《雪峯遺稿·閑溪錄》："客榻清資惟藥物，田園俊味止蒔菲。欲將健筆摸佳景，氣象能分造化機。"又，朝鮮金允植《雲養集·家藏參書遺事》："筆摸顏魯公爭位帖，字畫典雅，而未嘗爲人揮灑。又無收拾之兒孫，故身後遺蹟，蕩然無存。"由上可知，各本用詞均可。

（65）其詩華（華）艷昭雅，快袪東人僻滯之習。（奎本冊七 P128）

按：此處校本（P280）、大東本（P578）和臺本（P645）作"快袪"，奎本作"快洗"。"袪"，去也。《正字通·示部》作"禳也，

---

① （漢）班固著，趙一生點校：《漢書》，浙江古籍出版社 2002 年版，第 19 頁。
② （漢）許慎：《說文解字》，浙江古籍出版社 2016 年版，第 406 頁。
③ 王平、劉元春、李建廷：《宋本玉篇標點整理本》，上海書店出版社 2017 年版，第 94 頁。
④ 王平、劉元春、李建廷：《宋本玉篇標點整理本》，上海書店出版社 2017 年版，第 101 頁。
⑤ 《宋本廣韻·永祿本韻鏡》，鳳凰出版傳媒集團 2005 年版，第 21 頁。
⑥ （宋）范成大：《驂鸞錄》，文淵閣欽定四庫全書本，第 17 頁。

第三章　《熱河日記》校勘研究　　143

遣也，逐也，散也"。① 晋·殷仲文《南州桓公九井作詩》："伊余樂好仁。惑袪吝亦泯。"②"洗"有洗去、去除之義，根據文意，此處各本用詞均可。

（66）仰祈天威，勒地方有司，仆碑剗墓。（奎本册八 P38）

按：此處校本（P287）作"仆碑鏟墓"，大東本（P586）、臺本（P667）和奎本作"剗墓"。據文意，此處説的是康熙中期，江南道監察御史張瑗上疏皇帝希望撲倒鏟平魏忠賢墓碑一事。"鏟"，本義鍱也。《説文解字·金部》作"鏶"，③後引申作清除。"鏟"亦寫作"剷"，明·顧起元《客座贅語》卷五："南都徭役繁重，所以困吾百姓者多矣。近年當事者加意剷除，始稍有甦息之望。"④

"剗"，《玉篇·刀部》作"削也"。⑤ 東漢·班固《漢書》卷一百下："三代損益，降及秦、漢，革剗五等，制立郡縣。"⑥《龍龕手鏡·刀部》作"與鏟亦同"。⑦"鏟"與"剗"義同，故各本用詞均可。

（67）今覽新刊《開國方畧》，果言"朝鮮將韓明璉爲其下所殺，其子潤義來降，封義怡親王"。（奎本册八 P51）

按：此處校本（P292）作"太宗實録"，大東本（P595）、臺本（P677）作"太宗實録"，奎本作"開國方畧"。《開國方略》記叙的是清朝建國的歷史，是一部官修編年體史書。全書三十二卷，乾隆三十九年（1774）由阿桂、梁國治、和珅等人撰修，乾隆五十一年成

---

①（明）張自烈，（清）廖文英：《正字通》，中國工人出版社1996年版，第762頁。
②　逯欽立輯校：《先秦漢魏晋南北朝詩》第二册，中華書局2017年版，第934頁。
③（漢）許慎：《説文解字》，浙江古籍出版社2016年版，第465頁。
④（明）顧起元：《客座贅語》第4册，明萬曆四十六年刻本，國家圖書館藏（索書號：19373），第30頁。
⑤　王平、劉元春、李建廷：《宋本玉篇標點整理本》，上海書店出版社2017年版，第274頁。
⑥（漢）班固著，趙一生點校：《漢書》，浙江古籍出版社2002年版，第1268頁。
⑦（遼）釋行均：《龍龕手鏡》，中華書局1985年版，第97頁。

書。據文意，此處說的是由史書證實傳說一事。該句前文說"仁廟甲子，龜城府使韓明璉與平安使李适同叛，舉兵犯闕，兵敗走，皆擒誅。明璉二子潤、瀾，雪上倒着芒鞋，亡入建州為将。其後十三年，從清太宗東来云"。此事朝鮮人一直認爲是傳說，但今天看了《開國方略》纔知果有其事。故此處奎本所用正確，其他三本有誤。

（68）昔羅益之著《衛生瑤（寶）鑑》，龔信著《古今醫鑑》，皆以鑑名，不嫌夸也。（奎本冊八 P55）

按：此處校本（P293）、大東本（P598）作"衛生寶鑑"，臺本（P680）作"衛生瑤鑑"。《衛生寶鑑》是元代羅天益所著的醫書，全書共二十四卷，補遺一卷。內容包括"藥誤永鑒""名方類集""藥類法象""醫驗紀述"。補遺主要論述外感、傷寒等病證。"瑤"，《說文解字·玉部》作"玉之美者"，① "瑤"亦爲"寶"也。"寶""瑤"雖義近，但朝鮮文人對書名進行了竄改，故臺本有誤。

（69）吾雖知之，漢字翻錄則難。（奎本冊八 P78）

按：此處校本（P300）、大東本（P612）作"翻謄"，臺本（P696）和奎本作"翻錄"。"謄"，迻寫也，《說文解字注·言部》作"迻書也，今人猶謂謄寫"。② "錄"，《正字通·金部》："謄寫曰錄"，③ 故"謄"與"錄"意義相通。在朝鮮漢文獻中，"翻謄"還有翻譯謄寫之義，"翻錄"亦有該義，故此處各本所用均可。

（70）余與首譯下馬步過，兩人欣然疾趨至前，鞠躬作揖，勞苦甚勤。（奎本冊八 P111）

按：此處校本（P153）、大東本（P315）、臺本（P348）作"緩步"，奎本作"步過"。"步過"指步行行走經過，春秋·晏嬰《晏

---

① （漢）許慎：《說文解字》，浙江古籍出版社 2016 年版，第 10 頁。
② （漢）許慎撰，（清）段玉裁注：《說文解字注》，上海古籍出版社 2004 年版，第 95 頁。
③ （明）張自烈，（清）廖文英：《正字通》，中國工人出版社 1996 年版，第 1202 頁。

子春秋》卷二："崇玩好，縣愛槐之令，載過者馳，步過者趨，威嚴擬乎君，逆民之明者。"① 因是步行，所以也有行路緩慢之義，故"步過"和"緩步"意義接近，此處各本用詞均可。

(71) 土肥泉甘，只可作富貴翁。(奎本册九 P11)

按：此處校本（P310）、大東本（P631）、臺本（P717）作"富家翁"，奎本作"富貴翁"。"富家"強調的是富裕、有錢，故"富家翁"指有錢人家。"富貴"，強調富裕而顯貴，故"富貴翁"指有錢有權勢的人家。根據文意，此處兩詞均可通。

(72) 入紫禁城為太液池，繞出九門經（經）九錘滙，至大通橋（橋），而東兩岍皆甎築石甃……東入運河，各跨一橋。(奎本册九 P27—28)

按：此處校本（P316）作"閘"，大東本（P640）作"牐"，臺本（P742）作"牌"，奎本作"錘"。"閘"，《說文解字·門部》作"開閉門也"。②《字彙·門部》作"同牐"。③《正字通·門部》詳解曰："按今漕艘往來，甀石左右如門，設版潴水，時啓閉以通舟，水門容一舟，銜尾貫行，門曰閘門，河曰閘河。設閘官司之。"④ 由上可知，故校本和大東本所用均可。

臺本作"牌"，"牌""牐"形近，應屬誤寫。奎本作"錎"，本義爲做衣服時插在四周的針，《說文解字·金部》作"郭衣鍼也"。⑤ "錎"也有插義，《釋名·釋用器》作"錎，挿也。挿地起土也"。⑥

---

① 張純一撰，梁運華點校：《晏子春秋校注》，中華書局2014年版，第75頁。
② （漢）許慎：《說文解字》，浙江古籍出版社2016年版，第397頁。
③ （明）梅膺祚，（清）吳任臣：《字彙 字彙補》，上海辭書出版社1991年版，第513頁。
④ （明）張自烈，（清）廖文英：《正字通》，中國工人出版社1996年版，第1224頁。
⑤ （漢）許慎：《說文解字》，浙江古籍出版社2016年版，第466頁。
⑥ （漢）劉熙：《釋名》，儲良材程鴻明嘉靖二年刻本，國家圖書館藏（索書號：10987），第54頁。

146 | 《熱河日記》版本與校勘研究

"鎺"與"牑"亦形近,但意義相差甚遠,奎本當有誤寫。

(73) 樹外天光深青,而澄烟澹靄,令人駘蕩,又似暝(暮)春天氣。(奎本册九 P31)

按:此處校本(P317)、大東本(P642)作"澄烟澹霞",臺本(P744)作"澄煙澹靄"。"澹霞"側重的是霞光微照的感覺,明·居節《秋來未登寺閣病中想見其景物幽勝詩簡一開士》:"澹霞斜日半江色,濕翠空雲初霽山。"① "澹靄"則側重霧靄彌漫之感,明·劉侗、于奕正《帝京景物略》卷三:"河橋殘月曉蒼蒼,遠見渾河一道黃。樹入平郊分澹靄,天空斷岸隱微光。"② 據文意,兩種表述均可,均能給人以"令人駘蕩,又似暮春天氣"之感覺。

(74) 彼以中州人,聞(聞)見之相為乖左、紀述之時有詿謬猶尚如此,况余外國人乎?(奎本册九 P33)

按:此處校本(P318)、大東本(P644)、臺本(P746)作"訛謬",奎本作"詿謬"(註)。"詿",《説文解字注·言部》作"誤也。詿謂有所挂牽而然也。史記吳王濞傳'詿亂天下'"。③ "訛",《説文解字·言部》作"譌言也"。④ 《玉篇·言部》作同"譌","譌"者"化也,偽也,動也。妖言曰譌"。⑤《詩經·正月》:"民之訛言,寧莫之懲。"⑥ 故"訛"與"詿"義近。"訛謬"爲漢語詞,指訛誤錯謬。楊守敬、熊會貞《水經注疏補》卷十一:"俗語訛謬,謂之寡婦城。以寡婦爲賈復,是一佳證。且賈屋,山名。賈復,城

---

① (清)錢謙益輯:《列朝詩集·乾集》第18册,毛晉清順治九年刻本,國家圖書館藏(索書號:13127),丁八,第49頁。
② (明)劉侗、于奕正著,孫小力校注:《帝京景物略》,上海古籍出版社2001年版,第211頁。
③ (漢)許慎撰,(清)段玉裁注:《説文解字注》,上海古籍出版社2004年版,第97頁。
④ (漢)許慎:《説文解字》,浙江古籍出版社2016年版,第74頁。
⑤ 王平、劉元春、李建廷:《宋本玉篇標點整理本》,上海書店出版社2017年版,第143頁。
⑥ 向熹譯注:《詩經》,高等教育出版社2009年版,第201頁。

名，固未可合而爲一也。"①

漢語文獻未見"詿謬"一詞，但朝鮮漢文獻習見之。朝鮮林泳《滄溪集·日錄》："其開析名義，固切中其要處矣。然胡家議論，亦自有意思而終有誤處，不可不推原其説之端由而正其歸之詿謬也。"朝鮮李瀷《星湖全集·答人》："朱子所謂看見如此者，以鄭義不以爲非也。卽無論本經上下文如何，未見一毫有斥非之意，此沙溪所謂過時不禪。朱子説有之者也，註疏容有詿謬，豈可攎摭佗非而證此之不是耶？"以上兩句中的"詿謬"均與"訛謬"同，是朝鮮文人用漢語同義語素自創的朝鮮漢字詞，故此處各本用詞均可。

（75）有三檐（檐）大殿，殿中塑金身。踏十二級胡梯，如入鬼窟。梯盡登樓，始見天日。（奎本冊九 P65）

按：此處校本（P329）、大東本（P665）、臺本（P769）作"得樓"，奎本作"登樓"。據文意，此處是説雍和宮有三檐大殿，殿中塑金身。踏上十二級胡梯，如同進入鬼窟。直到到達了梯子盡頭，才可見天日。"得樓"與"登樓"均有到達之義，故各本用詞均可。

（76）獦（獵）狗二十餘頭，大小不一，形貌各殊，皆甚羸瘠。（奎本冊九 P69）

按：此處校本（P330）、大東本（P667）作"獵狗數百餘頭"，臺本（P771）作"二百餘頭"，奎本作"二十餘頭"。據文意，此處是作者對"狗房"的描寫。前三個版本對狗的數量描寫均過百頭，由此推測，原本中的數量可能也是過百的，奎本只有"二十餘頭"，應有抄誤。

（77）不識亭翔何時，而皇明天順間（間），太素殿後有草亭，

---

① （民國）楊守敬、熊會貞疏，楊甦宏等補：《水經注疏補》中，中華書局 2016 年版，第 67 頁。

今無，此其旧址也。（奎本册九 P71）

按：此處校本（P331）、大東本（P669）、臺本（P773）作"舊基"，奎本作"旧址"。據文意，此處介紹的是"五龍亭"的情況。"基"，指建築物的根基。楊守敬、熊會貞《水經注疏》卷十六："所謂偃師西山也，〔疏：守敬按：《隋志》，偃師縣有酈山，即此山也。蓋因山上有食其廟，後人取其姓以名山，在今偃師縣西。〕山上舊基尚存，廟宇東面，〔疏：戴改面作向。〕"①"舊址"與"舊基"義近，故此處各本均可。

（78）門前有照牆，高五六丈，廣十餘丈，以白甓甃築，錯以九龍，龍身皆毂丈，五色之外，別有紫綠紺色，陽起蜿蜒。（奎本册九 P72）

按：此處校本（P331）、大東本（P669）作"響墻"，臺本（P773）和奎本作"照墻"。按文意，此處介紹的是"九龍壁"的情況。"照墻"，指房子正面的影壁牆。清·陳恒慶《諫書稀庵筆記》："棚簷以雕欄飾之，彩繩繫之。魚缸石榴，列於照牆之前，以壯觀瞻。"②又，清·王之春《椒生隨筆》卷二："某明府宰鹽城，不甚愜民意，有人大書聯語粘於照牆云'當時只說此之謂，今日方知惡在其'可爲一笑。"③

漢語文獻鮮見"響墻"一詞，但朝鮮文獻習見之，朝鮮丁若鏞《與猶堂全書·芙蓉亭歌》："有小亭周以響墻，多養花木。草閣岩嶢御座清，勑賜龍茶試新水。"朝鮮洪彦忠《寓菴稿·次友人韻》："風雨遙知掩柴戶，山溪臥聽響墻東。天人自古巧相勝，造物從來或未工。"以上兩句中的"響墻"同"照墻"，都指影壁，故各本所

---

① （民國）楊守敬、熊會貞疏，楊甦宏等補：《水經注疏補》中，中華書局 2016 年版，第 427 頁。
② （清）陳恒慶：《諫書稀庵筆記》，小説叢報社 1922 年版，第 136 頁。
③ （清）王之春：《椒生隨筆》，光緒七年上洋文藝齋新刊刻本，卷二，第 6 頁。

第三章 《熱河日記》校勘研究 | 149

用均可。

（79）上首硃印"禮府"二字，下為封彌，似是禮部印札試紙，以頒應舉者也。其玆**閔**（閱）之蹟，如批評八家文。下方批日本房，具啣姓，有**殺**行評語。（奎本冊九 P100）

按：此處校本（P341）、大東本（P688）作"古人文"，臺本（P793）和奎本作"八家文"。據文意，此處是對中國科考試卷內容的描寫，前文有"昨見落第舉人，試券長二尺餘，廣六尺，行用冊紙也，硃印井間，楷字細書，可容千餘言"。試卷考察的內容是批評唐宋八家古文。"八家文"也是"古人文"，故此處各本用詞均可通。

（80）昨午，昌城尉使行時，南館失火，夜方三鼓，館中**鼎**（鼎）沸，一行卜物委積城底，馬**殺**百匹**閩**（闐）門爭出。（奎本冊九 P101）

按：此處校本（P341）、大東本（P689）作"幣貨"，臺本（P794）和奎本作"卜物"。據文意，此處記錄的是"朝鮮館"失火，中國甲軍及時施救的情況。因施救得當，後文記述"須臾火滅，寂無喧擾，卜物亂置者無一**閩**（闐）失"（臺本作"卜物"，校本和大東本作"物貨"）。由前後文可證，校本與大東本的"幣貨"應爲誤寫，當作"物貨"較妥。"卜物"（북물［bog mul］），朝鮮自造漢字詞，意爲向中國進貢的膳物。此處用"卜物"最合義意。

（81）去食則死，去兵則亡，而聖人猶欲守信於死亡之後，而況當時文丞相視師於外，鄧光薦督餉於中，則舟中之天下，猶有匡復之理者乎？（奎本冊九 P107—108）

按：此處校本（P342）和大東本（P692）作"先復"，臺本（P799）作"光復"，奎本作"匡復"。"先復"，指先行恢復，清·谷應泰《明史紀事本末》卷四十七："我故示以自守不出之形，彼必他出，然後尾而圖之。先復省城以搗其巢穴，俟彼還兵來援，然後邀而擊之，此全勝之策也。"① "光復"，指恢復，收復。清·況周頤《眉廬叢話》："聖人有憂之，光復典章，釐正文體，煌煌硃諭，炳日星焉。"② "匡復"，謂挽救復興危亡之國。唐·李延壽《北史》卷五十二："至州，以五千人會任城王於信都，共爲匡復計。"③ "舟中之天下"指漢語成語"舟中敵人"，西漢·司馬遷《史記·孫子吳起列傳》："殷紂之國，左孟門，右太行，常山在其北，大河經其南，脩政不德，武王殺之。由此觀之，在德不在險。若君不脩德，舟中之人盡爲敵國也。"④ 據文意，此處是說因爲當時有德臣文天祥、鄧光薦誓死守節，保衛國家，因此那種互相爲敵，"舟中天下"的情況就不可能被恢復。此處"先復""光復""匡復"都有恢復之義，諸本用詞皆可通。

（82）書**画**長軸裝潢褙帖，皆就是中。東北隅有高**樱**（樓），中建十三**樘**（檐）金塔，**剌**（刻）鏤藻繪之盛，殆出鬼手。（奎本冊九 P113）

按：此處校本（P345）、大東本（P697）作"標飾"，臺本（P806）和奎本作"褙帖"。"標飾"，指裝飾，《大詞典》未收錄該詞。宋·朱熹《晦庵先生文集》卷七十五："於是始胠其橐，得故先君子時所藏與熹後所增益者凡數十種，雖不多，要皆奇古可玩，悉加標飾，因其刻石大小，施橫軸懸之壁間，坐對循行卧起恒不去目前，不待披筐篋，卷舒把玩而後爲適也。"⑤

"褙帖"，則專指書畫的裱褙帖軸，該詞于清代多見使用。清·

---

① （清）谷應泰：《明史紀事本末》七，商務印書館1937年版，第24頁。
② （清）況周頤著，郭長寶點校：《眉廬叢話》，山西古籍出版社1995年版，第148頁。
③ （唐）李延壽：《百衲本北史》2，國家圖書館出版社2014年版，第751頁。
④ （漢）司馬遷：《百衲本史記》2，國家圖書館出版社2014年版，第746頁。
⑤ （宋）朱熹：《晦庵先生文集》第51冊，宋刻本，國家圖書館藏（索書號：03329），第47頁。

昭梿《嘯亭續錄》卷一："如意館在啟祥宮南，館室數楹，凡繪工、文史及雕琢玉器、裱褙帖軸之諸匠皆在焉。"① 該詞在朝鮮漢文獻中也多有見之，朝鮮金興洛《西山集續集・處士權公行狀》："雅慕古人，雖斷簡敗籍，苟出於前輩手蹟，則必褙帖而尊閣之。"據文意，此處主要説的是對"書畫長軸"的褙帖裝飾，"褙帖"更合文意，但"標飾"亦通。

（83）上架蒲萄，方爛熟……問守者，乃知爲利瑪竇塚，而諸洋人東西繼葬者，總爲七十餘塚。（奎本冊九 P124）

按：此處校本（P349）、大東本（P704—705）作"西士"，臺本（P814）和奎本作"洋人"。"西士"，指歐美的知識分子，該詞于清代多見。清・紀昀《閱微草堂筆記》卷七："西士最講格物學，《職方外紀》載其地有水，一日十二潮，與晷漏不差秒忽。"② "洋人"，指外國人。清・陳恒慶《諫書稀庵筆記・傷乳》："京城外有鴨嘴溪，其地空曠。洋人歲時賽馬，多在其地。"③ "西士"與"洋人"均指外國人，但"西士"多帶有褒義。據文意，此處兩詞均可。

（84）佛老之教，心性本源，善惡感應，理氣根窩。（奎本冊十 P34）

按：此處校本（P359）、大東本（P726）作"根窟"，臺本（P838）、奎本作"根窩"。"根窟"指事物的根源，清・歐陽昱《見聞瑣錄・丁日昌》："李合肥相國亦云：'極數學之精微，窮天下之根窟，雖古聖人，未之能及也。'"④ 該詞在朝鮮漢文獻中亦有見之，朝鮮張項《茅庵集・詠方塘》："魚躍鳶飛在，天光雲影浮。纖埃無一點，根窟

---

① （清）昭梿撰，冬青校點：《嘯亭雜錄 續錄》，上海古籍出版社 2012 年版，第 282 頁。
② （清）紀昀：《閱微草堂筆記》第 3 册，北平盛氏望益書屋清刻本，國家圖書館藏（索書號：06U83），第 3 頁。
③ （清）陳恒慶：《諫書稀庵筆記》，小説叢報社 1922 年版，第 5 頁。
④ （清）歐陽昱著，恒庵標點：《見聞瑣錄》，岳麓書社 1987 年版，第 179 頁。

可探求。"

"根窩"，漢語中主要指清代鹽商專賣憑證，該詞起源於明萬曆時綱法的窩本。清沿明制，兩淮課鹽，招商人認窩繳納銀兩，發給專賣憑證，謂之"根窩"。清·陳康祺《郎潛紀聞》卷一："勘兩淮鹽務，奏上節浮費、革根窩等八條，並請裁鹽政，由總督兼轄，淮綱爲之一振。"① 但在朝鮮漢文獻中，主要指根源、源頭。朝鮮朴永元《梧墅集·公車錄》："凡於治逆，必先鞫覈，以究其情犯。以發其根窩，然後明施刑章……至如凶徒醜類之爲其根窩者，又何以覈得乎？"又，朝鮮李晚秀《屐園遺稿·疏》："伏莽之陰謀，卽國人之誓不共戴。而鞫事纔始，巨囟徑斃，端緖已露，根窩未破。"據文意，此處是説佛教和道教是理氣的根源，故"根窟""根窩"均可。

(85) 陸飛字起潛，號篠飲，杭州仁和人也。乾隆丙戌春，與嚴惺、潘廷筠來燕京、洪德保證交乾淨術衕，有《會友錄》，余曾有序。(奎本册十 P63)

按：此處校本 (P368) 和大東本 (P744) 作"嚴誠"，臺本 (P858) 和奎本作"嚴惺"。據其他朝鮮漢文獻證，此處應爲"嚴誠"。"嚴誠"爲清代文人，字立庵，一字力暗，號鐵橋，與多位朝鮮文人有交。朝鮮洪元燮《太湖集·湛軒小祥日》："杭士嚴誠寄湛軒詩云：'見面悲無日，論心喜有詩。'已而誠先沒，道喪靈龜推大衍，語寒籠水結芳鄰。"朝鮮成大中《青城集·書金養虛杭士帖》："金養虛與洪湛軒，隨至使入燕，遇杭州貢士嚴誠、潘庭筠、陸飛三子者。一見相合，畫二公像藏之。萬里寄書，如門庭然。"又，朝鮮朴齊家《貞蕤閣初集·免喪後謁李丈》："李文子喜經學鐵絲琴。有杭士陸飛、嚴誠、潘庭筠畫。"由上可知，臺本和奎本應有抄誤。

---

① (清)陳康祺：《郎潛紀聞》第1册，清光緒十年琴州刻本，天津圖書館藏，卷一，第17頁。

第三章 《熱河日記》校勘研究 | 153

（86）船人曰："此名鬼船，見則不利。"（奎本冊十 P66）

按：此處校本（P369）、大東本（P746）作"鬼箭"，臺本（P860）和奎本作"鬼船"。該句前文"康熙甲戌徃大越國所錄諸事。大越國在瓊州南海，道萬餘里。每朝日，有箭鳥從洋中起，繞船一匝，向前飛去。舟人曰：'此神鳥也。'洋中見諸怪異，浪上竪小旂，或紅或黑，乍沉乍浮，一枝縃（纔）過，一枝復來，續有十數枝"。由前文可證，作"鬼箭"較合文意。

（87）宋制，四十一等，宰相、樞密使月錢三百千，至保章正二千。皇明，正一品月支米八十七石，從九品五石。宋制，四十一等，宰相、樞密使月錢三百千，至保章俸已為些畧。（奎本冊十 P75）

按：此處校本（P371）、大東本（P751）、臺本（P866）作"大約較之春秋、戰國時卿禄萬鍾，則漢制三公月俸已爲些略"。奎本作"宋制，四十一等，宰相、樞密使月錢三百千，至保章俸已為些畧"。按文意，此處是對中國官員俸禄情況的介紹。上文從漢代說起，一直介紹到清代。奎本有重複，應有抄誤。

（88）古有離婁離氏、與坎氏為婚杵氏，與臼氏作配，則可謂天地伉儷。（奎本冊十 P77）

按：此處校本（P372）作："我東亦有夫氏、良氏，皆出自耽羅。又有乀氏、鳶氏，非但爲姓稀，字亦無考，怪哉！"大東本（P753）作："我東亦有夫氏、良氏，皆出自耽羅。又有乀氏、鳶氏，非但爲姓稀，字亦無攷，恠哉！"臺本（P867—868）作："我東亦稀姓夫氏、良氏，皆出自耽羅。又有乀氏、鳶氏，非但姓稀，字亦無考，怪哉！"奎本作："古有離婁離氏、與坎氏爲婚杵氏，與臼氏作配，則可謂天地伉儷。"按文意，此處是對中國罕見姓氏的介紹，前句說"康熙中，王士禎在刑部，日閱爰書。有姓妙氏、島氏、盤氏、民氏、纏氏、杵氏、剑氏、律氏、茶氏、烟氏、穰氏、首氏、卑氏、威氏、冰氏、坎氏、楊氏、欖氏、慈氏，皆中國稀姓也"。後朴氏至瀋陽，遇到了姓希的兄弟希頗、希憲，他們皆是江南大商。又，至山海關，遇到叫曰勝的中國舉人。對於這些奇異少見的中國姓氏，作者感到奇怪納悶，因而發出感慨，"我東亦有夫氏、良氏，皆出自耽羅。又有乀氏、鳶氏，非但爲姓稀，字亦無考，怪哉！"奎本用句似與文意略有不合，但也可通，疑爲朝鮮文人傳抄中的篡改。

（89）一荄（參）方僧爲治之，先汲淨水洗之，易水殽斛，令腐濃破肉（肉）悉厺，瘡上白筋見，乃抱以軟帛，以藥末勻糝，瘡中惡水泉湧。（奎本冊十P91）

按：此處校本（P376）、大東本（P761）、臺本（P730）作"敗肉"，奎本作"破肉"。"敗"強調腐敗之義，"破"強調破損之義。句中有"腐濃"，故此處"敗肉"一詞較爲合意，但"破肉"亦不誤，不煩改。

（90）《本草註》："忍冬，《羣芳譜》一名鷺鷥藤，一名金骰。"（奎本冊十P98）

按：此處校本（P378）、大東本（P766）作"金釵骨"，臺本（P736）和奎本作"金骰"。忍冬有很多別名，清·王士禛《香祖筆記》卷十一："《本草》名忍冬。先方伯贈尚書府君《羣芳譜》云：一名鷺鷥藤，又名金釵骨。"[1] 臺本和奎本作"骰"，漢、朝漢文文獻均未見該字，應爲文人在傳抄中的誤寫，將"骨"和"釵"合寫在了一起。

## 第三節　倒文、脫文、衍文舉隅

倒文指文獻在流傳過程中，文字的先後次序被顛倒。倒文有字倒、句倒等情況。脫文指文獻在傳抄過程中脫去一字或數字的現象，

---

[1] （清）王士禛：《香祖筆記》二，中國書店2018年版，第244—245頁。

第三章 《熱河日記》校勘研究 | 155

也稱奪文或闕文。衍文則指原稿本無，但在傳抄、刻印或排印過程中誤增文字的現象，又稱羨文、衍字。《熱河日記》在傳抄過程中也經歷了這些文本的變化，下面舉例進行說明。

**一 例文**

（1）因將釀醋，潑下坑内，沸爛卽涸，乃置器其中，更以糟醋厚罨，覆土加厚，無空缼（缺）處。三五日出着，便生各色古斑。（奎本册二 P36）

按：此處校本（P43）、大東本（P88）、臺本（P93）均作"醋糟"，而奎本作"糟醋"。"醋糟"爲米、麥、高粱等釀醋後所餘的殘渣。明·李時珍《本草綱目》穀部第二十五卷："大麥醋糟，（氣味）酸，微寒，無毒。"① 而"糟醋"，則爲醋的一種，《本草綱目》穀部第二十五卷："詵曰：'北人多爲糟醋，江河人多爲米醋，小麥醋不及。糟醋爲多妨忌也，大麥醋良。'"②

"醋糟"是仿製古代瓷器常用的原料之一，明·高濂《遵生八箋》卷十四："次掘一地坑，以炭火燒紅令遍，將釀醋潑下坑中，放銅器入内，仍以醋糟罨之，加土覆實，窑藏三日取看，即生各色占斑，用蠟擦之。要色深者，用竹葉燒煙熏之。"③《熱河日記》中所記方法，與高濂記述相同，要想讓仿製的瓷器生出各色古斑，需要用"醋糟"包裹覆蓋。據此可知，奎本應有倒文。

（2）文謨武烈尚不能救末主之夷陵，况區區自強於衣帽之末哉？（奎本册三 P146）

按：此處校本（P101）、大東本（P210）、臺本（P227）作"陵

---

① （明）李時珍：《本草綱目》（校點本）下册，人民衛生出版社2004年版，第1569頁。
② （明）李時珍：《本草綱目》（校點本）下册，人民衛生出版社2004年版，第1554頁。
③ （明）高濂著，王大淳等整理：《遵生八箋》，人民衛生出版社2017年版，第437頁。

夷"，奎本作"夷陵"。"陵夷"指衰頹、衰落。東漢·黃憲《天祿閣外史》卷三："國無士則綱紀陵夷，政教蕩然，而民無所附，故賢王之待士，不可苟也。"①"夷陵"，指楚先王的墳墓，位於湖北省宜昌縣東。春秋時本爲楚國先王的陵墓，秦將白起攻楚，火焚此地。西漢·司馬遷《史記·平原君傳》："白起，小豎子耳，率數萬之衆，興師以與楚戰，一戰而舉鄢郢，再戰而燒夷陵，三戰而辱王之先人。"②此處是説文功武略都不能挽救明朝末世的危亡，何況拒絶穿着滿清服飾這樣小小的自强行爲呢？據文意"陵夷"更爲合宜，奎本作"夷陵"，應爲倒文。

（3）第一殿曰靈昭化育，東岳大帝，具衮冕，侍衛諸神，左右文武。（奎本册三 P180）

按：此處校本（P109）、大東本（P231）、臺本（P251）作"左文右武"，奎本作"左右文武"。此處是對"東嶽廟"的記述，按中國寺廟的廟制，殿內神像的擺放一般是左邊文臣，右邊武臣，"左文右武"將擺位的順序規則介紹得很清楚。而"左右文武"則略有不清，故此處奎本應有倒文。

（4）然而執策而臨之曰："國中無良馬。"豈真國中無馬耶？此寒心者不可指以屈也。（奎本册四 P113）

按：此處校本（P144）、大東本（P299）、臺本（P330）作"不可以指屈也"。奎本作"不可指以屈也"。"指屈"，屈指可數之義。此處是説朝鮮因繁育方法不當，使得良馬數量急劇減少，這讓很多人心寒，究其原因，朴氏在後文解釋爲"牧御乖方，喂養失宜，産非佳種，官昧攻駒"。寒心者很多可以説"寒心者不可以指屈"，而未見"不可指以屈"的説法，故此處奎本應有倒文。

---

① （漢）黃憲：《天禄閣外史》，商務印書館 1936 年版，第 42 頁。
② （漢）司馬遷：《百衲本史記》2，國家圖書館出版社 2014 年版，第 822 頁。

第三章 《熱河日記》校勘研究 | 157

（5）人有恒言，天不容偽，而方其興也，侯霸之詭言堅冰，天亦從偽；至誠禱祝，未必遂願，而方其亡也，張世傑之瓣香祝天，快副其誠。（奎本冊六 P60）

按：此處校本（P237）、大東本（P489）作"王霸之詭言冰堅"，臺本（P543）作"侯伯之詭言冰堅"，奎本作"侯霸之詭言堅冰"。此處的"侯霸之詭言堅冰"說的是漢光武帝劉秀自薊南奔，"及至滹沱河，候吏還白河水流澌，無船，不可濟。官屬大懼。光武令霸往視之。霸恐驚衆，欲且前，阻水，還即詭曰：'冰堅可度。'官屬皆喜"①。故此處奎本作"侯霸之詭言堅冰"有誤，應有倒文。

（6）中國人寶東珠，以為高麗珠，色淡泊如䢖䢖。（奎本冊八 P33）

按：此處校本（P285）、大東本（P583）作"硨磲"，臺本（P664）和奎本作"䢖䢖"。"硨磲"，古稱七寶之一。三國魏·康僧鎧譯《佛說無量壽經》卷上："其佛國土，自然七寶：金、銀、瑠璃、珊瑚、琥珀、硨磲、碼瑙合成爲地，恢廓廣蕩，不可限極、悉相報廁，轉相間入，光赫焜爍，微妙奇麗，清淨莊嚴，超逾十方一切世界眾寶中精，其寶猶如第六天寶。"②　"䢖"，漢、朝漢文獻均未見該字形，疑爲"軖"（《龍龕手鏡》作"硨"之俗字）的形近誤寫。③　另，遍查文獻而未見有"磲硨"一詞，故此處的"䢖䢖"應是"硨磲"的倒文。

（7）狗人叱退（退）令去，更招他狗，次第試之。（奎本冊九 P69）

按：此處校本（P330）、大東本（P668）和臺本（P771）作"叱令退去"，奎本作"叱退令去"。按文意，此處是說訓狗師爲了

---

① （南朝宋）范曄：《後漢書》，中華書局 2007 年版，第 219 頁。
② （三國魏）康僧鎧譯：《佛說無量壽經》卷上，國家圖書館藏抄本（趙城金藏），第 12 頁。
③ （遼）釋行均：《龍龕手鏡》，中華書局 1985 年版，第 440 頁。

讓狗兒乖乖表演呈技，"繫脯殽丈長竿，若垂餌，招一狗。就中一黃狗颯然跐出，衆狗翹立不競也。點竿高下，則狗左右跐躑，以一蹄仰挈。"這隻狗兒表演完拿到食物後，訓狗師勑令它退去，再招引其他的狗兒依次逗技。故按文意，"叱令退去"較爲合宜，奎本應有倒文。

（8）願效升恒之頌，用抒舞拜之誠，伏祈照付史臣，宣示中外。（奎本册十 P49）

按：此處校本（P364）、大東本（P735）、臺本（P848）作"用抒拜舞之誠"，奎本作"用抒舞拜之誠"。"拜舞"，指跪拜與舞蹈，是古代朝拜的重要禮節。明·邱濬《大學衍義補》卷四十六："伏見内殿賜宴，群臣拜舞方畢，趨馳就席，品列之序糾紛無别，及至尊舉爵，群臣起立先後不整，俯仰失節。"① 明·顧起元《客座贅語》卷八："近臺李公寓其中，一日，月下與夫人閑步堂上，忽庭中有小生員數十人，各具巾袍，拜舞于階前，公與夫人大驚詫，遂移居于會同館。"② 此處奎本用"舞拜"有誤，應有倒文。

（9）及暮歸舘，急點燭與來源輩觀之，盖寧遠伯長房曰如松，如松一子，曰性忠，性忠下曰"後無"，盖性忠奔逃東出故也。（奎本册十 P61）

按：此處校本（P367）、大東本（P742）作"無後"，臺本（P856）作"無后"，奎本作"後無。""無後"，指沒有後嗣。《春秋左傳·成公八年》："宣孟之忠而無後，爲善者其懼矣。"③ 朝鮮漢文獻亦習見該詞，朝鮮李德懋《青莊館全書·磊磊落落書補編》："朱之瑜字

---

① （明）邱濬：《大學衍義補》第 11 册，明刻本，國家圖書館藏（索書號：18903），卷四十六，第 14 頁。
② （明）顧起元撰，吴福林點校：《客座贅語》，南京出版社 2009 年版，第 218 頁。
③ （晋）杜預注，（唐）孔穎達等正義：《十三經注疏下·春秋左傳正義》，上海古籍出版社 2007 年版，第 1905 頁。

魯嶼，號黃檗，禪師舜水人。明宗室國亡，入日本，不娶無後。"據文意，此處是說性忠跟李德懋文中的朱之瑜一樣，明亡後向東出奔朝鮮而無子嗣。奎本用"後（後）無"，不合文意，應有倒文。

（10）余在漢北，問大理卿尹嘉詮曰："近世醫書中，新有《經驗方》，可以購去者乎？"尹卿曰："近世和國所剏（刻）《小兒經驗方》最佳，此出西南海中荷蘭陀。"（奎本冊十 P86）

按：此處校本（P374）、大東本（P758）作"大理尹卿嘉詮"，臺本（P727）作"大理卿尹嘉詮"。奎本所記的"尹嘉詮"實爲"尹嘉銓"，時任大理寺卿，負責稽查覺羅學，即滿族貴族子弟的教育。關于官職名稱的叫法，常見的稱呼方法爲"官職"＋"姓名"。明·蔣一葵《堯山堂外紀》卷八十五："道逢刑部尚書陸公瑜、大理卿王公槃乘肩輿，因避焉，即爲口號云'陸老前頭去，王公逐後來'。"① 清·李有棠《金史紀事本末》卷三十一："甲辰，遣大理卿王元德等報哀於宋。"② 少見"大理王卿"的稱呼方法。故此處稱"尹嘉銓"爲大理卿尹嘉銓較爲合宜，校本、大東本應有倒文。

## 二 脫文

（1）蹷起張福，問有誰訪我否，對無矣。因促持盥水來，裹巾，扻（忙）徃上房，諸裨譯方齊謁矣。（奎本冊二 P32—33）

按：此處校本（P42）作"忙徃上房"，大東本（P86）作"忙徃上房"，臺本（P90）作"徃上房"。臺本略去"忙"字，有脫文。前句有"因促持盥水來"，故後句用"忙"較合文意。作者前夜一個人偷偷溜出去與中國文人徹夜長談，第二天一早匆匆趕回寓所，怕被

---

① （明）蔣一葵撰，呂景琳點校：《堯山堂外紀》（外一種）四，中華書局 2019 年版，第 1323 頁。
② （清）李有棠撰，崔文印點校：《金史紀事本末》第二冊，中華書局 2015 年版，第 551 頁。

其他人發現,故急忙洗漱,此處的"忙"字恰好突出了作者情緒的緊張與行爲的慌亂。

(2) 門傍兩廂裏,方造竹散馬,以紙塗之。(奎本册二 P85)

按:此處校本(P55)、大東本(P112)作"竹馬",臺本(P126)和奎本作"竹散馬"。"竹馬",指兒童游戲時當馬騎的竹竿。南朝宋·范曄《後漢書》卷三十一:"始至行部,到西河美稷,有童兒數百,各騎竹馬,道次迎拜。"① 而"竹散馬"(죽산마 [juk san ma]),則指中國或朝鮮葬禮上所焚燒的一種紙糊的馬,其形如圖 3-3 所示。

圖 3-3 竹散馬

圖片來源:作者自繪。

故此處臺本和奎本用詞更爲準確,校本和大東本應有脱文。

(3) 小雨,即晴。(奎本册三 P78)

按:此處校本(P81)、大東本(P169)、臺本(P181)作"小雨,即晴,是日處暑。"奎本"是日處暑"缺。據文意,此處是對"二十三日乙亥"這一日天氣情况的記録,奎本記録不全,應有脱文。

(4) 墓前皆有華表而象設(設)者,皆前朝貴人之墳也。門或三或四,牌樓制雖不及祖家之樓,亦多宏侈者。(奎本册三 P79)

按:此處校本(P82)、大東本(P169)、臺本(P182)作"門

---

① (南朝宋)范曄:《後漢書》,中華書局 2007 年版,第 321 頁。

或三，或爲牌樓……"奎本作"門或三或四，牌樓……"據文意，此處是對沿途所見墳墓的介紹，這些墳墓設置齊全，有華表，有象設，據推測都是前朝貴人之墓。他們的墓門有三扇或四扇的，陵墓牌樓體制雖然不及之前所見祖家的豪華，但也很宏奢。此處奎本的描寫最爲周全，其他三個版本應有脫文。

（5）秋七月二十四日庚子，晴，是日處暑。（奎本冊三P88）

按：此處校本（P84）、大東本（P174）、臺本（P191）作"秋七月二十四日庚子，晴"。奎本句后有"是日處暑"。此處是對當日天氣情況的描寫，奎本描寫較爲完整，如果當日確爲處暑日，則其他版本應有脫文。

（6）順治初，設朝鮮（鮮）邸于玉河西畔，称玉河館，後爲鄂羅斯所占。（奎本冊三P162—163）

按：此處校本（P106）、大東本（P220）、臺本（P239）作"朝鮮使邸"，奎本作"朝鮮邸"。作爲朝鮮在京的使館，"朝鮮使邸"的名稱較爲完整，故此處奎本應有脫文。"玉河館"因位于玉河西畔，也被稱爲"西館"。後文對此還有記述："或我國別使與冬行相值，則分寓西舘。年前別使先寓乾魚衕衕，錦城尉以冬至使寓於西舘。去歲乾魚衕衕會同舘失火，未及改建，故今行又爲移寓於西舘。"

（7）楙官臨別，又言若尋唐鴛港号樂宇，先至先月樓，其南轉小衕徜第二門即唐宅云。（奎本冊三P174）

按：此處校本（P110）、大東本（P227）作"唐鴛港樂宇"，臺本（P247）作"唐鴛港骦樂字"。小注中的"樂宇"是唐鴛港的號，臺本和奎本加"號"字特作説明，校本和大東本應有脫文。另，臺本和奎本將"宇"錯寫爲"字"。

（8）乾隆四十五年庚子秋八月初五日辛亥。（奎本冊四P5）

按：此處校本（P113）和大東本（P233）作"秋八月初五口辛

亥"，臺本（P255）則也在此前多加了年份介紹作"乾隆四十五年庚子秋八月初五日辛亥"。比較而言，臺本和奎本對時間的記述更爲詳盡，故校本和大東本應有脫文。

（9）行中皆除馬頭，只帶控卒，余亦不得已落留張福，獨與昌大行。張福，余馬頭，郭山人；昌大，余馬夫，宣川人，錦南君鄭忠信孽孫也。（奎本册四 P11）

按：此處校本（P114）和大東本（P237）作"行中皆除馬頭，只帶控卒，余亦不得已落留張福，獨與昌大行"，臺本（P259）和奎本在其後有夾注説明："張福，余馬頭，郭山人；昌大，余馬夫，宣川人，錦南君鄭忠信孽孫也。"此處夾注的作用是對隨從身份的説明，這種介紹性的夾注在臺本和奎本中很常見，但校本和大東本很少見到，校本和大東本應有脫文。

（10）只有小舩（船）二隻，沙邊爭渡者，車數百兩、人馬爭渡者簇立。（奎本册四 P21）

按：此處校本（P117）、大東本（P243）作"人馬簇立"，臺本（P266）和奎本作"人馬爭渡者簇立"。據文意，兩種説法均可。但由句内證，"人馬爭渡者簇立"似更佳，故校本和大東本應有脫文。

（11）余曰："傳記所載稱五千里，然有檀君朝鮮，蓁（秦）時率（率）燕眾東來，皆偏據一方。"（奎本册四 P54）

按：此處校本（P126）、大東本（P262）、臺本（P288）作"然有檀君朝鮮，與堯并世；有箕子朝鮮，武王時封國也；有衛滿朝鮮，秦時率燕眾東來，皆偏據一方"，而奎本省寫僅作"然有檀君朝鮮，秦時率燕眾東來，皆偏據一方"。據文意，此處是對朝鮮建國歷史的簡要介紹，校本、大東本、臺本對歷史實情的介紹較爲詳盡，而奎本此段有缺失，應有脫文。

（12）信兹説也，日地月等，浮羅大空，勻是星乎？自星望地，

第三章 《熱河日記》校勘研究 | 163

其規有爛，若鍼孔乎，日月東昇，而復西沈（沉），自日望地，亦若是乎？（奎本冊四 P102）

按：此處校本（P141）、大東本（P292）作"自星望地，亦若是乎？"臺本（P322）和奎本在其後還有詳細記述"自星望地，其規有爛，若鍼孔乎，日月東昇，而復西沉，自日望地，亦若是乎？"據文意，此處作者發出疑問"自星望地，其規有爛，若鍼孔乎，日月東昇，而復西沉"，那麼"自日望地"，情況是否相同呢？從前後文意的對比來看，臺本和奎本記述較完整，校本和大東本應有脫文。

（13）囑余還京必來相訪，書指其家在東單牌樓第二衚衕頭條第二宅門，首有大卿匾額即是鷰樓。又戎（戒）余斷酒遠色。（奎本冊五 P5）

按：此處校本（P162）、大東本（P333）作"囑余還京必來相訪，書指其家在"，臺本（P369）和奎本作"書指其家在東單牌樓第二衚衕頭條第二宅門，首有大卿匾額即是鷰樓"。此處臺本與奎本一致，都詳細記述了中國友人尹亨山爲朴趾源書寫尹家住址一事。比較而言，校本和大東本記述不全，應有脫文。

（14）次日，汪送傔申囑，明日切勿他駕，相等，自有泥金、扇子、書畫雙絕當來陪送。明日遽（遽）發還燕，不復相見。（奎本冊五 P9）

按：此處校本（P163）和大東本（P336）作"明日切勿他駕，相等"，臺本（P371）作"明日切勿他駕，相等，自有泥金、扇子、書画雙絕當來陪送"。根據文意，此處是中國文人汪新送作者出門時特地囑咐他明天不要去別的地方，在寓所等候，汪有禮物相送。相較而言，臺本和奎本記敘較完整，說明了相等之爲何意，校本和大東本應有脫文。

（15）因自題五言四句，又印名字圖署於他紙，割付左傍，摺叠以贈余。（奎本册五 P53）

按：此處校本（P203）和大東本（P420）作"因自題'綠竹瞻君子，卷阿矢德音，揮毫開便面，握手得同心。'四句"，臺本（P472）和奎本省作"因自題五言四句"。據文意，此處中國文人尹亨山爲作者畫扇題詩，校本和大東本詳細記述了詩句的內容，臺本和奎本應有脫文。

（16）卿不重齊、魯大邦，而愛邾、莒小國，明日為卿設邾、莒之食。（奎本册五 P82）

按：此處校本（P212）和大東本（P438）作"愛邾、莒小國……"臺本（P492）和奎本作"而愛邾、莒小國……"此處臺本和奎本使用了表示轉折關係的連詞"而"，突出了作者朴趾源的喜好——不喜"大邦"食物，而喜食"小國"食物（前句有比喻"羊比齊、魯大邦，魚比邾、莒小國"）。從文意表達效果的完整性來看，校本和大東本應有脫文。

（17）《漢書藝文志》有天文二十餘家、曆法□數家，判然為二。（奎本册六 P18）

按：此處校本（P225）、大東本（P463）、臺本（P514）作"曆法十數家"，奎本作"曆法□數家。"該句前文是："有天文二十餘家"，後句接"曆法十數家"，較爲合意。奎本的曆法與數家之間有空格，應爲"十"的脫文。

（18）一日夜中月明，同裵徊（徊）上，夜深露冷，酾（麗）川請入其炕。（奎本册六 P119）

按：此處校本（P176）、大東本（P362）作"同徘徊臺上"，臺本（P402）作"同徘徊臺上"，奎本作"同裵徊上"。據文意，此處是說一個月夜，作者和中國文人麗川一同交談徘徊至高臺上，但外面

第三章 《熱河日記》校勘研究 | 165

夜深露冷,故麗川請作者入其炕內一坐。奎本作"裵徊",同"徘徊",但少了處所賓語"臺上",應有脫文。

（19）志亭亦笑曰："沈公云：'耕當問（問）奴,織當問婢。'當時已許其學（學）問。咸南宮尤工於詩,'画角聲傳草木哀,雲頭對起石門開（開）。朔風邊酒不成醉,落葉飯鴻無殺來。但使元王戈銷殺氣,未妨白髮老邊才。勒名峰上吾誰與,故李將軍舞釼臺（臺）。'其將才可及,詩才不可及。"清家諱玄故凡玄皆借元用之。（奎本册七 P73）

按：此處校本（P263）、大東本（P543）作"……其將才可及,詩才不可及",臺本（P606）後有夾注作"以康熙諱玄睁清人諱玄借元",奎本則作夾注"清家諱玄故凡玄皆借元用之"。此處作者對清代詩歌中特殊用字,如"玄"的情況做了說明,從文意的完整性看,此處校本和大東本記述不全,應有脫文。

（20）曰於馬上口號（號）曰："翠翎銀頂,千里遼陽逐（逐）使車。一入中州三變號（號),鰍生終古學蟲魚。"（奎本册七 P80）

按：此處校本（P266）、大東本（P547）作"翠翎銀頂武夫如",臺本（P611）和李本作"翠翎銀頂"。根據文意,此處是說作者一行入江以來,改以漢語稱呼彼此,如"軍官稱裨將,閑遊如余者稱伴當"。而朝鮮語中"盤"與"伴"音同,"蘇魚"的發音與"盤當"相近,故謔稱己類爲"蘇魚",路上遇到滿族人,又稱他們爲"蝦"（"盖似是武夫之別號也"）,爲記此事,作者作有上詩。因是詩歌,字數一定要對稱,校本和大東本都是四句七字,但臺本和奎本首句只有四字,不合詩律,應有脫文。

（21）其（吳）照,江西人也,字照南,號白庵。其遊石湖作皆佳……照年方三十餘,舉人著有說文編旁考。善寫竹,所居室中環壁墨竹傛傛如坐竹林中云。（奎本册七 P132—133）

按：此處校本（P282）作"吳照,江西人也,字照南,號白庵。其游石湖作皆佳……照年方三十餘,舉人",大東本（P581—582）

作"吳照，江西人也，字照南，號白菴。其遊石湖作皆佳……照年方三十餘，舉人"。奎本在"舉人"後還贅有夾注，對吳照的生平功績及喜好做了簡要介紹。以上三本均對中國文人吳照及其六首游石湖詩作，如"茂苑烟銷曉日黃，毅聲柔櫓出橫塘。青山面面閗（開）圀（圖）障，一塴凌（凌）空見上方"等進行了記述。但臺本未見此段內容，應有脱文。

（22）奇言珠六分七釐，價銀四十兩。（奎本册八 P33—34）

按：此處校本（P286）、大東本（P583）作"奇言珠六七釐"，臺本（P664）和奎本作"奇言珠六分七釐"。朝鮮出産的東珠常被用在中國朝臣的服飾上作爲身份品階象徵的裝飾物。該句前文有"東珠八分已上爲寶。皇帝有東珠，七錢重，爲鎮夢魘寶。皇后東珠六錢四分重，形如白茄子"。

此處説的是中國官員貴州按察使奇豐額的帽檐上懸掛着一顆很大的東珠，尺寸光澤都很不錯。臺本與奎本作"六分七釐"，對東珠的尺寸及分量描寫準確細緻，加之前句對皇后東珠的描寫也十分注重細節，故筆者推測校本和大東本應有脱文。

（23）余應曰："何五何五者好也！"如吾東問安之語也。（奎本册八 P104）

按：此處校本（P151）、大東本（P311）和臺本（P343）作"好阿！"奎本作"何五何五者好也！"奎本多處有對東北方言發音特點的記録，如此條，可能是作者對當時聽到中國人發音的模糊記音，此處奎本記作"何五"，可能是"好啊"發音較快時的連音現象。

相似的記録還有："主人見客，或稱請坐請坐，或稱坐着坐着，或稱請請請。"（奎本 P151、大東本 P311、臺本 P343）；而奎本記作："主人見客，稱造稱造者請坐請坐也，造諸造諸者坐著也，稱稱稱者請請請也。"（奎本卷八 P104）奎本記録的一些特殊的發音，如"造"—"坐"，"諸"—"著"，"造諸"—"坐著"，"稱"—"請"，這些發音可能是作者于當時當地聽到的真實東北方音，他通過模糊記音的方式將它們記錄下來，實爲可貴。故從記錄的詳備程度來說，此處前三個版本應有脫文。

（24）今此門外閭里市廛，繁華（華）富麗一如正陽門外。待于路左，遂下馬，爭來執手，為致勞苦，獨不見來源。（奎本冊八 P134）

按：此處校本（P159）、大東本（P328）和臺本（P362）作"今此門外閭里市廛，繁華富麗一如正陽門外。昇平日久，到處皆然。留館驛官裨將及行中下隸齊待于路左……"奎本省缺了"……昇平日久，到處皆然。留館驛官裨將及行中下隸齊待于路左……"按文意，前句説"此門外閭里市廛，繁華富麗一如正陽門外"，後面接着介紹"昇平日久，到處皆然"較合乎邏輯。待作者等人到達住所時，"留館驛官裨將及行中下隸"早已整齊地等候于路左。奎本省去了如上內容，表意不全，應有脫文。

（25）塚高數丈，甎等（築）灰縫，墳形如甈（甌）瓦。四出檐（檐）遠，望如未敷大菌。（奎本冊九 P124）

按：此處校本（P349）、大東本（P705）作"甎築"，臺本（P814）作"甎等灰縫"。奎本作"甎等灰縫"。據文意，此處介紹的是"利瑪竇塚"。臺本和奎本對此還特別細緻介紹，該塚是"甎築灰縫"結構。故從表達的完整性看，校本和大東本應有脫文。

（26）蓋宗小序始于蘇子由，而攻小序始于鄭夾漈，駁朱注極于馬端臨、毛齡、朱彝尊，而近世靡然為時義。（奎本冊十 P20—21）

按：此處校本（P355）、大東本（P717）、臺本（P828）作"毛奇齡"，奎本作"毛齡"。此處介紹的"馬端臨、毛奇齡、朱彝尊"都是極端駁斥朱注的文人，據义意，奎本應有脫文。

（27）今中國以百六十分為鈔，十六文為一陌。（奎本冊十 P65）

按：此處校本（P368）、大東本（P745）、臺本（P859）作"百六十分爲一鈔"，奎本作"百六十分為鈔"。後文説"十六文為一陌"，故前文應該介紹的是"一鈔"的數量。據前後句互證，奎本此處應有脫文。

（28）又記治食生冷心脾痛方：用陳茱萸五六十粒，水一盞，煎取**汁**（汁），杰滓，入平胃散三錢，再煎熱服。又沙隨常患淋，日食白東瓜（瓜）三大甌而愈。（奎本冊十 P88）

按：此處校本（P375）和大東本（P759）作"治食生冷心脾痛"，臺本（P728）和奎本作"治食生冷心脾痛方"。據文意，此處是對藥方的記錄，故保留"方"字較爲合宜。此方原是抄錄自清·王士禎《香祖筆記》①，原文有"方"，故校本和大東本有脫文。

（29）治喉痺乳鵞：用蝦蟆衣、鳳尾草擂細，入塩霜梅**肉**（肉）煮酒，各小許調和再研，細布絞**汁**。以鵝毛刷患**妃**（處），吐痰即消。（奎本冊十 P90—91）

按：此處校本（P376）、大東本（P761）作"入霜梅肉煮酒"，臺本（P730）作"入塩霜梅**肉**煮酒"。"鹽霜"，指含鹽分的東西乾燥後表面上呈現的白色細鹽粒。此處的"鹽霜梅肉"是指表面含有析出鹽粒的梅子肉，"鹽霜梅"常爲煮飯煮酒的佐味料，明·高濂《遵生八箋·飲饌服食箋·中卷》："先將鹽霜梅一個，安在鍋底下，淘淨大粒青豆蓋梅。又在豆中作一窩，下鹽在內。用蘇木煎水，入白礬些少，沿鍋四邊澆下，平豆爲度。用火燒乾，豆熟，鹽又不泛而紅。"②朴趾源此處敘述的藥方亦是抄錄自《香祖筆記》，原文記述爲"入鹽霜梅肉"③，故校本和大東本有脫文。

（30）接骨方：土鼈（鱉）用新瓦焙乾，半兩錢泔淬次自然銅、乳香、**沒**（没）藥菜、**卜**子仁各等分爲細末，每服一分半，酒調下。（奎

---

① （清）王士禎：《香祖筆記》二，中國書店 2018 年版，第 145—146 頁。
② （明）高濂著，王大淳等整理：《遵生八箋》，人民衛生出版社 2017 年版，第 370 頁。
③ （清）王士禎：《香祖筆記》二，中國書店 2018 年版，第 76—77 頁。

本册十 P93）

按：此處校本（P376）、大東本（P762）作"半兩錢淬次自然銅"，臺本（P732）和奎本作"半両錢泔淬次自然銅"。該方同樣是摘錄自《香祖筆記》，原文爲"接骨方：土鱉，用新瓦焙乾，半兩錢醋，淬七次，自然銅、乳香、没藥菜、瓜子仁各等分爲細末，每服一分半，酒調下"[①]。此處各本均有脱文和訛文。原文爲"半兩錢醋，淬七次"，各本均脱、訛變爲"半兩錢淬次"或"半兩錢泔淬次"。

## 三　衍文

（1）費生臨門，陰握余手以喻意，余點頭而去。（奎本册二P38—39）

按：此處校本（P44）、大東本（P90）作"握余手以諭意"，臺本（P94）作"握余手以喻意"，奎本作"陰握余手以諭意"。"陰（隂）"強調暗中之義，但作者與費生、季涵等中國文人的會面都是正大光明的，不需要遮遮掩掩，故奎本中的"陰"字應爲衍文。

（2）鋪主出紅紙二張，紙面乳面金鈿兩條螭龍，請書柱聯。余書"元央（鴛鴦）對浴能飛繡，菡萏初開不語仙"。（奎本册二P74）

按：此處校本（P51）、大東本（P105）、臺本（P118）作"紙面乳金"，奎本作"紙面乳面金"。"乳金"爲繪畫所用的一種金色顏料。朝鮮李德懋在《青莊館全書・盎葉記》中記述了"乳金"的調用之法："乳金，先以素盞抹膠水。將枯，徹金箔，以手指醮膠粘入用。"另，李德懋還在《青莊館全書・蟬橘堂濃笑》中記述了用乳金作畫的效果："蜻蜓眼石綠隱隱，蝶翅暈以乳金，意者天上有一星官主彩色。"漢、朝漢文文獻均未見"乳面金"一詞，奎本應有衍文。

（3）紫禁城高二丈，石址甎甃，覆以黄瓦琉璃塗以朱灰石灰，

---

[①]（清）王士禛：《香祖筆記》二，中國書店2018年版，第55—56頁。

壁面如繩削，光潤如倭添（漆）。（奎本冊四 P12）

按：此處校本（P115）和大東本（P238）作"塗以朱紅"，臺本（P260）作"塗以朱灰"，奎本作"塗以朱灰石灰"。按文意，此處是對"紫禁城"的描寫介紹，紫禁城建築物的漆色以紅色多見，故"塗以朱紅"較合文意。此外，漢、朝漢文文獻均不見"朱灰"這種顏色，故臺本、奎本作"朱灰"應有訛誤，而奎本又作"朱灰石灰"則有衍文。

（4）又禮部所傳"不知禮"之旨，尤帶不平，則通官之推胸（胸）涕泣，似非嚇喝，而其舉措凶悖，令人絕倒。我譯亦毛耗ミ鞿見，毫無動焉。（臺本 P306）

按：此處校本（P134）、大東本（P278）和奎本（冊四 P79）作"我譯亦毛耗鞿見"，臺本作"毛耗ミ鞿見"（毛耗耗鞿見）。此處是說因天氣及路況不佳，朝鮮使臣奉旨趕到熱河時已有延誤，禮部又傳出對他們"不知禮"的負面評價，通官為此"推胸涕泣，似非嚇喝"，譯官則是"毛耗鞿見，毫無動焉"。

宋・沈括《夢溪筆談》中有對鍾馗形象最早的記錄："其大者戴帽，衣藍裳，袒一臂，鞿雙足，乃捉其小者，刳其目，然後擘而啖之。"[①] 其中的"鞿雙足"即指雙腳穿着沒毛的皮靴。本例中的"毛耗鞿見"字面義指"毛去骨現"，即有撕去面子之意。在文中作者借此來表達譯官即使面子被揭去了，仍不為局勢所動，毫不害怕。此處，臺本作"毛耗ミ鞿見"，多用了重文符號，故有衍文。

## 小　　結

本章筆者對《熱河日記》四種重要漢文版本進行了全面的校勘研

① （宋）沈括著，諸雨辰譯注：《夢溪筆談》，中華書局 2016 年版，第 704 頁。

究，對其中較有代表性的校勘實例進行了分析與討論。此前對《熱河日記》的相關研究多引用校本，而本書首次將未被學界關注的奎本以及少見引用的臺本和大東本作爲研究對象。筆者通過對上述四種重要版本的認真對勘，發現了大量訛文、異文、倒文、脫文、衍文等具有重要意義的校勘問題。而通過校勘結果，又進一步證實了《熱河日記》各本間的版本關係，因校本與大東本間存在較多一致性，臺本和奎本間存在較多一致性，故而這四種版本應屬兩個版本系統。

校勘中發現了很多有意義的校勘問題。訛文現象如校本（P5）用"奴肉"，臺本（P10）和奎本（册一P20）用"好肉"；校本（P33）作"没桶"、大東本（P66）和奎本（册二P58）作"汲桶"；校本（P3）、大東本（P5）作"浪咏"，臺本（P4）作"朗詠"，奎本（册一P12）作"朗吟"。異文現象如校本（P8）、大東本（P14）作"平山葱蓍"，臺本（P15）作"瑞興葱蓍"，奎本（册一P28）作"瑞興葱蓍"；校本（P318）、大東本（P644）、臺本（P746）作"訛謬"，奎本（册九P33—34）作"誑謬"（註）；等等。此外，筆者還一一指出并商補了校本中的各類失校問題，以期最終形成一個較爲完善的文本，爲今後的《熱河日記》相關研究提供更多參考便利。

校勘中還發現了朝鮮漢文文籍中一些特殊的語言文字使用現象，它們是漢字及漢語詞彙的朝鮮化俗寫與俗用，也是朝鮮文人習得漢語後的一種創新與實踐。如一些朝鮮漢文文獻常將"麒麟"寫作"猉獜"，將"入梓"寫作"八梓"并廣爲流傳而成爲一種固定俗寫，對這些特殊語言現象的分析將爲深入探索漢、朝語言間的文字接觸、詞彙接觸開啟新的研究視窗。

# 餘　　論

　　本書以《熱河日記》現能找到的四種重要漢文版本爲研究對象，不僅對其進行了詳盡的版本描寫與對勘整理，還就其中蘊藏着的有趣的文字、詞語及特殊的語言文字使用現象進行了深入挖掘與系統分析。《熱河日記》是朝鮮域外漢籍中的一顆翠玉明珠，人文研究領域對它的豐碩研究成果已揭示出其重要的文化價值和學術價值。對我們而言，版本與校勘研究工作是開啟《熱河日記》語言研究的一把鑰匙。這把鑰匙將指引我們發現更多它所蘊含的語言學研究價值。本章，筆者對已進行的研究工作進行總結的同時，也將對未來之研究提出設想和展望。

## 一　本書已進行的研究工作

（一）《熱河日記》版本比較研究

　　這一部分筆者重點進行了《熱河日記》四種版本的比較研究。目前國內關於《熱河日記》的各類相關研究多以1997年上海書店出版社出版的朱瑞平點校本（簡稱校本）作爲參考，而本書首次將未被學界關注的奎本以及少見引用的臺本和大東本作爲研究對象，對上述四種重要漢文版本進行了詳盡描寫與比較分析。

　　版本比較所使用的四種版本如下。

1. 臺北"國立中央"圖書館藏手抄本（簡稱臺本）

全書共二十六卷，册數二。該本書寫潦草，筆跡有個別處漫漶不清。但其中蘊含大量異體字，特別是俗字，是研究朝鮮俗字發展及使用情況的較好材料。此外，是書還有大量脱文與異文，與另一版本"奎章閣本"具有較高一致性。

2. 首爾大學奎章閣本（簡稱奎本）

全書共二十六卷，册數十。該本較之臺本，書寫工整，字體雋秀美觀。其中的異體字、異文非常多，屬四本之最，故此推測，奎本較之臺本應係晚出版本。但該本較之臺本記述更爲完備，其中的俗字也異常豐富，因而具有較高研究價值。

3. 大東印刷所出版之鉛印本（簡稱大東本）

全書共二十六卷，含外一種，册數二。該本雖爲繁體，但多使用正字，也可見一些異體字及異文。校本與此本的關聯性較高。

4. 上海書店出版社出版之朱瑞平點校本（簡稱校本）

是書以1932年出版的《燕巖集·别集》之《熱河日記》爲底本，以臺灣"國立中央"圖書館所藏二十六卷手抄本（影印件）及1968年韓國民族文化推進會出版發行的李家源先生句讀本爲參校本。全書對龐雜的日記與雜録内容進行了分類整合，共分五卷。雖爲比較經典的點校之作，但也存在一些失校問題。另外校本的字體雖爲繁體字，但多使用正字，故很少保留具有朝鮮特色的俗字以及一些特殊的書寫格式，如行間夾注及行文中的空格等。

通過對各個版本的描寫與比較，我們還分析了《熱河日記》各本間的關係。《熱河日記》四種漢文版本有手抄本也有鉛印刻本，每個版本都各具特色，但四種版本又有相近之處。如在異文方面，校本與大東本相近，奎本與臺本相近，這反映了其背後應存在兩個版本系統。而奎本較之臺本，又表現出異文多，所用異體字多的特點，因此筆者推斷，該本係晚出版本。奎本書寫工整，字跡清晰雋秀，記述相對完備，又是四種版本中研究價值較高的善本，因而也是我們進行校勘、文字及詞彙研究所依據的底本。

在版本研究中，筆者還對《熱河日記》的特點進行了討論分析。《熱河日記》全書共計二十六萬餘字，其描寫內容十分廣泛，涉及衣食住行、宗教信仰、典制禮俗、醫藥養生、戲曲音樂、書畫詩文等，故而它是一部"百科全書式的清代生活實錄"。《熱河日記》的語言典雅曉暢、樸實生動。文中不僅有典雅的文言詞語，也有許多生動鮮活的諺語、成語、俗語詞甚至方言詞，因此，它也是一部"他人之眼對中國俗語及方言現象的生動記錄"。《熱河日記》的詞語極具特色，全文雖爲漢文寫作，但其中夾雜着很多朝鮮漢字詞，它們與漢語詞同質而異相，共同編織起《熱河日記》的詞彙網絡，在這個獨特的網絡中，"漢、朝漢字詞同質與異相和諧共生"。

（二）《熱河日記》校勘研究

這一部分我們重點對《熱河日記》四種重要漢文版本進行了全面的校勘研究。我們以首爾大學珍藏的奎章閣手抄本（影印件）爲底本，通過與臺灣"國立中央"圖書館珍藏手抄本（影印件）、1932年朝鮮大東印刷所出版的鉛印本《燕巖集》之《熱河日記》及1997年上海書店出版社出版的朱瑞平點校本進行對勘，整理分析了各本中存在的一系列校勘問題。通過校勘研究，我們發現《熱河日記》諸本存在以下三個突出特點。

1. 四種版本遵循兩個版本系統，校本和大東本遵一，臺本和奎本遵一

《熱河日記》四個版本在記述內容，甚至所現錯誤上兩兩保持一致：校本和大東本基本一致，臺本和奎本基本一致。如在第三章第一節訛文舉隅分析中，《熱河日記》（奎本册一P34）："張福悶然搔首曰：'小人已知之。兩處觀光時，小人當雙手護眼，誰能拔之？'"此例校本（P9）、大東本（P18）用"悶然"，臺本（P19）、奎本用

"悶然"，據證，應用"閔然"，"悶然"有誤。在第二節異文舉隅中，《熱河日記》（奎本册四 P41）："副使、書狀行見之，慘然停驂，問：'厨房或有軭（輕）卜，可以并載者乎？'"此例中校本（P123）和大東本（P255）作"輕車"，臺本（P280）和奎本作"輕卜"。據證，兩詞均可。在第三節倒文、脱文、衍文舉隅中，《熱河日記》（奎本册七 P80）："囙於馬上口號（號）曰：'翠翎銀頂，千里遼陽逐（逐）使車。一入中州三變號（號），鰂生終古學蟲魚。'"此例中校本（P266）、大東本（P547）作"翠翎銀頂武夫如"，臺本（P611）和奎本作"翠翎銀頂"，據證，臺本和奎本有脱文。像這樣具有一致性的實例還有很多，由上可證，四個版本應遵循着兩個版本系統。

另據目前獲得的一些細節信息可擬作推測，臺本和奎本系統應較接近原本。如《熱河日記》（奎本册二 P54）："官窰法式品格大約與哥窰相同，色取粉青或卵（卵）白，汴水瑩厚如凝脂爲上品，其次澹泊白，油灰色慎勿取之。"此例中校本（P50）作"汁"，大東本（P102）、臺本（P105）和奎本作"汴"。"汴"爲"汁"的異寫俗字，朝鮮文人在書寫漢字"汁"時對其進行了加點美化，故有"汴"字。"汴"字在朝鮮流行廣泛，作爲大文豪的朴趾源不可能將其寫錯，校本有誤校。又，《熱河日記》（奎本册一 P36）："指副使曰："這髯的雙雀補子，乃是乙大人。"指書狀曰："山大人，翰林出身的。"乙者，二也。山者，三也。翰林出身者，文官也。"此例校本（P10）、大東本（P19）作"'三大人。'俱翰林出身的文官之稱也"。臺本（P21）作"'三大人，翰林出身。'乙者，二也。翰林出身者，文官也"。奎本作"'山大人，翰林出身的。'乙者，二也。山者，三也。翰林出身者，文官也"。此處奎本將"三"記作"山"，有可能是作者本人對當時東北方音的一種模糊記錄，而在傳抄過程中，朝鮮其他文人由于未見過這種特殊記音現象，認爲有誤便將其修改或删除了。再如《熱河日記》（奎本册四 P42）："提督之意甚厚可感也，其官則會同四譯官禮部精饍司郎中、鴻臚寺少卿，其品則正四，其階則中憲大夫，顧其年迊（近）六十矢，爲外國一賤隶（隸）如此其費心周全。"此例校本（P123）、大東本（P256）作"精饌司"，臺本（P280）和奎本作"精饍司"。據證，"精饍司"即"精膳司"，爲中國官署名，雖然"饌""膳"義近，但朴趾源入訪中國，加之他的學識與身份地位，應該不可能將重要的中國官署名寫錯。

2. 校勘差異較多，從校勘種類看，異文和訛文最多，倒、脫、衍文情況較少。而就單本來看，奎本中的異文最爲豐富，故較之臺本應係晚出版本

從所校結果看，《熱河日記》諸本中校勘差異最多的是異文，其次爲訛文，較少的是倒、脫、衍文情況。這也反映了上述版本在傳抄過程中較爲嚴謹，沒有較大差漏，但也存在豐富、細微的差異現象，這些差異爲我們進行校勘研究提供了極有意義的分析材料。如上文分析，有些差異是呈版本性的，校本和大東本一致，臺本和奎本一致，此處不再舉例贅述。而有些差異則是四個版本全部一致或是各有不同，如《熱河日記》（奎本册四P101）："遂出燒酒五六盞以和之，色清味冽，異（異）香自倍。"此例中校本（P141）用"異香自（百）倍"、大東本（P291）、臺本（P321）及奎本均用"異香自倍"。"自倍"實爲"百倍"，屬對漢字"百"的形近誤寫。漢語不見"自倍"這種用法，但它在朝鮮漢文獻中廣泛流傳，成爲一種固定的朝鮮俗寫，可以看作朝鮮文人習得漢語後的一種創用與實踐。又，《熱河日記》（奎本册九P28）："入紫禁城為太液池，繞出九門経九鍾澶，至大通橋（橋），而東両峔皆甎築石甃……東入運河，各跨一橋。"此例中四個版本用字均不相同，校本（P316）作"閘"，大東本（P640）作"牐"，臺本（P742）作"牌"，奎本作"鍾"。據證，"閘""牐"準確，而"牌""鍾"有誤。

從單本文獻來看，四個版本中奎本的異文最爲豐富。如《熱河

日記》（奎本册三 P57）："初至九連城，頗愛其研好，未到半程，烈日畠面，緇塵透肌，只有兩孔白眼，單（單）袴襟落，兩臀全露。"此例中校本（P75）、大東本（P156）和臺本（P167）作"緇塵銹肌"，奎本作"緇塵透肌"。據證，應爲"透肌"，表示滲透肌膚之義。又《熱河日記》（奎本册六 P107）："稱儒，則已退（退）居九河之列。"此例中校木（P172）、大東本（P355）、臺本（P394）作"九流"，奎本用"九河"。據文意，"九流""九河"均可，但"九河"的説法與中國多個文獻的記述相符，故似更爲合宜。再如《熱河日記》（奎本册八 P51）："今覽新刊《開國方畧》，果言'朝鮮將韓明璉爲其下所殺，其子潤義來降，封義怡親王。'"此例中校本（P292）、大東本（P595）、臺本（P677）作"太宗實録"，奎本作"開國方略"。據證，此處應爲"開國方略"。通過詳細的校勘研究，我們發現奎本中的異文最多，屬四本之最，由此也可推測，相較與之同一版本系統的臺本而言，奎本應係晚出版本。

3. 各本保存有許多朝鮮漢文文獻中較爲常見的特殊語言文字使用現象

《熱河日記》是朝鮮文人較好地習得漢語書面語后用漢文創作的一種域外漢籍，其中的漢語詞彙、漢語語法讓我們讀起來備感親切。但經仔細校勘分析，我們也發現了一些異於漢語的用字、用詞現象。這些現象不是作者朴趾源的偶然之用，朝鮮其他漢文文獻也習有見之，如"入梓"："我東書籍之入梓於中國者甚罕，獨東醫寶鑑二十五卷盛行，板本精妙。"此句中校本（P293）、大東本（P597）和臺本（P679）用"入梓"，奎本（册八 P54）用"入梓"；"莊束"："雙林向余欲語者數，余益莊束而坐，雙林因起去。"此句校本（P71）、大東本（P148）用"莊竦"，臺本（P158）用"壯竦"，奎本（册三 P44）用"莊束"；"元裝"："其地在四川馬湖之西，南通雲南，東北通甘肅，唐元裝法師入三藏，乃其地也。"此句中校本

(P182）作"元奘（玄奘）"，大東本（P374）作"元裝"，臺本（P417）、奎本（冊六 P139）作"元奘"；"猚獜"："王者德至鳥獸，則猚獜至。"此句中校本（P363）、大東本（P735）作"麒麟"，臺本（P847）和奎本（冊十 P48）作"猚獜"；"官啣"："副使要余筆譚，余遂書示副使姓名官啣。"此句校本（P105）作"官銜"，大東本（P217）、臺本（P235）和奎本（冊三 P157）均作"官啣"。

文獻中的這些特殊用字、用詞現象是朝鮮文人習得漢語，借用漢字及漢語詞彙之後在使用中形成的一種創新與實踐。它們有的是錯訛的廣泛傳播，如"八柈""元裝""猚獜"等；有的是同義義素的替換，如"莊束""官啣"等。這些特殊的變異現象經過廣泛傳播成了固定的朝鮮化俗寫與俗用，并最終形成了具有朝鮮特色的特殊語言現象。

## 二　未來之研究展望

《熱河日記》的版本與校勘研究是我們後續開展語言研究的基礎，在校勘中發現的文字、詞彙以及特殊的語言使用現象，爲我們掌握瞭解清代域外人士習得漢語，特別是習得漢語書面語提供了很好的研究材料，也爲研究漢語傳播史以及中朝文化交流史提供了一個重要入口。在未來，我們計劃進行以下研究，爲《熱河日記》的特色研究增添一抹來自語言學研究的獨特色彩。

### （一）從《熱河日記》的俗字使用看清代漢字的域外傳播

漢字大約在漢末至三國時期傳入朝鮮，傳入以來至十九世紀末，漢字與文言文一直是朝鮮王室及官方使用的正式文字及史實記錄方式，不僅一些重要的史籍（如《三國史記》《高麗史》《李朝實錄》等）均使用漢字書寫記錄，大量的民間文學寫本（如《熱河日記》等）也均使用漢字書寫傳抄。俗字是漢字的重要變體，對朝鮮俗字的研究必將是漢字傳播史的重要內容之一，而《熱河日記》爲李朝後期、清中期的作品，對其中俗字的分類研究可爲俗字傳播的時代性研究諸如傳播的時間層次、傳播途徑方式等問題提供一定的參考，也爲漢字俗字在朝鮮半島傳播過程中出現的傳承與變異規律提供更多翔實準確的例證。

我們注意到目前還没有關于《熱河日記》中俗字使用情況的相關研究，通過對文獻中的部分俗字研究我們發現，正如何華珍所言"域外漢籍之金石、寫本、刻本，其異體俗字之多且與漢語俗字之近似，乃爲不容置疑之客觀事實"，且"大多數不出漢代以來近代俗字範圍"①。在校勘中我們發現《熱河日記》中的俗字也具有對漢語固有俗字極强的繼承性，大多使用有唐以來的漢字俗字字體，這也充分體現了漢字的域外繼承性傳播特點。《熱河日記》諸本中還可見數量衆多的朝鮮變異俗字，它們是漢字在域外傳播過程中的重要變體，是在繼承了漢字及漢字俗字的基礎上所作的一些順勢變異，如："卅"（囊）、"蟸"（恙）、"元央"（鴛鴦）等，這些具有創新性的變異又體現了漢字的域外發展性傳播特點。

（二）對《熱河日記》做詞彙專書研究，充分挖掘其研究價值及特色

《熱河日記》記録内容龐雜，全文如"百科全書"般豐富的詞彙内容，爲我們進行詞彙專書研究提供了不竭之源，我們可充分利用這一資源，做好專書研究工作。不僅要挖掘出域外漢籍文獻自身的價值、特色，還要從"他者"的視角補益漢語詞彙史的相關研究。

作者朴趾源較好地習得了漢語書面語，他能穩熟地進行漢文創作。《熱河日記》語法多爲文言形式，但詞彙構成複雜、内容豐富，獨具特色。在校勘中我們發現作品不但承襲了大量漢語古語詞，還使用了清代纔出現的一些新詞和新義。作品中不僅有來自蒙古語、滿語的詞彙，還有宗教用詞等其他語源詞語以及源自作者母語的朝鮮語漢

---

① 何華珍：《俗字在韓國的傳播研究》，《寧波大學學報》（人文科學版）2013年第5期。

字詞。此外，作品中還能見到一些俗語詞，特別是流行於東北地區的方言詞等。從詞彙研究出發，不僅可以加深我們對這部域外漢籍作品的深入理解，準確把握它的特點，用詞彙研究成果來印證文學、史學等其他方面的研究。同時，作品中那些共時性的語料，如清代出現的新詞新義、俗語詞更是可以彌補中國文獻材料的不足，從"他者"的視角爲研究漢語詞彙史提供更多新資料。

《熱河日記》詞彙中最具特色的當屬朝鮮自源漢字詞，它們是古代朝鮮社會上層文人所創造、用漢字或"仿漢字"書寫的朝鮮語詞彙。它們或是借用漢語語素所創，如"封草""刷還"等；或是與漢語詞同形異義，如"兩班""留館"等；或是利用朝語固有語素所創，如"卜物""闕失""月乃"等。通過對這些詞語的專門考釋，可以揭示漢、朝民族在認知上的差異，理解他們利用借用的漢語語素進行本民族語言加工的機制，并對漢語語素進入朝鮮語後的特殊變化作出合理解釋。

（三）從《熱河日記》看漢、朝語言間的詞彙接觸

我們認爲"文化涵化"和"語言接觸"是詞彙接觸的誘發動因。"涵化"指"由個體所組成的而具有不同文化的民族間發生持續的直接接觸，從而導致一方或雙方原有文化形式發生變遷的現象"。[①]"文化涵化"（Cultural Acculturation）作爲文化變遷的一種主要形式，是指兩種或兩種以上的不同文化在接觸過程中，相互采借、接受對方文化特質，從而使文化相似性不斷增加的過程與結果。[②] 歷史上中國主要通過"文化涵化"的方式與周邊民族發生持續的直接接觸，導致這些民族的原有文化形式被强大的漢文化所"涵化"而發生"依附

---

[①] 杜鵑:《從文化涵化視角看我國各民族交往交流交融》，《中南民族大學學報》（人文社會科學版）2017 年第 6 期。

[②] 李安民:《關于文化涵化的若干問題》，《中山大學學報》（哲學社會科學版）1988 年第 4 期。

性""趨同性"變遷，并最終形成了繁榮和諧的"東亞文化圈"。

　　"文化涵化"會直接引發語言接觸，漢語與"東亞文化圈"中諸語言的語言接觸主要以借詞、仿造詞等各種詞彙發生現象爲基本形態，它們廣泛存在於各類域外漢籍之中，《熱河日記》也隨處可見這種特殊的詞彙發生現象。它們是"漢字化"後以漢字形式保存的漢語、朝語成分，同時也是東亞諸國對優秀漢文化的尊重、借鑒與吸收的最好説明。而有關《熱河日記》的詞語形成機制、過程、結果及影響因素等有趣内容有待我們在今後的研究中借用更多語言學的研究理論及方法去深入探索。

# 參考文獻

## 主要引用文獻

(按中國歷史朝代及音序排序)

(周)《儀禮》册一,明刻本,國家圖書館藏(索書號:07925)。

(春秋)左丘明著,朱墨青整理:《春秋左傳》,北方聯合出版傳媒(集團)股份有限公司、萬卷出版公司2009年版。

(漢)班固著,趙一生點校:《漢書》,浙江古籍出版社2002年版。

(漢)何休注,(唐)徐彥疏:《春秋公羊傳注疏》,《十三經注疏》下,上海古籍出版社2007年版。

(漢)黃憲:《天禄閣外史》,商務印書館1936年版。

(漢)孔安國傳,(唐)孔穎達等正義:《尚書正義》,《十三經注疏》上,上海古籍出版社2007年版。

(漢)劉安,陳廣忠譯注:《淮南子》,中華書局2012年版。

(漢)司馬遷撰:《百衲本史記》2,國家圖書館出版社2014年版。

(漢)應劭撰:《風俗通義》第四册,明刻本,國家圖書館藏(索書號:13316)。

(漢)趙岐注,(宋)孫奭疏:《孟子注疏》,《十三經注疏》下,上海古籍出版社 2007 年版。
（漢）鄭玄箋，（唐）孔穎達等正義：《毛詩正義》，《十三經注疏》上，上海古籍出版社 2007 年版。
（漢）鄭玄注，（唐）孔穎達等正義：《禮記正義》，《十三經注疏》下，上海古籍出版社 2007 年版。
（三國魏）康僧鎧譯：《佛說無量壽經》卷上，國家圖書館藏抄本（趙城金藏）。
（晉）陳壽撰，（南朝宋）裴松之注，盧守助點校：《三國志》，上海古籍出版社 2002 年版。
（晉）杜預注，（唐）孔穎達等正義：《春秋左傳正義》，《十三經注疏》下，上海古籍出版社 2007 年版。
（晉）葛洪：《神仙傳》，中國書店 2018 年版。
（晉）郭璞注，（清）郝懿行箋疏，沈海波校點：《山海經》，上海古籍出版社 2015 年版。
（南朝宋）范曄：《後漢書》，中華書局 2007 年版。
（南朝齊）曇景譯：《佛說未曾有因緣經》第二册，廣勝寺金皇統九年刻本，國家圖書館藏（趙城金藏）。
（南朝梁）沈約著，陳慶元校箋：《沈約集校箋》，浙江古籍出版社 1995 年版。
（南朝梁）蕭統編，（唐）李善注：《文選》，中華書局 2005 年版。
（北魏）酈道元注，（民國）楊守敬、熊會貞疏：《水經注疏》，江蘇古籍出版社 1989 年版。
（唐）杜牧著，陳允吉校點：《樊川文集》，上海古籍出版社 2009 年版。
（唐）房玄齡等：《百衲本晉書》，國家圖書館出版社 2014 年版。
（唐）韓愈撰，（宋）魏仲舉集注，郝潤華、王東峰整理：《五百家注韓昌黎集》第二册，中華書局 2019 年版。

（唐）李商隱撰，（清）朱鶴齡注，（清）徐樹穀箋，徐炯注：《欽定四庫全書薈要·李義山詩集注、李義山文集箋注》，吉林出版集團有限責任公司2005年版。

（唐）李延壽：《百衲本北史》2，國家圖書館出版社2014年版。

（唐）魏徵等：《隋書》第五冊，中華書局2019年版。

（宋）范成大著，富壽蓀標校：《范石湖集》，上海古籍出版社2006年版。

（宋）范成大撰：《驂鸞錄》，文淵閣欽定四庫全書本。

（宋）韓琦：《安陽集》第四冊，張士隆明正德九年刻本，國家圖書館藏（索書號：05047）。

（宋）計有功輯撰：《唐詩紀事》上，上海古籍出版社2013年版。

（宋）陸游撰，楊立英校注：《老學庵筆記》，三秦出版社2003年版。

（宋）陸游撰：《宋本新刊劍南詩稿》一，國家圖書館出版社2017年版。

（宋）呂祖謙：《東萊集》第四冊，文淵閣欽定四庫全書本。

（宋）孟元老：《東京夢華錄》，中華書局1985年版。

（宋）歐陽修著，洪本健校箋：《歐陽修詩文集校箋》下，上海古籍出版社2012年版。

（宋）沈括著，諸雨辰譯注：《夢溪筆談》，中華書局2016年版。

（宋）王禹偁撰：《王黃州小畜集》第三冊，宋紹興十七年刻本，國家圖書館藏（索書號：06647）。

（宋）楊億編，鄭再時箋注：《西昆酬唱集箋注》下，齊魯書社1986年版。

（宋）曾鞏撰，陳杏珍、晁繼周點校：《曾鞏集》上冊，中華書局1998年版。

（宋）周密撰，黃益元校點：《齊東野語》，上海古籍出版社2012年版。

（宋）朱熹撰：《晦庵先生文集》第五十一冊，宋刻本，國家圖書館藏（索書號：03329）。

（元）馬端臨撰：《文獻通考》一，浙江古籍出版社 1988 年影印本。

（明）馮夢龍編撰，張明高校注：《三言·醒世恒言》，中華書局 2014 年版。

（明）馮夢龍編撰，俞駕征、鄭小軍校點：《警世通言》，浙江古籍出版社 1997 年版。

（明）高濂著，王大淳等整理：《遵生八箋》，人民衛生出版社 2017 年版。

（明）顧起元撰，吳福林點校：《客座贅語》，南京出版社 2009 年版。

（明）顧起元撰：《客座贅語》第四冊，明萬曆四十六年刻本，國家圖書館藏（索書號：19373）。

（明）歸有光著，周本淳校點：《震川先生集》下，上海古籍出版社 2007 年版。

（明）郭勳編：《雍熙樂府二十卷》，嘉靖四十五年春山刊本，國家圖書館藏（索書號：41680）。

（明）蔣一葵撰，呂景琳點校：《堯山堂外紀》（外一種），中華書局 2019 年版。

（明）李時珍：《本草綱目》（校點本）下冊，人民衛生出版社 2004 年版。

（明）劉侗、丁奕正著，孫小力校注：《帝京景物略》，上海古籍出版社 2001 年版。

（明）陸楫編：《古今說海》，上海文藝出版社 1989 年影印本。

（明）馬歡著，萬明校注：《明本〈瀛涯勝覽〉校注》，廣東人民出版社 2018 年版。

（明）清溪道人：《禪真逸史》，吉林文史出版社 2000 年版。

（明）邱濬：《大學衍義補》第十一冊，明刻本，國家圖書館藏（索書號：18903）。

（明）施耐庵、羅貫中：《水滸全傳》，岳麓書社 2012 年版。

（明）陶宗儀撰：《南村輟耕錄》第五冊，戴珊明成化十年刻本，國家圖書館藏（索書號：11342）。

（明）田汝成輯撰，劉雄、尹曉寧點校：《西湖游覽志餘》，上海古籍出版社 2018 年版。

（明）徐渭：《徐文長全集》下冊，上海中央書店印行 1935 年版。

（清）曹雪芹、高鶚：《紅樓夢》，商務印書館 2016 年版。

（清）陳恒慶：《諫書稀庵筆記》，小說叢報社 1922 年版。

（清）陳康祺：《郎潛紀聞》第一冊，清光緒十年琴州刻本，天津圖書館藏。

（清）董誥等編：《全唐文》第四冊，中華書局影印本 1983 年版。

（清）谷應泰撰：《明史紀事本末》七，商務印書館 1937 年版。

（清）黃遵憲：《人境廬詩草》，商務印書館 1937 年版。

（清）紀昀撰，吳波注評：《閱微草堂筆記》，鳳凰出版社 2011 年版。

（清）紀昀撰：《閱微草堂筆記》第三冊，北平盛氏望益書屋清刻本，國家圖書館藏（索書號：06083）。

（清）況周頤著，郭長寶點校：《眉廬叢話》，山西古籍出版社 1995 年版。

（清）李有棠撰，崔文印點校：《金史紀事本末》第二冊，中華書局 2015 年版。

（清）歐陽昱著，恒庵標點：《見聞瑣錄》，岳麓書社 1987 年版。

（清）錢謙益輯：《列朝詩集·乾集》第十八冊，毛晉清順治九年刻本，國家圖書館藏（索書號：13127）。

（清）錢謙益撰：《牧齋有學集》第十一冊，四部叢刊初編本。

（清）邵廷寀等：《東南紀事》（外十二種），北京古籍出版社 2002 年版。

（清）王士禛撰：《香祖筆記》二，中國書店 2018 年版。

（清）王之春：《椒生隨筆》，光緒七年上洋文藝齋新刊刻本。

（清）慵訥居士著，陶勇標點：《咫聞錄》，重慶出版社2005年版。

（清）袁枚著，周本淳標校：《小倉山房詩文集》上，上海古籍出版社2006年版。

（清）袁枚撰：《隨園隨筆》下冊，大達圖書供應社1934年版。

（清）曾國藩撰：《曾文正公文集》，上海亞光書局1943年版。

（清）翟灝著，陳志明編校：《通俗編》下，東方出版社2013年版。

（清）張潮輯，于根林校點：《虞初新志》，上海古籍出版社2012年版。

（清）趙爾巽等撰：《清史稿》第十一冊、四十八冊，中華書局1976、1977年版。

（清）昭槤撰，冬青校點：《嘯亭雜錄續錄》，上海古籍出版社2012年版。

（清）朱彝尊著，王利民校點：《曝書亭全集》，吉林文史出版社2009年版。

（民國）楊守敬、熊會貞疏，楊甦宏等補：《水經注疏補》中，中華書局2016年版。

陳橋驛譯注，王東補注：《水經注》，中華書局2016年版。

陳尚君輯校：《全唐詩補編》下，中華書局1992年版。

方勇評註：《莊子》，商務印書館2018年版。

方勇評註：《孟子》，商務印書館2017年版。

蔣凡、李笑野、白振奎評注：《全評新注世說新語》，人民文學出版社2009年版。

李山、軒新麗譯注：《管子》（上、下），中華書局2019年版。

逯欽立輯校：《先秦漢魏晉南北朝詩》第二冊，中華書局2017年版。

蒲向明：《玉堂閑話評注》，中國社會出版社2007年版。

向熹譯注：《詩經》，高等教育出版社2009年版。

徐珂編撰：《清稗類鈔》第一冊，中華書局2010年版。

徐正英、常佩雨譯注：《周禮》下，中華書局 2014 年版。

曾昭岷等編撰：《全唐五代詞》下，中華書局 1999 年版。

張純一撰，梁運華點校：《晏子春秋校注》，中華書局 2014 年版。

張月中、王鋼主編：《全元曲》上，中州古籍出版社 1996 年版。

張志烈等校注：《蘇軾全集校注·詩集一》，河北人民出版社 2010 年版。

中華書局編輯部點校：《全唐詩》第四冊，中華書局 2013 年版。

［日］末松保和：《太宗實錄第三》，《李朝實錄》第四冊，東京學習院東洋文化研究所 1954 年版。

［日］末松保和：《正祖實錄第一》，《李朝實錄》第四十七冊，東京學習院東洋文化研究所 1966 年版。

# 工具書

（按中國歷史朝代及音序排序）

（漢）劉熙：《釋名》，儲良材程鴻明嘉靖三年刻本，國家圖書館藏（索書號：10987）。

（漢）許慎：《說文解字》，浙江古籍出版社 2016 年版。

（漢）許慎撰，（清）段玉裁注：《說文解字注》，上海古籍出版社 2004 年版。

（晉）郭璞注：《爾雅》，中華書局 1985 年版。

（唐）顔元孫：《干祿字書》，中華書局 1985 年版。

（唐）張參：《五經文字》，中華書局 1985 年版。

（遼）釋行均編：《龍龕手鏡》，中華書局 1985 年版。

（金）韓孝彥：《成化丁亥重刊改并五音類聚四聲篇海》第九冊。

（元）周伯琦撰，（明）胡正言訂篆：《六書正譌》第一冊，明刻本古香閣藏本。

（元）李文仲：《字鑑》，中華書局 1985 年版。

（明）郭一經：《字學三正》第一册，明萬曆二十九年山東曹縣公署刻本。

（明）梅膺祚，（清）吴任臣：《字彙字彙補》，上海辭書出版社 1991 年版。

（明）張自烈，（清）廖文英：《正字通》，中國工人出版社 1996 年版。

（清）畢沅：《經典文字辨證書》，中華書局 1985 年版。

黄征：《敦煌俗字典》，上海教育出版社 2005 年版。

金榮華：《韓國俗字譜》，漢城亞細亞文化社 1986 年版。

劉復、李家瑞：《宋元以來俗字譜》，文字改革出版社 1957 年版。

吕浩：《韓國漢文古文獻異形字研究之異形字典》，上海大學出版社 2011 年版。

王平、劉元春、李建廷編著：《宋本玉篇標點整理本》，上海書店出版社 2017 年版。

《宋本廣韻·永禄本韻鏡》，鳳凰出版傳媒集團 2005 年版。

北京大學中國語言學研究中心 CCL 語料庫檢索系統（網絡版），網址：http：//ccl. pku. edu. cn：8080/ccl_ corpus/。

《國學寶典》網絡版，網址：http：//www. gxbd. com/。

《漢語大詞典》（2.0 光碟版），商務印書館（香港）2005 年版。

## 著　作

（按作者姓氏音序排列）

［美］愛德華·薩丕爾：《語言論》，陸卓元譯，商務印書館 1985 年版。

陳榴：《東去的語脈——韓國漢字詞語研究》，遼寧師範大學出版社 2007 年版。

陳秀蘭：《敦煌變文詞彙研究》，四川民族出版社 2002 年版。

陳垣：《校勘學釋例》，中華書局2016年版。

[韓] 池錫永：《字典釋要》，匯東書館1910年版。

董志翹：《〈入唐求法巡禮行記〉詞彙研究》，中國社會科學出版社2000年版。

葛兆光：《想象異域——讀李朝朝鮮漢文燕行文獻札記》，中華書局2014年版。

郭在貽：《訓詁學》，湖南人民出版社1986年版。

何華珍：《日本漢字和漢字詞研究》，中國社會科學出版社2004年版。

黃征：《敦煌語言文字學研究》，甘肅教育出版社2002年版。

黃卓明：《朝鮮時代漢字學文獻研究》，上海古籍出版社2013年版。

[朝] 金河明：《燕巖朴趾源》，陳文琴譯，商務印書館1963年版。

[韓] 金鐘塤：《韓國固有漢字詞研究》，보고사出版社2014年版。

[韓] 李基白：《韓國史新論》，厲帆譯，國際文化出版公司1994年版。

[韓] 李家源：《韓國漢文學史》，趙季、劉暢譯，鳳凰出版社2012年版。

[韓] 林基中：《燕行錄全集》，韓國東國大學校出版社2001年版。

劉永智：《中朝關係史研究》，中州古籍出版社1994年版。

潘允中：《漢語詞彙史概要》，上海古籍出版社1989年版。

邱瑞中：《燕行錄研究》，廣西師範大學出版社2010年版。

裘錫圭：《文字學概要》，商務印書館1988年版。

[日] 太田辰夫：《漢語史通考》，江藍生、白維國譯，重慶出版社1991年版。

[日] 太田辰夫：《中國語歷史文法》，蔣紹愚、徐昌華譯，北京大學出版社2003年版。

唐蘭：《中國文字學》，上海古籍出版社1979年版。

王寶紅、俞理明：《清代筆記小說俗語詞研究》，巴蜀書社2012年版。

[法] 汪德邁：《新漢文化圈》，陳彥譯，江西人民出版社2007年版。

王力：《漢語史稿》，中華書局 1980 年版。
王鍈：《詩詞曲語辭例釋》（增訂本），中華書局 1986 年版。
向熹：《簡明漢語史》，高等教育出版社 1993 年版。
徐通鏘：《歷史語言學》，商務印書館 1996 年版。
楊通方：《中韓古代關係史論》，中國社會科學出版社 1996 年版。
張伯偉：《域外漢籍研究入門》，復旦大學出版社 2012 年版。
張伯偉：《"燕行錄"研究論集》，鳳凰出版社 2016 年版。
張相：《詩詞曲語辭匯釋》，中華書局 1953 年版。
張涌泉：《敦煌俗字研究》，上海教育出版社 1996 年版。
張涌泉：《漢語俗字研究》（增訂本），商務印書館 2010 年版。

## 期刊論文

（按作者姓氏音序排列）

陳冰冰：《吳敬梓與朴趾源的諷刺作品比較》，《山西師大學報》（社會科學版）2011 年第 S2 期。
陳冰冰：《通過〈熱河日記〉看清代文學的發展》，《魯東大學學報》（哲學社會科學版）2015 年第 4 期。
陳冰冰：《朴趾源文學觀的生態美學解讀》，《北京第二外國語學院學報》2015 年第 6 期。
陳冰冰：《〈熱河日記〉中的京畿運河文化研究》，《東江學刊》2020 年第 2 期。
陳大康、漆瑗：《〈熱河日記〉與中國明清小說戲曲》，《明清小說研究》1999 年第 2 期。
陳輝：《漢字文化圈緣何相當於儒教文化圈——基於 19 世紀 30 年代西士對中朝日〈千字文〉之譯介》，《浙江大學學報》（人文社會科學版）2006 年第 3 期。

程芸：《"燕行錄"戲曲史料的學術價值初探》，《戲曲藝術》2013年第2期。

崔玉花、羅旋：《論朴趾源〈忘羊錄〉中的音樂美學思想》，《延邊大學學報》（社會科學版）2017年第1期。

董明：《論朴趾源〈熱河日記〉的皇明情結——兼與李家源先生商榷》，《齊魯學刊》2015年第2期。

杜鵑：《從文化涵化視角看我國各民族交往交流交融》，《中南民族大學學報》（人文社會科學版）2017年第6期。

方欣欣：《語言接觸與雙語研究的經典著作——Weinrich〈語言的接觸：已發現的與待解決的問題〉》，《國外漢語教學動態》2004年第3期。

馮雪俊：《從漢字在朝鮮半島的傳播途徑及影響看當前的漢語國際教育》，《青海師範大學學報》（哲學社會科學版）2014年第5期。

韓東：《論朴趾源〈熱河日記〉的創作技巧及其手抄本的學術價值》，《東疆學刊》2016年第4期。

郝曉琳：《燕行使關於康乾時期中國東北商業之印象》，《史學月刊》2013年第6期。

何華珍：《俗字在韓國的傳播研究》，《寧波大學學報》（人文科學版）2013年第5期。

胡晨、胡柄章：《文化涵化與民族關係——湘西民族關係和諧發展研究之四》，《吉首大學學報》（社會科學版）2011年第5期。

[韓] 黃普基：《歷史記憶的集體構建："高麗棒子"釋意》，《南京大學學報》（哲學·人文科學·社會科學版）2012年第5期。

黃貞姬：《韓國語漢字詞研究綜述》，《東疆學刊》2007年第1期。

金柄珉：《論朴趾源小說〈虎叱〉的原型意蘊——以老虎的形象分析爲中心》，《東疆學刊》2002年第1期。

金艷紅：《東亞文化圈下中韓大衆文化比較分析》，《佳木斯職業學院學報》2016 年第 11 期。

井米蘭：《韓國漢字及俗字研究綜述》，《延邊大學學報》（社會科學版）2011 年第 1 期。

李安民：《關于文化涵化的若干問題》，《中山大學學報》（哲學社會科學版）1988 年第 4 期。

李得春：《朝鮮語漢字詞和漢源詞》，《民族語文》2007 年第 5 期。

李虎：《論漢字在東亞文化圈形成中的作用及影響》，《東疆學刊》2002 年第 4 期。

李雪景、徐永彬：《18 世紀訪華游記中的中國形象——以〈熱河日記〉與〈馬戛爾尼私人日志〉爲例》，《東江學刊》2022 年第 1 期。

廉松心：《〈熱河日記〉與清代民族政策研究》，《北華大學學報》（社會科學版）2007 年第 1 期。

劉晶、陳文備：《論明代遼東"鋪"與"堡"的混同》，《東北史地》2013 年第 4 期。

柳森：《論〈熱河日記〉中的六世班禪形象》，《民族文學研究》2012 年第 6 期。

劉爲：《朝鮮赴清朝使團的文化交流活動》，《中國邊疆史地研究》2001 年第 3 期。

劉爲：《清代朝鮮使團貿易制度述略——中朝朝貢貿易研究之一》，《中國邊疆史地研究》2002 年第 4 期。

劉永連、劉安琪：《不同的文化源流，交叉的歷史進程——"幫子"、"榜子"、"房子"與"高麗棒子"語詞關係考辨》，《中國文化研究》2015 年第 4 期。

羅衛東：《漢字在韓國、日本的傳播歷史及教育概況》，《中央民族大學學報》（人文社會科學版）2001 年第 3 期。

寧博爾：《明清易代後朝鮮人"遺民"情懷探究——以〈熱河日記〉爲中心》，《鄭州大學學報》（哲學社會科學版）2008 年第 5 期。

潘暢和、何方：《論古代朝鮮的"兩班"及其文化特點》，《東疆學刊》
　　2010 年第 3 期。
朴蓮順、楊昕：《〈熱河日記〉中的康乾盛世》，《東疆學刊》2009 年
　　第 3 期。
起鳳：《朝鮮使臣眼中的清代幻術》，《雜技與魔術》2011 年第 4 期。
錢蓉、赫曉琳：《從〈燕行錄〉看康乾時期中國民俗文化》，《史學月
　　刊》2010 年第 6 期。
屈廣燕：《明朝前期與朝鮮半島馬匹和買貿易研究》，《中國經濟史研
　　究》2013 年第 4 期。
桑秋杰：《明朝時期中國儒學對朝鮮的影響》，《長春師範學院學報》
　　2003 年第 3 期。
孫晶：《近年來韓國漢籍的出版與研究》，《四川圖書館學報》2015
　　年第 5 期。
湯飛絮：《"正德"：〈熱河日記〉所反映的實學思想》，《世界哲學》
　　2016 年第 4 期。
汪銀峰：《域外漢籍〈入瀋記〉與清代盛京語言》，《滿族研究》2013
　　年第 1 期。
汪銀峰：《域外漢籍"燕行錄"與東北方言研究》，《長春師範學院學
　　報》2014 年第 1 期。
王勇：《從"漢籍"到"域外漢籍"》，《浙江大學學報》（人文社會
　　科學版）2011 年第 6 期。
王玉姝：《吳敬梓〈儒林外史〉與朴趾源小說實學思想比較》，《明清
　　小說研究》2021 年第 3 期。
王政堯：《略論〈燕行錄〉與清代戲劇文化》，《中國社會科學院研究
　　生院學報》1997 年第 3 期。
王政堯：《18 世紀朝鮮"利用厚生"學說與清代中國——〈熱河日
　　記〉研究之一》，《清史研究》1999 年第 3 期。

吳明微：《朝鮮"實學派"北學中國的音樂活動探究》，《人民音樂》2022年第4期。

吳紹釚：《〈熱河日記〉與滿族民俗》，《延邊大學學報》（社會科學版）1984年第2期。

謝士華：《燕行文獻中羼入的朝鮮語詞彙摭析》，《新疆大學學報》（哲學·人文社會科學版）2016年第6期。

謝士華：《"房子""幫子"與"高麗棒子"考辨研究》，《贛南師範大學學報》2019年第1期。

謝士華：《韓國燕行文獻中的兩個特殊動詞》，《昆明學院學報》2021年第4期。

楊雨蕾：《朝鮮燕行録所記的北京琉璃廠》，《中國典籍與文化》2004年第4期。

楊雨蕾：《明清時期朝鮮朝天、燕行路綫及其變遷》，《歷史地理》第21輯，上海人民出版社2006年版。

于冬梅：《〈熱河日記〉與清代漢語官話史研究》，《東北師大學報》（哲學社會科學版）2013年第6期。

趙永恒：《論"燕行録"所記載的清代北京民間戲曲活動》，《戲劇》2016年第4期。

張伯偉：《新材料·新問題·新方法——域外漢籍研究三階段》，《史學理論研究》2016年第2期。

張麗娜：《朴趾源研究在中國》，《當代韓國》2012年第1期。

張麗娜：《論〈熱河日記〉中的中國文獻與朴趾源的學術立場》，《延邊大學學報》（社會科學版）2013年第4期。

張雙志：《18世紀朝鮮學者對清代西藏的觀察——讀朴趾源〈熱河日記〉》，《中國藏學》2007年第3期。

張曉蘭：《論朴趾源〈熱河日記〉中的樂學思想》，《民族文學研究》2019年第4期。

張亞輝：《〈熱河日記〉與"儒藏禮儀之爭"——一場多民族帝國盛宴的歷史人類學考察》，《青海民族大學學報》（社會科學版）2015年第3期。

鄭紅英：《朝鮮初期對漢文典籍的輸入探析》，《蘭臺世界》2011年第1期。

鄭判龍：《朝鮮實學派文學和朴趾源的小說》，《延邊大學學報》（哲學社會科學版）1978年第3期。

## 碩博論文

（按作者姓氏音序排列）

韓江玲：《韓國漢字和漢字詞研究》，博士學位論文，吉林大學，2009年。

季南：《朝鮮王朝與明清書籍交流研究》，博士學位論文，延邊大學，2015年。

孔青青：《韓國坊刊本〈九雲夢〉俗字研究》，碩士學位論文，浙江財經大學，2015年。

馬靖妮：《〈熱河日記〉中的中國形象研究》，博士學位論文，中央民族大學，2007年。

朴愛華：《漢字在韓語漢字詞中的發展變化研究》，博士學位論文，南開大學，2012年。

朴雅映：《韓國語中的漢字詞研究》，碩士學位論文，吉林大學，2008年。

任玉函：《朝鮮後期漢語教科書語言研究》，博士學位論文，浙江大學，2013年。

宋兆祥：《中上古漢朝語研究》，博士學位論文，華中科技大學，2008年。

許明哲：《朴趾源〈熱河日記〉的文化闡釋》，博士學位論文，延邊大學，2009年。

于潔：《朴趾源小說諷刺藝術研究——兼與〈儒林外史〉比較》，碩士學位論文，延邊大學，2011年。

岳輝：《朝鮮時代漢語官話教科書研究》，博士學位論文，吉林大學，2008年。

張麗娜：《〈熱河日記〉研究》，博士學位論文，中央民族大學，2013年。

# 附錄　《熱河日記》珍貴版本書影

附圖 1　作者朴趾源畫像

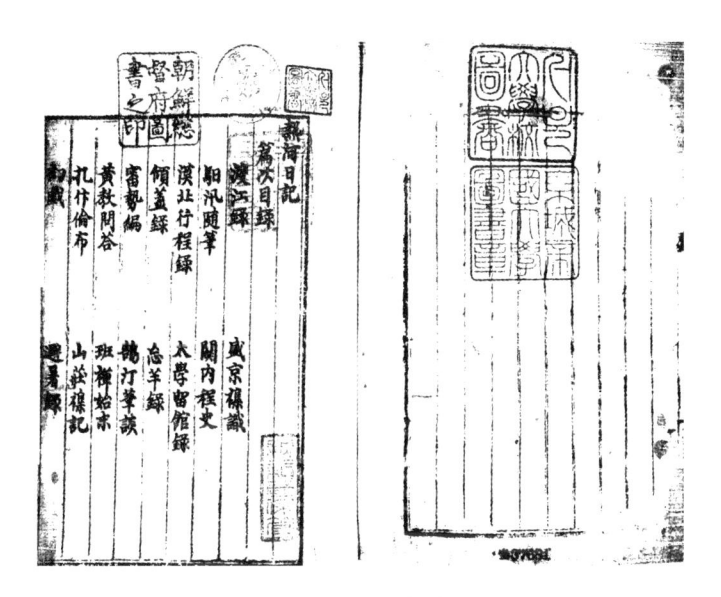

附錄 《熱河日記》珍貴版本書影 | 199

附圖 2　奎本目錄書影

附圖 3　奎本冊一首頁書影

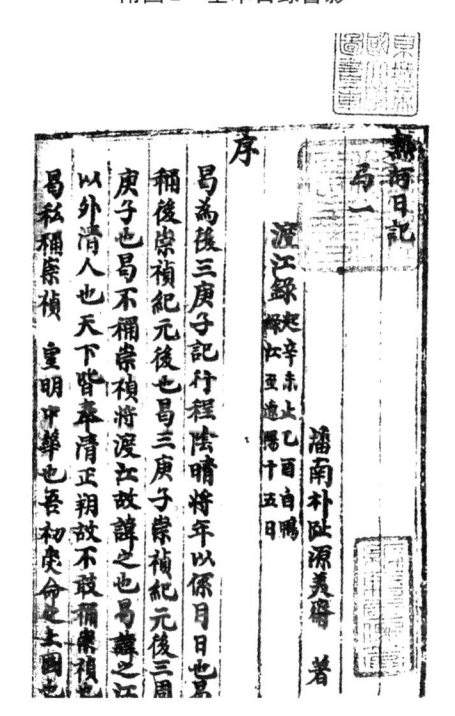

燕巖集

熱河日記卷一

渡江錄 起辛未止乙酉自鴨綠江至遼陽十五日

後三庚子我聖上四年清之乾隆四十五年六月二十四日辛未朝小雨終日乍瀧乍止午後渡鴨綠江行三十里露宿九連城夜大雨即止初留龍灣義州館名十日而物盡到行期甚促而一雨成霖兩江通漲中間快晴亦已四日而水勢益盛木石俱轉濁浪連空蓋鴨綠江發源最遠故耳按唐書高麗馬訾水出靺鞨之白山色黯鴨綠故號鴨綠江所謂白山者即長白山也山海經補不咸山我國稱白頭山鴨綠江也兩山皆該著山輿考云天下有三大水黃河長江鴨綠江也西南流者為鴨綠江皇輿考云自淮以北為此條凡水皆宗大河末有以江名者而業之在

附圖4　臺本卷一首頁書影

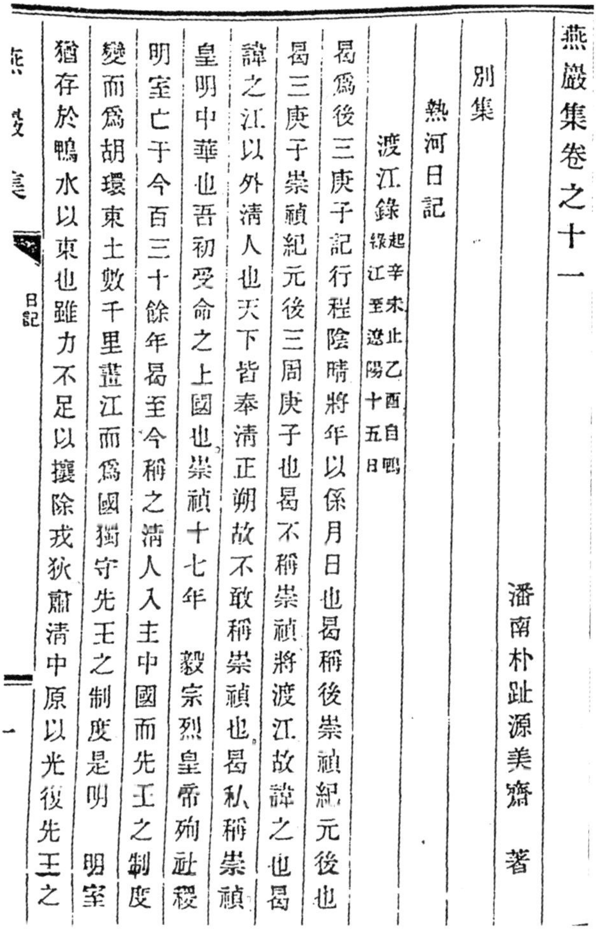

## 附錄 《熱河日記》珍貴版本書影

燕巖集卷之十一　　　潘南朴趾源美齋著

別集

熱河日記

渡江錄 起辛未止乙酉自鴨綠江至遼陽十五日

曷爲後三庚子記行程陰晴將年以係月日也曷稱後崇禎紀元後也曷三庚子崇禎紀元後三周庚子也曷不稱崇禎將渡江故諱之也曷諱之江以外清人也天下皆奉清正朔故不敢稱崇禎也曷私稱崇禎皇明中華也吾初受命之上國也崇禎十七年毅宗烈皇帝殉社稷明室亡于今百三十餘年曷至今稱之清人入主中國而先王之制度是明明室亡而爲胡寰東土數千里畫江而爲國獨守先王之制度變而爲胡寰東土數千里畫江而爲國獨守先王之制度猶存於鴨水以東也雖力不足以攘除戎狄肅清中原以光復先王之

附圖5　大東本卷一首頁書影

# 後　　記

本書是在我的博士學位論文基礎上修改而成的。距博士畢業，已有五年時間，這五年真如白駒過隙，匆匆而過。終於在2022年年初，我下定決心，要將博士學位論文修改完善并出版，爲自己的博士學習生涯畫上一個較爲圓滿的句號。修改書稿期間，時常會想起讀博時的點點滴滴。讀博的那些年，辛苦是自然的事，但體會最多的却是感恩。感謝在學業上、生活上給予我鼓勵、幫助的老師、同學、朋友、家人。

感謝我的博士生導師蘭州大學文學院敏春芳先生。先生從我論文的選題、構架、定稿，都給予了悉心而嚴格的指導。先生治學嚴謹，淡泊明志，她的爲人爲學都令人高山仰止，爲後輩樹立了典範。

感謝上海師範大學徐時儀先生、王雙成先生，首都師範大學洪波先生，中國社會科學院楊永龍先生、李藍先生，陝西師範大學黑維強先生在我博士學位論文開題時，爲研究提出的許多寶貴建議。感謝蘭州大學鄭炳林先生、湖南師範大學唐賢清先生、西北民族大學于洪志先生、蘭州城市學院莫超先生、西北師範大學周玉秀先生及陝西師範大學黑維強先生在論文答辯時提出的諸多中肯的修改建議。

感謝山東大學國際教育學院甄珍老師、魯東大學宫雪老師多次不厭其煩地爲我在韓國查找、複印資料。感謝華東師範大學肖雨欣同學爲本書的數據庫建設提供的智力支持。

感謝"敏門桃李"的丁桃源、程瑶、焦浩、安麗卿、雷雨、杜冰心、宋珊、劉星、王延花、馬宇晨、張旖旎、曹婷婷、孫韜、王玉婷、宋曉丹等人，感謝他們一路的陪伴，難忘與師門友人一同交流學習的美好時光。

感謝"土撥鼠"兩位摯友的精神支持，總能讓我在低落時得到安慰，鼓勵我在艱難中前行。

感謝我的愛人葉凱山，無論何時，總能在背後給予我堅定的支持。感謝年邁的雙方父母爲家庭的辛勤操持，讓我可以安心完成學業。感謝兩個聰明可愛的孩子，在我埋頭苦學時，總能安安靜靜，不來打擾。你們是我全力完成學業，積極努力工作的最大動力。

最後，特別感謝中國社會科學出版社王小溪博士對本書的出版與校對所付出的心血和努力。

《熱河日記》研究經久不衰，願我能在今後的《熱河日記》語言研究中緊隨前賢同道，持續鑽研，終會有所發現。

康　燕
壬寅年七月於紫金花苑